외눈박이
황제

국립중앙도서관 출판시도서목록(CIP)

외눈박이 황제 : 김하늘 장편소설 / 지은이: 김하늘. -- 구
리 : 별숲, 2014
    p. ;   cm. -- (아름다운 청소년 ; 10)

ISBN 978-89-97798-22-3 44810 : ₩10000
ISBN 978-89-965755-0-4 (세트) 44800

한국 현대 소설[韓國現代小說]

813.7-KDC5   CIP2014001651

아름다운 청소년 ❿

외눈박이 황제

초판 1쇄 발행 2014년 2월 5일 | 초판 2쇄 발행 2014년 12월 10일
지은이 김하늘 | **펴낸이** 방일권 | **펴낸곳** 별숲
출판등록 2010년 6월 17일 제398-251002010000017호
주소 경기도 구리시 체육관로 137-8, 607호 (교문동, 구리미래타워)
전화 031-563-7980 | **팩스** 02-6209-7980 | **전자우편** everlys@naver.com

© 김하늘 2014

ISBN 978-89-97798-22-3 44810
ISBN 978-89-965755-0-4 (세트)

외눈박이
황제

김하늘 장편소설

별숲

백성만 바라본 외눈박이

학교 다닐 때 역사에서는 궁예를 '궁궐에서 쫓겨나 보리를 훔쳐 먹다가 백성들 돌팔매에 맞아 죽은 미치광이 임금'이라고 배웠다. 그때도 그 말을 믿을 수가 없었다. 아무리 미치광이라도 임금인데? 그것도 흔치 않은 애꾸눈인데? 아무리 반란으로 쫓겨난 임금이지만 옆에 붙어 있는 사람이 한 명도 없었으려고?

어른이 되어 '역사는 이긴 자가 쓰는 기록'이라는 것을 알게 되면서부터 궁예는 '지지리도 복도 없는 황제'라고 느끼게 되었다.

궁예는 신라 임금 아들로 태어났으나 버림받은 처지라서 왕족인 김씨 성을 쓰지도 못했다. 또 태봉은 후삼국 가운데에서 가장 넓은 영토를 차지한 나라였다. 삼국 시대부터 한강 유역을 차지하면 삼국 가운데에서 가장 힘센 나라가 되었는데, 그 한강 유역을 지배한 나라가 바로 태봉국이었다. 그런 태봉국 황제였으나 귀족들이 일으킨 반란으로 쫓겨나고 말았다.

전쟁에서 진 것도 아니고, 무리한 토목 공사를 벌인 것도 아니고, 단지 신라 귀족들이 떠받드는 불교와는 다른 종교인 미륵 사상을 내세운 죄밖에 없는 황제였다. 쫓아낸 귀족들이 억지로 내세운 이유가 '미치광이 황제'였다.

귀족만이 중이 될 수 있고, 세금을 내지 않으려는 귀족들이 재산을 숨겨 두기 위해 절을 세우는 세상에서 백성을 구한다는 미륵 사상을 내세웠으니까 승려들에게는 미치광이로 보였을 것이다. 나라는 임금님이 주인이지만, 다스리는 지방과 백성은 자기 것이라고 여기는 호족들에게 백성들을 임금이 직접 다스리겠다고 했으니 제정신이 아닌 황제로 보였을 것이다.

궁예는 후삼국 시대 역사를 가장 화려하게 수놓은 황제였으나, 제대로 된 역사 기록이 남아 있지 않다. 궁예가 건설했다는 반월산성, 궁예가 왕건에게 패하여 도망쳤다는 파주골, 왕건이 이끄는 반란군이 명성산에 있는 궁예 군대를 엿보았다는 여우고개, 길이 험해 도망치던 궁예가 말에서 내려 걸었다는 도마치고개, 철원을 내려다보며 나라가 망한 것을 탄식했다는 국망봉, 왕건에게 맞서 끝까지 저항하다가 슬피 울었다는 명성산, 왕건을 미리 죽이지 못한 것을 한탄했다는 한탄강, 전쟁이 이미 기울었다는 것을 깨닫고 궁예를 따르던 군사들이 탄식했다는 군탄리, 궁예가 왕건에게 항복하는 글을 바쳤다는 항서밭골, 궁예를 기리기 위해서 세운 궁예 미륵상에 전해 내려오는 전설 들로만 알 수 있을 뿐이다. 20여 년 전부터 궁예 흔적을 찾아다니면서 가장 많이 들었던 말이 '역사 기록에는 없지만 이랬대요.'였다.

그렇게 된 까닭은 궁예를 몰아낸 왕건과 귀족들이 궁예를 역사에서 지워 버리려고 했기 때문이다. 힘센 사람들 편에 서지 않은 대가가 철저한 무시와 외면이라는 것을 궁예 역사는 냉정하게 알려 준다.

권력을 가진 사람은 돈을 가진 사람들 편에만 서는 세상, 임금인데도 백성 편에 선 것이 죄라며 온갖 모욕과 무시를 서슴지 않는 사람들이 우글거리는 세상이라면 가난하고 힘없는 백성을 바라보는 눈밖에 없는 임금, 권력이나 돈을 가진 자들이 부리는 횡포로부터 백성을 지켜 줄 외눈박이 임금은 이 땅에 오지 않을 것이다. 외눈박이 임금이 아무리 지켜 주려 해도 알아보지 못하는 백성, 가진 자들이 내뱉는 비아냥거림에 부화뇌동하여 가진 자들 말만을 믿어 버리는 애꾸눈 백성들뿐인 세상이라면 더더욱 외눈박이 임금은 올 수 없을 것이다.

궁예는 역사 기록에서만 사라진 것이 아니다. 궁예가 가고 천 년여가 지난 뒤인 1950년에 일어난 한국 전쟁으로 태봉국 도성도 파괴되어 버렸다. 파괴된 것이라도 발굴을 하면 흔적이라도 볼 수 있지 않느냐고 되물을 수도 있다. 하지만 전쟁이 멈춘 자리를 따라 그은 군사 분계선으로부터 2킬로미터씩 뒤로 물러나서 아무도 들어가지 않기로 정한 그 비무장 지대 안에 태봉국 도성이 갇혀 버렸다. 남북으로 4킬로미터, 동서로 3킬로미터인 태봉국 도성이 일부러 맞추기라도 한 듯이 비무장 지대 남북 너비 4킬로미터 안에 갇혀 버린 것이다.

남북한 어디에서도 들어갈 수가 없으니 눈으로 볼 수도 없고, 지뢰가 묻혀 있으니까 발굴을 할 수도 없다. 사람들이 누구나 도성을 볼 수 있으면 궁예를 미치광이가 아닐지도 모른다고 생각할 사람도 많아질 텐데, 철원 평야를 가로지르는 비무장 지대 숲 속에 묻혀서 제 모습을 보여 주지 못하고 있다. 천 년 전에도 지금도 역사는 궁예에게 참 가혹하다.

　남북이 맞서지 않게 되고, 발굴이 되고 태봉국 도성에 누구나 가 볼 수 있는 세상이 얼른 왔으면 좋겠다. 궁예가 휴전선 철조망 밖으로 나오고, 잊혀져 버린 역사에서도 되살아 나왔으면 좋겠다. 힘없고 가난한 사람 편에서 정치를 펼치는 궁예 같은 외눈박이 임금이 다시 왔으면 좋겠다. 백성이 곧고 굳게 서서 그 임금을 맞이하는 날이 얼른 왔으면 좋겠다.

2014년 겨울에

김하늘

차례

청해진에 가라앉은 산

배 한 척이 청해진을 향해 들어오고 있었다. 고기 잡는 배보다 큰 배다. 장삿배 같은데 밑바닥만 겨우 물에 잠겼다. 짐은 안 실은 게 분명하다. 군사를 몇 명 안 실은 군선이거나 사신이 탄 배일 것이다.

장군님은 점심나절부터 고대에 올라 바다만 바라보고 있었다.

"서라벌에서 좋은 소식 가지고 오는 배라면 좋으련만."

중얼거림이 고대 밑에 서 있는 정진에게도 또렷하게 들렸다. 장군님은 봄이 되면서부터 고대에 오르는 날이 부쩍 많아졌다. 고대는 장도에서 가장 높은 곳에 자리 잡은 정자라서 망루 역할도 했다. 가장 멀리 볼 수 있기 때문이었다.

오늘따라 장군님 뒷모습이 더욱 쓸쓸해 보였다. 정진 입에서 자기도 모르게 한숨이 툭 터져 나왔다. 장군님이 뒤돌아보았다. 눈이 딱 마주쳤다. 움찔 놀라서 얼른 허리를 깊이 숙였다.

호위 무사는 물음에 대답하는 것 말고는 장군님에게 말을 걸어서는 안 된다. 그림자처럼 말없이, 소리 없이, 있는 듯 없는 듯이 뒤를 따르며 정해진 호위 활동만 해야 한다. 호위 무사가 장군님 마음을 어지럽히는 말이나 행동을 한다는 것은 경을 칠 일이다.

원래 호위 무사는 장군님 사방을 둘러쌀 수 있도록 네 명이었고, 모두 긴 칼을 찼다. 해적들이 모두 장군님에게 항복한 뒤부터는 우르르 몰려다니면 사람들이 무서워한다면서 한 명으로 줄이라고 했다. 칼도 못 차게 했다. 장군님을 해칠 사람이 없어졌기 때문에 칼을 차고 다니며 무섭게 하지 말라는 것이었다.

그렇다고 빈손으로 호위할 수는 없으니까 목검을 들었다. 목검이라고 해도 칼 모양이 아니라 박달나무 몽둥이였다. 칼을 대신한다고 해서 목검이라고 부를 뿐이었다.

불호령이 떨어질 것이라 여겨 허리를 숙이고 있는데,

"황제는 나라 다스릴 걱정이 있고, 어부는 고기 잡을 걱정이 있을 게다."

무사라고 걱정거리가 없고, 한숨 쉴 일이 없겠냐면서 괜찮다고 했다.

"갓난쟁이 아들이 있다더니 그 아이에게 무슨 일이 있는 게냐?"

아니라고 대답을 하며 고개를 들었다. 내려다보는 장군님 눈길이 언제나 그렇듯이 부드럽고 따뜻했다.

"네 아들도, 내 손자도 훌륭하게 키워야 한다."

이 땅에 살고 있는 아이들 모두가 장차 이 나라를 이끌어 갈 기둥들이라고 하며 다시 고개를 돌려 바다를 보았다.

"내가 이 완도에 청해진을 세운 지도 어언 이십여 년, 민애 황제를 밀어내고 신무 황제를 새로 세운 지도 벌써 칠 년이 지났구나."

혼잣말처럼 낮은 소리였지만, 정진에게 하는 말이었다. 이번에도 또렷하게 알아들었다. 이곳 완도에서 태어난 장군님은 어릴 적에 친구인 정진과 함께 당나라로 건너가 군인이 되었다. 반란을 진압한 공으로 당나라 황제로부터 장보고라는 이름도 받고 '무령군 소장'이라는 벼슬에도 올랐다. 귀족이 아니니까 신라에서는 상상도 할 수 없는 출세를 한 것이었다.

아무 걱정 없이 잘 먹고 잘살 수 있었지만, 많은 신라 사람들이 해적에게 납치되어 당나라에 노예로 팔려 오는 것을 막기 위해 당나라 벼슬을 버리고 신라로 돌아왔다. 신라 황제로부터 군사 1만 명을 이끌 수 있는 대사 벼슬을 받아, 이곳에 청해진을 세웠다. 청해진 앞에 있는 장도에 군사 기지도 만들었다. 그리고 흐트러진 바다 무역 길을 다시 열었다.

백제는 다른 나라와 활발하게 무역을 하던 나라였다. 둘레 나라들과 외교가 잘되어서 당나라와 왜와 인도와 서역에 있는 나라들이 모두 백제와 무역 길로 이어져 있었다. 왜나 당나라나 인도로 가서 물건을 팔고, 그 나라에서 나는 물건을 샀다. 산 물건을 배에 싣고 백제로 바로 돌아오기도 했지만, 또 다른 나라로도 갔다. 장사가

13

잘되니 갈 때마다 실어 나르는 짐이 끊이지 않았다.

신라가 백제를 무너뜨리고 난 다음부터는 그 무역 길이 무너지고 말았다. 신라는 백제만큼 해외 무역을 잘하는 나라가 아니기 때문이었다. 인도나 왜나 당나라에서 서라벌이나 사비로 물건을 싣고 오더라도 돌아갈 때는 물건을 싣지 못하고 빈 배로 가야 하는 경우가 많아졌다. 돌아가던 배들이 손해를 보지 않으려고 남해안 섬들에서 백성들을 납치했다. 물건 대신 사람을 싣고 가서 당나라에 노예로 팔았다. 지나가는 배에서 물건을 빼앗기도 했다. 장사하던 사람들이 장삿거리가 없어지자 해적으로 변해 버린 것이었다.

장군님은 해적이 되어 버린 장사꾼들을 다시 하나로 묶었다. 당나라로도 가고, 인도로도 가고, 왜로도 가고, 발해로도 가고, 서역으로도 가는 바닷길을 백제 때보다 더 많이 열었다. 당나라 서쪽에 솟아 있는 파밀 고원을 넘어서 사막을 거쳐, 서역으로 가는 무역 길인 비단길처럼 바다를 통해서 무역 길을 열었다고 '바다 비단길'이라 불렀다. 청해진 군사들은 날래고 용맹하여 바다는 평화로웠고, 청해진은 날로 번창했다.

그때 신라 황실에서 벌어진 권력 다툼에서 밀려난 김우징이 청해진으로 왔다. 장군님에게 자기를 황제로 세워 달라고 부탁했다. 황제가 되면 청해진을 든든하게 받쳐 주겠다고 했다. 그 약속을 지키는 증표로 장군님 따님인 보경 아가씨를 자기 아들과 결혼시켜 태자비로 삼아 주겠다고도 했다. 그 약속을 믿고 장군님은 군사들을 이끌고 서라벌로 갔다. 왕위 다툼을 하느라 어지러운 신라 조정을 뒤엎고는 김우징을 신무 황제로 받들어 세웠다. 장군님 벼슬도 대사에서 장군으로 높아졌다.

청해진 사람들은 모두 장군님이 황제와 사돈이 될 것이고, 황태자가 황위에 오르면 황제 장인이 될 것이라는 꿈에 부풀었다. 장군님을 은근히 무시하는 서라벌 귀족들도 더 이상은 장군님을 무시하지 못할 것이라는 기대도 품었다. 천년이 지나도 든든한 산처럼 청해진을 굳게 세우자는 장군님 꿈이 더욱 단단해질 것이라는 믿음도 더욱 단단해졌다.

이 모든 꿈을 같이 이루자고 약속한 신무 황제는 왕위에 오른 지 넉 달이 채 되기도 전에 병으로 죽고 말았다. 장군님과 했던 결혼 약속도 지키지 못하고 말았다.

뒤를 이어 문성 황제가 황위에 오르고도 벌써 6년이 지났다. 이제 나저제나 기다렸으나 신라 황실에서는 보경 아가씨를 황비로 삼겠다는 소식이 없었다. 황제는 보경 아가씨를 황비로 맞이하고 싶었지만, 서라벌 귀족들은 하나같이 반대만 한다는 것이었다.

지난여름에는 황제가 청해진을 다녀갔다. 보경 아가씨와 결혼하겠다는 의지를 보여 주기 위한 것이었다.

"내년에는 꼭 보경을 황비로 삼을 테니 조금만 더 기다려 주세요."

장군님 두 손을 마주 잡고는 장인어른이라 부르며,

"이 사위를 믿어 주십시오."

다시 한 번 다짐을 주었다.

"황제 자리 다 버려도 좋으니 여기 와서 살고 싶습니다."

그날도 정진이 호위 무사였다. 장군님 바로 옆에서 그 말을 똑똑히 들었다.

"이제야 일이 제대로 풀리는구나."

청해진 사람들은 모두 희망으로 들떴다. 장군님이 황제 장인만 된다면 청해진이 옛날 백제 땅이라서 받던 설움도 없어질 것이고, 섬사람이라는 멸시를 받지 않아도 될 것이라며 모두들 기뻐했다.

장군님도,

"폐하께서 저렇게까지 말씀하시는데, 더는 조를 수가 없구나."

장군님이 조급해하면 할수록 신하들과 장군님 사이에서 이러지도 못하고 저러지도 못해서 폐하 입장이 더욱 곤란해질 것이니 가만히 기다리자고 했다.

그렇지만 서라벌 귀족들은 장군님을 좋아하지 않았다. 성골 귀족도 아니고 진골 귀족도 아니고 육두품 귀족 출신도 아닌 장군님한테 권력을 나누어 주는 것을 못마땅하게 여겼다. 신분이 높고 낮음을 따지지 않고 재주만 있으면 높이 쓰는 것도 이해하지 못했다.

귀족을 성골과 진골과 여섯 단계 두품으로 나누고 나머지는 평민인 골품제가 무너질 것도 두려워했다. 청해진에는 강한 군대가 있으니 장군님이 권력을 잡는다면 아무도 맞설 수 없게 될 것도 걱정했다.

신라 사람들은 자기들이 전쟁에서 이겼고, 백제와 고구려는 빼앗은 땅이니까 빼앗은 땅 사람들은 노예이나 마찬가지라고 여겼다. 그것도 서라벌에서 멀리 떨어진 옛날 백제 땅, 거기에다 육지 사람보다 더 천하다고 여기는 '섬사람'이라며 장군님과 청해진 사람들을 업신여겼다.

황제 또한 자신이 황위에 오르도록 도와준 서라벌 귀족들이 한목소리로 장군님을 싫어하니 자기 고집만 부릴 수도 없었다. 황제 자리도 단단하게 다져졌으니 장군님 도움은 필요 없다고 생각한다는 소문까지 퍼졌다.

청해진에 많은 군대가 있으니 언젠가는 장군님이 반란을 일으킬 것이라는 신하들 말을 점점 더 믿는다는 소문도 들렸다. 반란으로 아버지가 왕위에 올랐고, 그 자리를 물려받았으니 반란이 일어나서 쫓겨나는 것을 언제나 두려워한다는 것이다.

급기야 장군님을 죽이고 청해진을 불 질러 버릴 것이라는 쪽으로 소문은 흉흉하게 변해 갔다. 그 소문을 들은 청해진 사람들은,

"은혜를 원수로 갚는 배은망덕한 황제다."

원망도 하고, 불안에 떨기도 하고, 신라군이 온다고 해도 쳐부숴 버리면 될 것이라고 큰소리를 치기도 했다. 민심이 점점 어지러워지자 장군님은 서라벌에서 결혼하자는 소식이 오기만을 더욱 애타게 기다렸다. 결혼 소식만 오면 흉흉한 소문 따위는 안개 걷히듯 사라질 것이기 때문이었다.

"혹시 무슨 일이 생기면 내 손자를 부탁한다."

정진과 마주친 장군님 눈이 빨갰다. 얼굴이 화끈 달아올라 고개를 숙이고는 한 걸음 뒤로 물러났다.

"제가 감히 어떻게……."

일개 호위 무사가 장군님에게 그런 부탁을 받는다는 것은 주제가 넘어도 보통 넘는 일이 아니다. 몸 둘 바를 몰라 말을 더 잇지도 못했다.

"너는 권력에 영혼을 팔 사람이 아니지 않니?"

정진이 얼른 알아들을 수 없는 말이었다. 불길한 마음에 등골이 싸늘해지며 온몸에 전율이 일었다. 그저 장군님을 향해 고개만 숙일 뿐이었다.

"아버님."

부르며 보경 아가씨가 고대로 올라왔다. 배가 들어온다는 소식을 듣고 온 것이 분명했다. 모든 청해진 사람들처럼 보경 아가씨도 서라벌에서 결혼하자는 소식이 오기를 기다리기는 마찬가지일 테니까.

"아직은 바닷바람이 몸에 안 좋은데 왜 나왔니?"

지난여름에 황제가 다녀간 뒤에 보경 아가씨는 임신을 했다. 며칠 전 단옷날에 아들을 낳았다. 당당히 황제 아들을 낳은 것이다.

"왕자까지 낳았으니 이제는 아무도 함부로 대하지 못할 게다."

서라벌 귀족들이 장군님을 싫어해서 장군님 딸을 황비로 삼지 않으려 한다는 소문을 장군님도 보경 아가씨도 모를 리가 없었다. 알면서도 하기 좋고 듣기 좋은 말을 서로 주고받을 뿐이었다.

고대 쪽으로 올라온 사람은 염장이었다.

"장군께서는 별고 없으셨습니까?"

허리를 깊이 숙여 예를 표하는 염장 뒤로, 장수 세 명과 군사 스무 명쯤이 뒤따라왔다. 신무 황제를 도와 군사를 일으킬 때 신무 황제 부하 장수였는데, 이제는 장군이 된 사람이었다.

장군님이 고대에서 내려왔다. 정진은 장군님 왼쪽 옆으로 바짝 붙어선 다음, 한 발자국 앞으로 나섰다. 장군님 눈을 가리지 않으면서도 혹시 마주 선 사람이 공격이라도 한다면 가장 빨리 장군님 앞을 가로막아 보호할 수 있는 자리였다. 화살이든 칼이든 장군님을 노린다면 오른팔로 목검을 부챗살 펼치듯이 내리쳐서 막아 내기가 가장 쉬운 자리였다. 장군님을 가장 잘 지킬 수 있는 대비 자세였다. 호위 무사라면 누구나 본능처럼 취하는 행동이었다.

"황후께서도 그동안 별고 없으셨습니까?"

아직 황제와 혼인을 하지 않았어도 황제 아들을 낳았으니 황후라고 불러야 한다면서 보경 아가씨를 향해 허리를 깊이 숙였다.

"오시느라 고생이 많았지요?"

장군님 말투는 부드러웠지만, 별로 달갑지 않다는 마음이 느껴지는 인사말이었다.

"나는 장군께서 신무 황제를 도와 나라를 바로잡은 공을 잊지 못하는 사람입니다."

염장이 호들갑을 떨었다. 다른 귀족들은 모두 보경 아가씨를 황비로 맞이하는 것을 반대만 하니, 아무리 자기가 황제한테 말을 해도 소용이 없다고 푸념을 했다. 자기가 자(가)만 다른 귀족과 반대로 말하니까 다른 귀족들이 자기를 핍박하며 죽이려고 한다면서 장군님 곁에 있고 싶어서 왔다고 했다.

"저를 부디 내쫓지 말아 주십시오."

염장이 허리를 숙이며 장군님에게 사정했다. 따라온 장수들과 군사들도 장군님에게 허리를 숙였다. 믿고 찾아와 주어서 고맙다면서 장군님이 염상 손을 마주 잡았다. 장군님이 염상과 손을 잡았으니 안심이 되었다. 정진은 걸리적거리지 않기 위해서 뒤로 두 발자국 물러섰다. 장군님 뒤쪽에 서는 것이었다.

김우징을 따라 처음 청해진에 왔을 때 염장은 말수가 적고 잘 웃지도 않았다. 언제나 당당하고 듬직한 사람이다. 그런데 오늘은 유난히 간드러지는 말투가 몹시 낯설고 거슬렸다.

"청해진에는 군사가 천 명이나 됩니다."

장군님은 염장에게 아무 걱정 말라고 안심시켰다. 모두가 잘 훈련된 군사들이니 십만 대군이 쳐들어온다고 해도 막아 낼 수 있다고 장담했다. 이제 염장까지 왔으니 누가 감히 청해진 사람들을 업신여길 것이냐며 껄껄 웃었다. 청해진에서는 염장을 핍박할 사람이 아무도 없으니 편히 지내라며 옆에 있는 사람들에게도 잘 모시라고 당부했다. 장군님이 염장 어깨를 감싸며 고대 쪽으로 이끌었다.

"연회를 베풀 것이니 준비하라고 일러라."

호탕하게 웃었다. 장군님 표정은 활짝 펴졌지만, 정진은 염장 눈에 스치고 지나가는 살기를 보았다. 싸늘한 예감이 몹시 불길했다.

염장을 따라온 장수들과 청해진 장수들, 그리고 상단 객주들이 한자리에 모여 술잔치를 벌였다. 염장도 장군님이 베풀어 주는 환대에 감사하다면서 연신 굽실거렸다. 장군님에게 연거푸 술을 따르고 권했다.

술이 거나하게 취한 염장이 장군님을 추켜세웠다.

"장군께서는 해적 소탕은 물론이고, 당나라와 일본으로 가는 새로운 물길을 열었으며, 당나라에 신라방을 스물세 개나 세웠고, 왜에도 무역 기지를 만들었습니다."

청해진에서 배에 물건을 싣고 가서 당나라 신라방이나 왜나라 무역 기지에 내려만 놓으면 사막 비단길과 바다 비단길을 통해서 아라비아나 서역으로 팔려 나간다고 했다. 장군님 덕분에 신라 물건이 섬나라든 서역이든 어디로도 가지 못하는 곳이 없게 되었다며 칭송했다. 청해진 사람이면 누구나 다 아는 사실이었다.

또 다른 사람이,

"그뿐입니까? 당나라에서 청자 기술을 들여와 강진에서 만들어서 다시 수출하고, 차도 들여와 재배에 성공하여 다시 외국으로 팔게 되었다고 들었습니다."

청해진이 점점 커지며 재물이 불어나는 것은 물론이고, 당나라든 일본이든 청해진을 통하지 않으면 무역을 할 수도 없게 되었다며 또 칭송했다. 모두들 한목소리로 장군님을 추켜세웠다. 칭송이 끝없이 이어졌지만, 장군님은 얼굴이 굳어졌다.

"그 말을 들으니 내 동무 정연이와 당나라로 갔던 시절이 떠오릅니다."

죽을 고비를 여러 번 넘기며, 당나라에서 주는 이름도 받고 벼슬도 받았던 애기를 하고는, 지난 일은 다 좋게 느껴진다는 말이 있듯이 차라리 고생하던 시절이 지금보다 더 좋았던 것 같다면서 한숨을 길게 내쉬었다. 장군님 한숨에 모두들 숙연해졌다.

"내 편이 되어 준 염 장군마저 조정에서 쫓겨났으니 이제 우리 보경이를 황비 자리에 앉히는 데에 힘이 되어 줄 사람이 서라벌에 아무도 없습니다."

염장도 얼굴이 굳어졌다. 신라 황실에서는 엄두도 못 내는 견당매물사 같은 사신을 장군님이 당나라에 직접 파견하여 무역에 관한 일을 의논하니까 신라 황실에서 장군님이 황제 행세를 하는 것으로 오해한다며 두렵다고 했다. 사신은 나라와 나라 사이에서 오고 가는 것인데 장군님이 사신을 보냈으니 의심을 한다는 것이었다.

장군님은 주먹으로 가슴을 탁탁 치며,

"무역 길을 잘 열기 위해 당나라와 왜에 사람을 보낸 것인데 마치

황제를 대신해서 사신이라도 보낸 것처럼 모함을 하는 것입니다."
긴 한숨을 내쉬었다.

청해진이 발전하면 발전할수록 신라도 더 부자 나라가 되는 것이고, 천년을 든든히 받칠 무역 기지로 청해진을 세우기 위해서 보낸 것인데 군사를 이끌고 반역이라도 하려는 것처럼 여기는 서라벌 귀족들을 원망했다.

"육지에서는 신라 황실이 주인이지만, 바다에서는 장군께서 왕이십니다."

염장이 장군님에게 기분 풀라면서 술을 가득 따른 잔을 권했다. 청해진이 백년 천년 든든하게 발전해야 신라도 번영할 것이니 서라벌 조정에서도 장군님을 함부로 하지는 못할 것이라며,

"시간이 지나면 자연히 좋은 쪽으로 풀릴 것이니 너무 염려 마십시오."

잔을 받는 장군님에게 위로도 덤으로 얹었다. 다시 기분이 좋아진 장군님이 사람들에게 연거푸 잔을 권하자 다시 흥겨운 잔치판이 벌어졌다.

정진은 술이 떨어진 것을 핑계로 더 가져오라는 기별을 하러 나가서는 섬을 빠져나왔다. 지난달에 태어난 아들 얼굴이 자꾸만 아른거렸다. 얼른 가서 자는 얼굴만이라도 한번 보고 싶었다.

아들놈이 자다 깼는지 사립문 밖으로 울음소리가 새어 나오고 있었다. 반가운 마음에 얼른 들어가 아들놈을 안았다.

서라벌에서 손님이 왔다기에 일찍 못 들어올 거라 여기고 있었다면서,

"아무리 아기가 보고 싶다고 해도 그렇지 장군님 호위 무사 번을 서는 사람이 근무를 하다 말고 집으로 오면 어떻게 해요?"
아내가 핀잔을 주었다.

"다들 술에 취해서 나 같은 놈 있는지 없는지도 모를 거야."
조금 있다가 소변보러 갔다 온 척 슬쩍 들어가면 될 테니 아무 염려 말라고 아내를 안심시켰다. 둥개둥개 아들을 얼렀다.

"그리 좋으면 아예 애기를 안고 군영으로 들어가지 그러세요?"
아내가 놀려 대다가 목소리를 가다듬고는,

"우리에겐 커다란 산이시니까 목숨처럼 받들어 모셔야 해요."
장군님이 아니었으면 지금쯤 당나라 어딘가에서 노예가 됐을 거라면서 장군님은 청해진 사람들을 지켜 주는 큰 산이라고 했다. 사람들이 산에 기대서 집을 짓고 사는 것처럼 장군님이 만든 청해진에 기대서 살고 있으니 장군님이 바로 산이고 바람막이다.

서라벌 사람들이야 성골이니 진골이니 육두품이니 해서 귀족이 아니면 아무 벼슬도 못하지만 청해진에선 칼 잘 쓰면 무사도 되고 장수도 되고, 돈 계산에 밝으면 무역을 맡아 보는 관리가 될 수 있었다. 무엇이든 재주만 있으면 그에 맞는 자리를 얻을 수 있었다.

아내는 장군님을 잘 모시면 장수가 되지 말라는 법도 없으니까 게으름 피우지 말라고 당부했다.

"그래요. 꼭 장수가 되어서, 당신 편히 살게 해 줄게요."

정진이 힘주어 다짐했다.

아이가 울음을 그치자 얼른 군영으로 돌아가라고 아내가 등을 떠밀었다. 아들을 이부자리에 가만히 내려놓고 일어서려는데 손에서 놓인 걸 알아차리고는 다시 울음을 터트렸다.

"아이구! 아이구! 우리 강아지, 아버지 손에서 내리기 싫은가 보네."

정진이 얼른 아들을 다시 안아 들었다. 안아 들면 그치고 내려놓으면 울기를 서너 번 했을까.

"무사님, 무사님!"

다급한 목소리가 들렸다. 마당에 장군님 댁 부엌에서 일하는 연이가 서 있었다.

"무사님이 군영 밖으로 나갔다기에 집에 갔거니 하고 이리로 왔어요. 큰일 났어요."

정진이 아들을 아내 손에 넘겨주고 밖으로 나가며,

"장군님이 날 찾으셔?"

가슴이 철렁 내려앉았다. 호위 무사는 번을 서는 동안 무슨 일이 있어도 장군님으로부터 열 걸음 이상 떨어지면 안 된다. 근무 자리를 벗어났으니 보나마나 경을 칠 것이다.

"그게 아니라, 염장이."

"염장이 날 왜?"

정진이 신발을 신으며 의아해하자, 연이가 손사래를 쳤다.

"아이고, 그게 아니라 염장 손에 장군님이 돌아가셨어요."

낮에 들었던 예감이 그대로 들어맞았다. 불길한 예감은 언제나 빗나가지 않는다. 방으로 뛰어들어 벽장 속에서 칼을 찾아 들었다. 밖으로 나와서는 칼을 뽑아 들었다. 늘 닦고 기름칠해 둔 칼이라 달빛이 희미해도 칼날이 번뜩였다. 군영 쪽으로 달려 나가려는데 연이가 앞을 가로막았다.

"가 봐야 소용없어요. 이미 다 끝났어요."

객주들도 장수들도 염장한테 모두 항복을 하고 말았다면서 옷자락을 붙잡았다.

정진이 뿌리치고 가려 했으나 연이가 다시 앞을 가로막으며,

"지금 그럴 시간이 없어요. 그보다 먼저……."

안고 있던 포대기를 앞으로 내밀었다. 직감으로 누군지 알 것 같았다.

"왕자님?"

연이가 고개를 끄덕였다.

"위험하다는 걸 아는지 울음도 뚝 그치셨어요."

아내에게 등을 떠밀려 정진이 방으로 들어갔다.

더 들여간 술을 연거푸 마시고 장수들도 객주들도 몸을 가눌 수 없을 만큼 취했다. 장군님이 보경 아가씨와 청해진에 불어닥칠 앞날

을 떠올리며 또 한숨을 쉬니까 염장이 싸늘한 눈으로 장군님을 노려
보다가,

"먼 길 가실 분이 웬 한숨이시오?"

들고 있던 술잔을 바닥에 내던졌다. 잔이 깨지는 소리를 신호로, 취
해서 잠든 척하던 염장 수하 장수들이 품속에 숨기고 있던 단검을
뽑아 들고 장군님에게 덤벼들었다.

정신이 번쩍 든 장군님이,

"그러면 그렇지, 네놈도 서라벌 귀족이니 다를 게 뭐 있겠느냐?"

소리치며 맞섰으나, 술에도 취했고 무기도 없이 칼 든 장수들 여러
명을 물리칠 수 없는 것은 당연한 일이었다. 진짜로 술에 취해 잠들
어 버린 청해진 장수들이 일어나서 맞서려 했지만, 몸도 제대로 가누
지 못하는 사람들이라 아무런 도움이 되지 못했다.

무릎이 꿇린 장군님은 제발 청해진 사람들을 해치지 말라고 사정
했다. 염장은 죽을 사람이 별걱정을 다한다고 싸늘하게 비웃으며
핀잔을 주었을 뿐이었다.

장군님을 죽인 염장이 밖으로 나와서는,

"장보고가 반란을 일으켰기에 내가 목숨을 거두었다."

반항하는 사람은 죽음을 면치 못할 것이라며 겁을 주었다. 순순히
항복하는 사람은 살려 줄 뿐만 아니라 지금 청해진에서 하고 있는
일을 그대로 맡게 해 주겠다고 달랬다. 눈치를 보던 장수들과 군사
들이 모두 염장에게 항복해 버리고 말았다.

연이가 울먹이느라 말을 잠시 멈추었다. 아내도 정진도 한숨만 길게 쉴 뿐이었다.

"장수가 항복하니까 군사들은 아무도 반항하지 못하고 무기를 버렸어요."

장수들 가운데서 아무도 염장에게 맞서자고 하는 사람이 없었다면서 연이가 팔뚝으로 눈물을 훔쳤다. 그것이 바로 요즘 들어 점점 불안해지던 청해진 민심이었다. 의리나 은혜보다는 힘센 쪽으로만 기울어지는 것이 권력이라는 것을 정진도 모르는 바가 아니었다.

"아차 싶어서 얼른 보경 아가씨 처소로 달려갔어요."

아가씨가 왕자님을 안고 나오는데 장수들이랑 군사들이 달려오는 소리가 들리사 왕사님을 난간 아래로 딘저 주며,

"김씨 성을 써서는 안 된다. 외할아버지 어릴 때 이름이 궁복이었으니 외할아버지 성을 따라 궁예라고 하여라."
당부했다.

아가씨까지 도망치면 군사들이 끝까지 뒤쫓을 것이므로 스스로 군사들에게 잡혔다면서 연이가 또 울먹였다.

"왕자님 얼굴에 물이……."

아내가 강보를 들춰 보고는 화들짝 놀라며,

"이상해요. 불 좀 켜 봐요."

왕자님 얼굴을 더듬다가 손을 코 가까이에 대고 냄새를 킁킁 맡았다.

"처음 올 때부터 어디서 피 냄새가 난다 했어요."

정진이 불을 켜려 했지만,

"우리를 찾고 있을지도 몰라요. 불 켜지 마요. 피가 더는 나지 않는 것 같아요."

연이가 말렸다. 난간 아래에서 왕자님을 받을 때 손가락이 눈을 찌른 것 같다고 했다.

"이 밤으로 여길 떠나야 해요. 나도 왕자님도 얼굴이 알려져서 잡히면 죽을 테니."

다급하게 서두르는 연이에게 정진은 세달사로 곧장 가라고 당부했다. 세달사는 장군님이 시주해서 세운 절이다.

"살아야 해. 꼭 살아 있어야 해. 살아만 있으면 언젠가는 하늘이 꼭 도울 거다."

정진은 연이에게 당부하고 또 당부했다.

10년 전에 해적들이 마을로 쳐들어왔을 때 정진이 도망치도록 길을 막아섰던 아버지가 그랬다. 해적들 칼에 맞아 숨을 거두면서도 정진에게 꼭 살아 있으라고 당부했다. 살아만 있으면 언젠가는 하늘이 돕는다고.

연이를 보낸 길로 정진도 집을 나섰다. 집집마다 다니며 마을에 사는 군사들을 모았다. 한 집도 빠짐없이 돌았지만, 마을에 나와 있는 군사는 50명도 채 안 되었다. 장수들은 지난밤 잔치에 불려 가고 없었다. 해적이 없어지자 군사를 천여 명으로 줄인 데다가 성 안에 있는 3백여 명 군사는 이미 항복해 버렸다. 나머지는 여러 섬에 흩어져 있는 기지에 주둔하고 있었다. 정진은 고깃배들을 모아서 기지가 있는 섬마다 청해진으로 오라는 연락을 보냈다. 장도를 염장으로부터 되찾기 위함이었다.

아침이 되자 모든 군사들과 상인들은 장도로 들어오라는 명령이 동네마다 전해졌다. 정진과 군사들은 그 명령에 따르지 않고, 섬에 있는 군사들이 도착할 때까지 청해진 뒷산에 있는 법화사에서 기다리기로 했다. 아내에게는 무슨 일이 생기면 세달사로 가라고 일러두었다.

내일 밤까지는 섬에 있는 군사 7백여 명이 올 것이다. 군사들이 오기만 하면 장도를 되찾을 수 있을 것이다. 하지만 다음 날 한낮이 되기도 전에 천여 명이나 되는 신라 군대가 청해진으로 들어왔다. 장도로 들어오라는 명령을 따르지 않은 군사들 집마다 들이닥쳐서 불을 지르고 사람을 잡아갔다.

밤이 되기를 기다려 집으로 찾아갔을 때는 이미 정진이 살던 집은 불타고 사람은 흔적도 없었다.

"군사들이 들이닥치기 전에 아기랑 도망쳤으니 무사할 거요."

옆집 사람이 알려 주었다. 서라벌에서 온 군사들이 휘젓고 다니자, 청해진으로 모여들던 군사들은 지휘받던 장수들 명령을 따라서 항복하거나 흩어지고 말았다. 장군님이 살아 있는 것도 아니니 염장을 몰아낸다고 해도 그다음이 막막할 뿐이었다. 지휘자도 없고 명분도 없는 싸움에 나서기를 다들 두려워했다. 정진도 할 수 없이 청해진을 떠나야 했다. 연이와 아내가 간 세달사로 향했다.

청해진을 차지한 염장이 원래대로 무역 길을 열려고 했으나, 장군님이 하던 대로 될 리가 없었다. 결국 그해 가을에 청해진을 없애고 청해진 사람들은 김제로 이주시켰다는 소식을 풍문으로 들었다.

산이 무너져 버렸으니 그 산에 기대 살던 사람들도 더 이상 살아갈 수가 없게 된 것이다.

세달사로 온 산

열병으로 며칠째 누워 있던 연이가 오늘에야 기운을 좀 차렸다. 마루에 걸터앉아 밖을 보고 앉아 있던 참이었다.

"어머니, 사슴을 잡았어요."

사립문으로 뛰어 들어오며 소년이 소리쳤다.

"감자바위 도랑에 칡넝쿨 그물을 쳤는데요."

연이 옆에 걸터앉아서는 숨도 안 쉬고 말을 몰아쳤다.

앞산 골짜기에 있는 감자바위 도랑은 어른 키보다 깊다. 평소에는 마른 도랑이어도 비가 오면 물길이 되곤 한다.

'사슴을 몰다가 부딪쳐 다치기라도 하면 어쩌려고 그러셨을까?'

연이 가슴이 철렁 내려앉았다. 다쳐도 어지간해서는 다쳤다고도 하지 않으니 내심 걱정이 되었다. 말할 때나 움직일 때 얼굴을 찡그

32

리지 않는 걸 보니 다친 데는 없는 모양이다.

　사슴을 들쳐 멘 총각들이 집 앞으로 지나가면서,

　"이것 좀 보세요."

사슴 엉덩이를 툭툭 쳤다. 칡넝쿨로 앞다리는 앞다리끼리 발목을 묶
고, 뒷다리는 뒷다리끼리 발목을 묶었다. 묶은 앞뒤 다리 사이로 긴
몽둥이를 걸쳐 끼웠다. 사냥이라고 해 봤자 토끼나 너구리 아니면
낮에는 잘 날지 못하는 부엉이 굴을 뒤지는 게 전부였던 총각들인데
오늘은 제대로 사냥다운 사냥을 한 셈이다. 비록 새끼 사슴을 잡은
것이지만.

　"저 애가 그물 쪽으로 몰아넣었어요."

　총각들이 저마다 칭찬을 했다. 뒤에 따라오던 동네 사람들도 들
떠서 칭찬을 늘어놓았다.

　"형들이 이제 사냥 때마다 같이 가재요."

　소년은 언제나 의젓하던 모습은 간 데 없고 몹시도 들떠 있었다.

　"아이, 목말라."

　물을 두 사발이나 연거푸 들이켰다.

　'그렇게 목이 마른데 쉬지 않고 이야기는 어찌하셨을까?'

　연이는 피식 웃음이 났다. 사슴을 잡았으니 마을에 한바탕 잔치판
이 벌어질 게 분명했다.

　그때 마을 어귀에 있는 느티나무 밑이 시끌시끌해졌다.

　"오늘은 기어이 데리고 가려나 보네."

동네 사람들이 사립문 앞을 지나가며 수군거렸다.

"우리도 가 봐요, 어머니."

소년이 연이 손을 잡아끌었다. 이젠 연이 힘으로는 소년을 이길 수가 없다. 잡아 온 사슴이 놓여 있는 느티나무 아래에 사람들이 모여 있었다. 바람골 최 서방이 귀덕이를 끌고 가려 했다.

"아직 달거리도 시작 안 한 아이입니다요. 설이나 쇠고 나면 어떻게……."

귀덕이 어머니가 최 서방에게 매달려 보았지만,

"곡식을 빌려 갈 때는 언제고 이제 와서 딴소리야?"

이번 달까지 안 갚으면 딸 데려가도 좋다고 한 말 잊었냐면서 살고 있는 집을 내놓는다고 해도 이지밖에 안 된다는 걸 모르냐고 욕박질렀다.

최 서방은 성주 밑에 빌붙어서 권력을 쥐고는 사람들에게 비싼 이자로 쌀을 빌려 주는 사람이었다.

"그건 이자에 이자가 붙어서 눈덩이처럼 빚이 늘어난 것이니까……."

귀덕이 어머니가 말끝을 흐렸다.

"그러니까 제날짜에 갚았어야지."

최 서방은 더욱 기세가 등등해져서 귀덕이를 잡아끌었다.

"보리쌀 두 말 빌려 먹은 것 때문에 딸을 빼앗기고 마네."

동네 사람들이 수군거리는데 귀덕이가 최 서방 손목을 물었다. 비

명을 지르며 손을 빼낸 최 서방이,

"얼굴이 반반해서 내 색시 삼아 호강시켜 주려고 했더니."

귀덕이 뺨을 후려쳤다. 쓰러진 귀덕이 입술이 터졌다. 하지만 최 서방은 사정을 보아주지 않고 일어나지도 못하는 귀덕이 손목을 잡아끌었다.

귀덕이가 최 서방 손에 이끌려 막 일어나려는데 이번에는 최 서방이 비명을 지르며 앞으로 고꾸라졌다. 사슴을 끼워 들고 왔던 몽둥이가 최 서방 머리통을 다시 한 번 내리쳤다. 최 서방 머리에서 피가 솟았다.

"애꾸눈이다. 저 애가 어쩌려고?"

동네 사람들 눈이 휘둥그레졌다. 최 서방에게 우르르 다가들었다.

"숨이 끊어졌어."

최 서방을 따라온 남자들이 시체를 들쳐 메고 고갯마루를 넘어갔다. 동네 사람들이 도망치라고 했지만, 소년은 고개를 가로저었다. 도망을 간다고 해도 성주가 마음만 먹으면 잡히는 건 시간문제라는 것을 동네 사람들도 잘 알았다. 연이는 온몸이 벌벌 떨렸다. 그런 내색을 해서는 안 된다고, 언제나 의연해야 한다고 다짐하고 또 다짐했지만 떨림은 멈추지 않았다.

해가 지고 온 동네 사람들이 다시 모였어도 잔치 흥이 나지 않았다. 불에 구운 사슴 고기를 나누어 먹기만 할 뿐 누구도 즐겁게 웃지 못했다.

"누가 저 애를 열두 살이라고 하겠어."

"기골과 용기가 저렇게 좋으니 신분만 천하지 않았으면 장군 정도는 식은 죽 먹듯이 됐을 텐데."

"그나저나 성주님이 가만두지 않을걸."

사람들이 수군거렸다.

다음 날 성주가 군사 스무 명쯤을 이끌고 왔다. 동네 사람들을 모두 느티나무 아래로 불러 모았다.

귀덕이 부모도 연이도 말을 탄 성주 앞에 꿇어 엎드렸다.

"죽은 최 서방이 곡식을 빌려 주고 몇 배를 빼앗아 갔느냐?"

감나무집 할아버지가,

"다섯 배도 넘습니다요. 최 서방한테 빚 안 진 집이 없습니나요."

최 서방이 곡식을 강제로 빌려 가라고 떠맡겼는데 필요 없다고 안 빌렸다가는 다음 해에 농사지을 땅을 안 주니 어쩔 수 없이 빌렸고, 비싼 이자를 물어야 했다며 연신 허리를 굽실거렸다.

성주가 여자애를 최 서방에게 빼앗긴 집이 또 있느냐고 물었다. 감나무집 할아버지가 작년에 앵두나무집 딸도 끌려갔다고 대답했다.

"나쁜 놈, 재물에만 정신이 팔려서."

성주가 혼잣말을 하고는 사람들을 향해서,

"도적이 들끓고 나라가 어지러우니 정신 못 차리는 놈들이 많구나. 다시는 이런 일이 없도록 할 테니 염려 말거라."

최 서방한테 진 빚은 모두 없는 것으로 해 줄 테니 다시는 빚지지 말라고 당부했다. 동네 사람들은 모두 입이 헤벌어졌지만, 그다음 일이 두려워서 차마 웃지 못했다.

성주가 소년을 내려다보고는 이름을 물었다.

"궁예라 합니다."

소년이 당당하게 대답하며 성주를 빤히 올려다보았다. 주눅 든 기색이라고는 전혀 없었다.

"몇 살이냐?"

성주 목소리가 조금 높아졌다. 연이는 '제발! 굽히세요. 그래야 무사할 수 있습니다.' 마음속으로 외쳤다.

"열두 살입니다."

소년이 여전히 성주 눈을 빤히 올려다보았다. 전혀 굽히지 않았다. 옆에 서 있던 군사가,

"고개 숙이지 못하겠느냐? 감히 성주님 앞에서."

눈을 부라렸다.

"열두 살치고 기골이 장대하구나."

성주 목소리가 조금 부드러워졌다. 이번에는 연이 가슴이 철렁했다. 성주가 소년 핏줄을 알아보면 어쩌나 조바심이 났다. 느티나무 집 할아버지가 끼어들었다.

"열대여섯 살 먹은 아이들보다 힘이 셉니다요. 글자도 제법 압니다."

글자를 안다는 말에 성주가 흠칫 놀라며 소년에게 성이 무엇이냐

고 물었다. 귀족인지 아닌지 알아보려고 묻는 것이었다.

"천한 것에게 성이 어디 있겠습니까? 제 어미가 이름만이라도 쓰라고 이두 몇 자를 배우도록 해 주었을 뿐입니다."

성주가 더는 캐묻지 않았다. 하지만 연이는 가슴이 벅차올랐다. 몸만 큰 게 아니라 어느새 의젓한 품성도 갖추었기 때문이었다.

왜 최 서방을 죽였냐고 성주가 묻자,

"여기 있는 사람들 가운데 최 서방이 억울하게 죽었다고 생각하는 사람은 없을 것입니다. 사람이 사람답게 살지 못하면 죽어 마땅합니다."

대답이 당당하고 힘찼다.

성주가 물끄러미 내려다보더니,

"최 서방이 한 짓은 분명 옳지 않다. 옳지 않은 일을 보고 그냥 지나친다면 사내대장부가 아니지."

그렇다 하더라도 함부로 사람 목숨 해치는 것은 더 옳지 않은 일이라고 했다.

"한번 피를 손에 묻힌 자는 평생 손에 피를 묻히고 살아야 하는 법이다."

손에 피 묻힐 사람을 자기 땅에 살게 할 수 없다면서 내일 당장 백 리 밖으로 나가라는 추방령을 내렸다. 꼼짝 없이 죽을 것이라고 여겼던 사람들이 모두 안도하며 한숨을 내쉬었다.

집으로 돌아온 연이는 소년을 윗자리에 앉히고 큰절을 올렸다. 반쯤 일어나며 어리둥절해하는 소년 앞에 머리를 조아렸다.

"소인은 왕자님을 키운 유모입니다. 제 아들이 아니라 신라 왕자이십니다."

연이가 해 주는 이야기를 다 들은 궁예는,

"이 절은 이 궁예가 아들로서 드리는 것입니다."

연이를 향해 큰절을 했다.

"키워 준 은혜는 결코 잊지 않을 것이오."

다짐도 했다.

"세달사는 장보고 장군께서 시주하여 세운 절이니, 세달사로 가시옵소서."

연이는 자신이 세달사까지 모시고 가는 것이 마땅하오나 몸이 성치 않아 도리어 짐만 될 것이라며 용서를 빌었다.

"부디 썩어 가는 신라를 바로 세우고 큰 뜻을 이루시옵소서."

당부를 하면서도 연이는 끝내 눈물을 보이지 않았다.

"살아 계시옵소서, 왕자님. 살아 계시오면 언젠가는 하늘이 도울 것입니다."

빌고 또 빌었다.

정진이 법당에서 다음 날 열릴 법회 준비를 마치고 나오는데 총각이라고 하기엔 아직 좀 어려 보이는 아이랑 마주쳤다. 한쪽 눈을 가렸다. 혹시 하는 생각에 가슴이 철렁 내려앉았다. 아니나 다를까.

"청해진을 세운 장보고 장군이 내 외조부이시고 문성 황제가 내 부친이시오."

궁예가 당당하게 말하고는 주지 스님을 만나야겠으니 길을 잡으라고 했다.

가슴이 쿵! 하고 내려앉았다. 아이고, 왕자님! 부르며 당장 땅에 엎드려 절을 하고 싶었다. 하지만 내색을 하면 안 된다는 생각이 더 앞질러 나왔다.

"따라오시지요."

앞장을 섰다.

정진이 세달사로 왔으나 청해진에 신라 군사들이 들이닥쳤다는 소문에 겁을 먹은 연이가 왕자님을 안고 사라진 뒤였다. 왕자님이 무사하기를 부처님께 빌지 않은 날이 하루도 없었다. '살아 계셨구나, 살아 계셨구나.' 가슴이 요동을 쳤다.

정진은 주지 스님 처소로도 대웅전으로도 가지 않았다.

"어디로 가는 게요?"

절 밖으로 나가는 것이 이상한지 궁예가 물었다.

"주지 스님 처소가 절 밖에 있습니다."

정진이 둘러댔다. 연이와 왕자님이 살아만 있다면 언젠가는 연이가 왕자님을 세달사로 보낼 것이라는 희망으로 기다리고 또 기다렸다. '드디어 오셨구나, 드디어 오셨구나.' 이를 악물고 참았지만 눈물이 주르르 흘러내렸다.

오솔길로 구불구불 한참을 올라가서 산꼭대기 바로 아래에 있는 바위 굴 앞에서 멈추었다.

"왕자님!"

정진이 절을 하고는 그대로 엎드려 울었다.

"소인은 장보고 장군님 호위 무사였던 정진이라 하옵니다."

그날 밤에 장군님을 지켜 드리지 못한 죄를 빌었다. 궁예는 연이에게 들어서 다 알고 있다며 지난 일이니 잊으라고 했다.

정진이 굴 안으로 궁예를 이끌었다. 관솔 등잔에 불을 피웠다. 구석에 돌무더기를 헤치고 나무 상자를 꺼냈다.

"장군님께서는 무역을 통해 재물을 얻고, 백성들에게 고루 나누어 줘서 모두가 배부르게 하는 것도 중요하지만, 불교도 귀족이나 왕족 것이 아니고 백성 모두가 누려야 할 것이라고 늘 말씀하셨습니다."

그리고 선종 불교를 들여와 널리 퍼트리려 했다는 것도 알리고는 상자를 궁예한테 내밀었다. 상자 안에는 선종 불교 경전이 들어 있었다.

"왕자님께서 신라 왕자임이 알려진다면 섬기려는 자들보다 해치려는 자들이 더 많을 것이옵니다."

궁예한테 힘이 강해지기 전까지는 신분을 숨기라며 머리를 조아렸다.

"이제 정진 무사에게 몸을 맡기려 하니 부디 나를 도와주오."

궁예가 정진 손을 끌어다 꼬옥 쥐어 주었다.

기울어지는 천 년

아침나절부터 망치 쥔 부양이 손에 힘이 자꾸만 빠졌다. 벌써 정을 세 번이나 놓쳤다. 망치질을 하다 말고 자꾸만 한숨이 나왔다.

"일 잘하는 사람은 이 공사 끝나면 불상 새기는 석공으로 올려 주겠다."

며칠 전에도 석공 우두머리인 털보 영감이 약속했다. 계단 만드는 일을 열심히 하라는 뜻도 담겨 있는 말이었다. 불상은 솜씨가 뛰어난 석공들이 맡아서 새기는데, 이번 절 공사에서 같이 일한 석공 가운데에서 뽑는다는 소리를 늘 입에 달고 다녔다.

"그게 다 품삯 아끼려는 수작이다."

동진이는 기대에 부푼 부양이와 석공들을 비웃으며,

"기술 좋은 석공들 데려다 새기면 품삯을 많이 주어야 하니까 돈

아끼려고 절 공사하던 석공들을 쓰려는 것이다."

털보 영감을 향해서도 비아냥거렸다.

"어설픈 석공 쓰면 불상이 잘 만들어질 리가 만무한데."

좋은 물건 만들려는 욕심은 없고, 돈에만 정신이 팔려서 자기 배불릴 욕심만 부리려 한다면서 코웃음을 쳤다.

조금만 높은 자리에 올라가면 너나 할 것 없이 밑에 사람 짓밟으려고만 한다며 분통을 터트렸다. 자기들만 잘살려고 하니 나라가 어지러운 거라면서 한탄도 했다.

"부자만 되면 어떻게 재물을 모았는지는 따지지 않고 무조건 우러러보는 세상이니……."

목수 일 보조나 하는 일꾼 주제에 나라 걱정, 세상 걱정까지 하느냐고 부양이가 동진이에게 핀잔을 주고는,

"돈 적게 들어서 좋은 불상 만들면 그보다 더 좋은 게 어디 있니?"

지금은 계단 만드는 석공이라 품삯이 적지만, 일단 불상 새기는 석공이 되고 나면 앞으로는 품삯을 적어도 세 배는 더 받게 될 테니 너무 안 좋게만 생각하지 말라고 타일렀다. 그러나 동진이는 뭐든 돈이면 다 되는 줄 아냐며,

"겨우 주춧돌이나 쪼고, 계단 돌 쪼는 석공이랑 불상 새기는 석공이랑 품삯이 세 배 이상이나 차이 나는 까닭이 무엇이겠니?"

부양이를 빤히 바라보았다.

돌에 새긴 불상은 천 년을 가야 한다. 불상을 모시는 절에 불이 나

서 건물이 폭삭 가라앉아도 돌은 타지 않는다. 계절이 바뀌고 또 바뀌고, 비바람, 눈보라가 몰아쳐도 굳게 서서 묵묵히 견뎌 내는 것이 바로 불상이다. 그래서 불상은 아무 돌에나 새기지 않는다. 갈라진 금이 없고 결이 좋은 돌에만 새긴다. 단단한 것은 기본이다.

불상 새기는 석공에게 많은 품삯을 주는 것은 바로 돌이 단단한지 결이 좋은지 볼 줄 아는 눈매와 돌을 다룰 줄 아는 솜씨를 두루 갖춘 사람이기 때문이다. 기술 차이가 그만큼 나기 때문이다.

불상은 계단이나 탑과는 비교도 안 될 만큼 어렵다. 콧날이나 입술, 눈매가 조금만 달라도 전혀 다른 모습이 되어 버리는 것이 사람 얼굴이니, 콧날이나 눈매를 만들 때 망치질 실수를 한 번만 해도 부처님 모습 전체를 망쳐 버리게 된다. 망치질 한 민에 천 년 동인 시 있을 부처님 모습이 변해 버리는 것이니 품삯이 비싸도 좋은 석공을 쓰려는 것이다.

불상을 새길 때는 석공들끼리 손발도 잘 맞아야 한다. 한 사람은 세밀하고 한 사람은 투박하면 전체 균형이 맞지 않는 불상이 되어 버리기 때문이다. 노련한 석공들은 다른 사람 솜씨를 보고 자기 솜씨를 조절하여 균형을 잘 맞춘다. 석공들 솜씨 균형이 맞으니 불상도 아래위와 좌우 균형이 잘 맞게 되는 것이다.

"목수들 공구만 봐도 얼마나 일을 잘하는 사람인지 알 수 있어."

동진이 말처럼 끌이나 대팻날만 보아도 그 목수 경력이 얼마나 됐는지 알 수 있다. 오래 일한 사람일수록 날을 잘 갈아서 가지고 다

닌다. 끌이나 대팻날을 쓰기 편하도록 알맞게 가는 것도 보통 어려운 일이 아니라서 오래 일한 사람일수록 날을 가는 솜씨도 좋은 것이다.

옹달샘으로 올라가는 길가에 깎아서 세운 것 같은 바위가 서 있었다. 불상 새기라고 부처님이 미리 만들어 두기라도 한 것처럼 반반한 절벽 바위였다. 높이가 사람 키 세 길은 족히 넘었다. 그 바위 절벽이 꽉 차도록 서 있는 모습으로 불상을 새길 것이다.

벽면에는 금이나 결이 하나도 없었다. 결에 때가 끼면 갈라진 것처럼 보이는데 그럴 일도 없을 것이다. 천 년이 아니라 만 년도 가는 불상이 될 거라며 모두들 감탄했다. 절벽 바위 아랫부분에는 바위 두 개가 엇갈려 붙어 있어서 돌 몇 개만 쌓으면 건물 세울 자리도 쉽게 만들 수 있을 것이다. 불상 새기기 참 좋은 자리라고 너도나도 입을 모았다.

이번 절 공사에 나선 석공이 모두 열둘이었지만, 불상 새기는 일에는 석공 여섯 명을 뽑는다고 했다.

사람들이 모두 부양이도 불상 새기는 일을 맡게 될 것이라고 했다. 돌 다루는 솜씨가 열두 명 가운데서 최고는 아닐지 몰라도 서너 명 안에 들 정도는 될 것이라고 늘 생각해 왔으니 은근히 기대도 되었다. 털보 영감에게서 일 못한다는 잔소리를 들은 적도 서너 번뿐이었다.

이번에 불상 새기는 일을 맡게 된다면 더욱 솜씨 좋은 석공으로 인정받게 되는 것이니까 석공들 사이에서 신분이 높아질 것이다. 다른 석공들에게서 우러름도 받게 될 것이다.

하지만 어제 일을 마치고 들어가려고 할 때 털보 영감 입에서 나온 불상 새기는 석공 이름에는 부양이가 들어 있지 않았다. 털보 영감에게 품삯 일부를 갖다 바친 사람들을 불상 새기는 석공으로 뽑았다는 수군거림까지 듣고 나자 일할 맛이 싹 가셔 버렸다.

"뇌물을 써야만 좋은 자리에 갈 수 있다는 말이 관리들에게만 있는 게 아니었구나."

부양이 입에서 푸념이 터져 나왔다.

그동안에는 동진이가,

"다른 지방 백성들은 풀뿌리를 캐고 나무껍질을 벗겨 먹으며 겨우 목숨을 부지하고 있는데 귀족이라는 사람들은 이렇게 절이나 짓고 있으니 원."

한탄을 해도,

"절 공사가 많을수록 그 덕분에 너나 나나 배불리 먹고 잘살잖니?"

부양이는 일할 곳이 많으니 좋기만 하다며 동진이를 나무랐는데, 이제는 부양이도 화가 치밀어 올랐다. 다음에 다른 데에 공사를 하러 가더라도 또 낮은 석공으로 일해야 할 것이니 변변치 않은 품삯으로 힘만 많이 쓰는 신세에서 영원히 벗어날 수 없을 것이다.

마음이 울적하니 천 년을 가는 계단을 만들어야 하는데 돌에 결을 살리지 못한다는 털보 영감 말도,

'원래 돌이 안 좋아서 그런 걸 나더러 어쩌라는 거야.'

불상도 아닌데 무슨 천년 타령이냐며 투덜거렸다. 사람들이 부양이를 세상 물정 모르는 바보 멍청이라고 비웃는 것만 같았다.

내일부터 불상 새기는 일 한다고 거들먹거리는 사람들 소리가 듣기 싫어서 점심 밥그릇을 들고 웅달샘가로 갔다. 열암 계곡 아래로 내려다보이는 들판도 휑해 보이고, 오늘따라 새소리도 우울하게만 들렸다.

"얼굴 좀 펴라."

동진이가 밥그릇을 들고 다가왔다. 옆 바윗돌에 걸터앉았다.

"세상 근심 혼자서 다 짊어진 것처럼 죽을상이 돼 가지곤."

혀를 끌끌 찼다.

"모레 품삯 받으면 여기서 나갈란다."

부양이 말이 떨어지기가 무섭게 동진이 입에서 밥알이 컥 튀었다. 동진이가 주먹으로 가슴을 탁탁 치고는,

"갈 데라도 있니?"

아무리 그래도 털보 영감 바짓가랑이 붙잡고 늘어져야 돌 쪼는 일이라도 안 끊어지고 할 수 있다면서 엉뚱한 생각 말라고 말렸다.

다른 데로 가서도 돌 쪼는 일자리 얻으려고 하면 누구한테 배웠는지 물을 것이다. 털보 영감 밑에서 배웠다고 하면 왜 거기 있지 않고

나왔냐고도 물을 것이다. 대답이 시원치 않으면 원래 주인한테서 재주가 없다며 버려진 석수로 여기고는 일자리를 주지 않을 것이다. 털보 영감을 아는 사람이라면 부양이를 배신자 취급도 할 것이다.

"아이도 커서 어른이 되고, 말단 목수도 도목수가 되는 것처럼 사람 인생이라는 것이 애쓰는 것에 따라서 점점 발전하는 맛이 있어야 하잖니?"

언제까지나 그 자리에서 뱅뱅 맴돌기만 하면서 살 수 없다고 부양이가 고개를 가로저었다.

"그래도 너는 돌 쪼는 기술이라도 배웠잖니?"

동진이가 부러워했다. 밥 한 숟가락에 바로 배가 부를 수는 없다면서 다시 좋은 기회가 올 거라고 달랬다. 한날한시에 서라벌에 왔지만, 동진이는 아직도 물건 나르는 잡부일 뿐이다.

"신하는 황제를 잘 만나야 하고 노예는 주인을 잘 만나야 한다는데 털보 영감 밑에서는 어림도 없는 짓이다."

부양이는 동진이가 달래는 말에는 아랑곳 않고 고개만 가로저었다.

"할아버지 보고 싶어."

부양이가 서라벌 너머 북쪽 하늘을 물끄러미 바라보았다.

"세달사 떠난 지도 벌써 오 년이다. 그치."

동진이도 북쪽 하늘로 눈길을 돌렸다.

"할아버지 잘 계실까?"

돌아가고 싶은 생각이 확 치밀어 올랐다.

"아서라. 성공하기 전엔 돌아오지 말라고 한 말씀 벌써 잊었니?"

지금 세달사로 돌아갔다가는 할아버지한테 경을 치게 될 것이다. 동진이는 노예나 다름없는 세달사 수원승도로 살기 싫다면서 도리질을 했다.

부양이는 태어나자마자 아버지가 죽어서 얼굴도 모르고, 일곱 살에 어머니마저 병으로 죽자 세달사에서 할아버지랑 살았다. 동진이는 절 아랫마을에서 할머니랑 살았는데 날마다 절에 놀러 왔다. 나이도 같아서 금세 동무가 되었다. 열다섯이 되던 해에 동진이 할머니가 세상을 떠나자 할아버지가 둘을 불러 앉혔다.

"너희들 이렇게 있다가는 나처럼 절에서 잡일하는 수원승도밖에 못 된다."

서라벌로 가라고 일렀다.

"사람이란 꿈이 있고 목표가 있어야 한다."

우리가 귀족이 될 수는 없지만, 조금씩이라도 발전하지 못하고 그 자리에 머물러 있는 것은 죽은 사람이나 마찬가지라고 일깨워 주었다.

신라가 백제와 고구려를 합친 덕분에 넓어진 땅에서 거두어들이는 세금으로 서라벌은 돈이 넘쳐 난다고 알려 주었다. 매운 연기가 퍼지면 옆집에 피해를 주니까 숯으로 밥을 해 먹고 방도 데우는 별천지라고도 했다.

"사람은 큰 동네에 살아야 큰 스승도 만나고 크게 배워서 큰사람이 된다."

할아버지는 신라가 골품으로 신분이 엄격하게 나누어져 있지만, 신분이 낮아도 얼마든지 큰사람이 될 수 있다면서 서라벌로 보냈다.

큰 동네니까 뭐든지 쉽고 잘될 거라고 기대하며 서라벌로 왔으나 아무리 사람이 많이 살고 일거리가 많다고 해도 세상 물정 모르는 동진이와 부양이에게 호락호락하지는 않았다. 처음에는 숯가마에서 일을 하다가 작년부터 절 짓는 공사장으로 옮겨 왔다. 숯가마에서는 옷이고 얼굴이고 숯이 묻어서 짐승 꼴이었는데 절 짓는 공사장은 그보다 훨씬 깨끗했다.

마침 석공이 모자라자 부양이와 동진이도 같이 돌 쪼는 일을 맡았는데 동진이는 솜씨가 없다면서 나무 다루는 목수 일을 시켰다.

"손으로 뭘 만드는 건 영 젬병이다."

동진이는 목수 일도 못 하게 되었지만, 별로 좌절하지도 않고 기술 배우기를 포기했다. 물건이나 나르고 청소나 하는 인부로 지냈다.

절 짓기가 막바지에 접어드니 감독하는 사람들이 몰아치기도 하고 오랜 공사로 지치기도 해서인지 저녁을 먹자마자 다들 곯아떨어졌다. 일꾼들 코 고는 소리가 고르게 들렸다. 하지만 부양이는 잠이 오지 않았다. 절 마당을 비추는 달빛이 천막 틈으로 새어 들어왔다.

멀리서 여우 울음소리가 들렸다. 늘 듣던 소리가 오늘따라 더 구슬프게 들렸다. 한숨이 길게 나왔다. 떠나기로 한 것이 잘한 일인지 갑자기 확신이 흔들렸다. '그냥 좀 더 낮은 석공으로 살다 보면 언젠가 좋은 날이 올 텐데 중간에 포기하는 것은 아닐까?' 걱정이 되기도 했다. 하지만 생각을 바꾼다면 또 후회할 것이 뻔했다.

"어떤 선택이라도 후회는 하게 되어 있다."

할아버지가 했던 말을 다짐 삼아 자꾸만 내뱉었다. 흔들리는 마음을 다잡았다. 무슨 일이 닥치면 얼른 결정을 못하고 이럴까 저럴까 뜨뜻미지근하게 질질 끈다는 말을 듣곤 하던 게 늘 부끄러웠다. 하지만 이번에는 절대로 되돌리지 않을 것이다. 세달사에 갔다가 할아버지한테 맞아서 다리가 부러지는 한이 있더라도 기어이 서라벌을 떠날 각오를 했다.

자는 둥 마는 둥 뒤척이다가 문밖이 밝아지는 기미가 보이자 자리를 박차고 일어났다. 곧 동이 틀 것이다.

"이제 나오니?"

동진이가 석등 앞에 쪼그리고 앉아 있었다. 저녁 먹으면서 인사는 대충 해 두었는데 그래도 아쉬웠던 모양이다.

"산 내려가다가 우리 부양이 여우한테라도 물려 가면 어떡하니?"

동진이가 열암 계곡 아랫마을까지 배웅해 주었다.

"난 여기서 밥벌이나 하고 있으련다. 서라벌도 정 붙이고 살면 그냥저냥 살 만하니까."

좋은 목수 되기는 일찌감치 틀렸으니 큰사람 되어서 돌아가겠다
는 약속을 지킬 수 없게 되었다고 전해 달라며 동진이가 부양이 손
을 꼭 잡아 주었다.

"너는 돌 쪼는 솜씨 좋으니까 다른 곳으로 살길 찾아가거라. 세달
사 수원승도 될 생각은 아예 말고, 알았지?"

당부했다.

"너도 사정 안 좋아져서 서라벌 땅에서 떠나야 하면 꼭 세달사로
와야 한다."

부양이도 동진이에게 마주 당부를 했다.

경을 질 각오를 단단히 하고 세달사로 샀는데 할아버지는 도리어
잘 왔다며 반겨 주었다.

"지금 절 밖으로 나가 본들 변변히 갈 곳도 없을 게다."

서라벌마저도 그 모양이라면 세상 어디도 제대로 돌아가는 곳이
없을 거라며 그냥 세달사 수원승도가 되라고 했다.

"수원승도는 인생을 포기한 사람이나 하는 일이라고 하셨잖아
요?"

놀라서 묻자, 밥 안 굶고 살 수 있는 것에 만족해야 하는 때도 있
다고 했다.

"언제까지 수원승도로 있지 않아도 될 것이다."

몇 년 떨어져 있지도 않았는데 할아버지가 하는 말을 알아듣지 못

하게 되어 버린 것 같다.

부양이가 세달사로 온 지 석 달도 채 안 되어서 동진이도 돌아왔다.

"말도 마라. 서라벌은 전쟁터 같다."

동진이가 손을 휘휘 내저었다.

"아귀다툼이 따로 없다."

동진이가 혀를 길게 내밀고는 고개를 절레절레 저었다. 남 걱정은 고사하고 자기 한 몸 먹고살기도 위태로워졌다면서 입맛을 쩍 다셨다. 기술 좋은 사람들도 굶는 판인데 동진이 같은 막일꾼은 입에 풀칠하기도 힘들어졌을 게 뻔하다.

세금을 많이 내던 지방 호족들이 안 내기 시작하니까 황제도 돈이 없고, 서라벌 귀족들도 돈이 없는 형편이 되어 버렸다. 그러다 보니 절을 세우거나 집을 짓지도 못해서 일거리도 없어져 버렸다.

백성들이 힘들거나 말거나 관리들은 어김없이 세금을 거두어 갔다. 아무리 백성들을 짜내 보았자 가난한 살림에서 낼 수 있는 세금은 보잘 것이 없었다. 나라 살림이 나아질 리가 없었다. 나라 살림이 어려우니 백성들이 어렵고, 어려운 백성들이 세금을 내지 못하니 나라는 더 어려워졌다. 나쁜 것이 더 나쁜 것을 낳는 악순환이 이어질 뿐이었다.

"많이 내야 하는 부자는 아예 세금을 안 내고 가난한 백성들만 내니까, 나라는 나라대로 쪼들리고 백성들은 백성들대로 죽을 지경이 된 것이다."

많이 가진 사람은 더 많아지고 적게 가진 사람은 더 적어진다고 말하는 동진이 입에서 침이 마구 튀었다.

동진이는 화가 나면 날수록 침이 더 멀리 튀었다. 아래 대문니 사이가 벌어져서 말을 크게 하면 그 틈으로 침이 튀는 것이다. 목소리가 커질수록 침이 튀는 거리가 길어졌다. 상대방 얼굴에까지 침이 튄다는 것은 아주 화가 났다는 뜻이다.

서라벌을 떠나올 때 보고 들었던 것들이었다. 어떤 마을은 사람 그림자도 구경하기 힘들 정도로 텅 비어 있기도 했다. 오는 길에 만난 거지 떼들도 그런 마을에서 살던 백성들일 것이다.

할아버지는,

"가장 안 좋은 때는 가장 좋은 때다."

세달사에 있으면 굶주리지는 않을 테니 동진이도 수원승도가 되라고 했다. 수원승도도 노예나 마찬가지라 싫다던 동진이였지만,

"재주도 없는 놈이 달리 갈 데도 없는데, 받아 주시는 것만도 감지덕지입니다."

지게를 둘러메고 땔나무를 해 날랐다.

"노예 되기 싫다면서?"

부양이가 놀려도,

"닥치는 대로 살다 보면 좋은 날 오겠지."

그 말에 부처님 다 됐다고 부양이가 또 놀렸다. 동진이는 화를 내기

는커녕,

"지금 내가 찬밥 더운밥 가리게 생겼냐? 입에 풀칠을 해야 살아남을 거 아니니."

아주 부처님 다 된 듯이 현실을 받아들였다. 절 밖에 나가면 바로 거지꼴을 면하기 어렵다는 것을 동진이도 부양이도 모르지 않았다.

나뭇짐을 부려 놓고 방으로 들어가니 할아버지 숨결이 아침보다 더 약해졌다. 떠다 주는 냉수를 몇 모금 마시고는 겨우 기운을 좀 차렸다. 마침 선종 스님이 할아버지를 보러 왔다.

"이 몸이 불충하여 청해진에서 장보고 장군님을 지켜 내지 못한 것이 평생 한으로 남았습니다."

그 한을 풀지도 못했는데, 선종 스님마저 더는 모시지 못하게 되었다고 또 한탄을 했다.

"백성들이 편히 깃들어 사는 큰 산이 되십시오."

할아버지가 선종 스님 손을 잡고는 어지러운 나라를 바로잡아 백성을 구하고 큰 뜻을 이루라고 당부했다.

"제 손자 놈이 재주는 별로 없으나, 총명한 아이입니다."

곁에 두고 잔심부름 시키는 몸종으로 삼으라면서 부양이 앞날도 부탁했다.

"너는 무슨 일이 있어도 목숨이 붙어 있는 한 마지막까지 스님 옆에서 스님을 지켜야 한다."

부양이에게도 당부했다. 부양이도 선종 스님도 그러겠다고 약속했다.

"선종 스님은 백성이 깃들어 살 큰 산이 될 분이시다. 내가 보는 앞에서 주군으로 섬길 것을 맹세해라."

옆에서 모시라는 말로 알아듣고 알겠노라 했다가 맹세하라는 말에 부양이는 옷매무새를 고치고 선종 스님 앞에 무릎을 꿇었다. 할아버지가 시키는 대로 목숨을 다해 섬기겠노라고 충성 맹세를 했다.

할아버지가 선종 스님에게 절을 세 번 올리라고 했다. 산 사람에게 절할 때는 한 번, 죽은 사람에게는 두 번 하지만, 신하가 임금에게 예를 다할 때는 세 번 하는 것이다.

부양이가 선종 스님을 임금으로 섬기겠다는 맹세를 한 것이다. 그때서야 할아버지는 선종 스님을 혼자 두고 가지 않게 되었다며 안심을 했다.

"이제부턴 스님 몸에서 열 걸음 안에 있어야 한다."

늘 가까이에서 살피라고 했다.

사흘 뒤에 할아버지는 세상을 떠났다.

"열두 살에 내가 이곳에 왔을 때부터 정진 무사가 나에게 무예를 가르쳐 주고 살펴 준 공을 평생 잊지 않을 것이오."

언제나 의연하고, 언제나 강철같이 단단해 보이는 선종 스님도 할아버지를 묻을 때는 눈물을 흘렸다.

일어서는 산

큰 법회가 닷새째 이어지고 있었다. 사방 50리 안이 모두 자기 땅이라는 어느 부자가 죽은 부모를 극락에 가라고 빈다는 법회였다. 새순이 한창 돋아나는 나무들 사이로 목탁 소리, 염불 소리가 끊이지 않고 들렸다. 서로 섞이기도 하고 차례를 바꾸기도 하면서 번갈아 들려왔다. 올해 들어 저렇게 큰 법회가 벌써 다섯 번이나 열렸다.

"스님! 다들 내려갈 준비가 되었다고 합니다."

선종 스님이 참선하는 바위 앞에 부양이가 허리를 숙이고 섰다. 선종 스님이 심호흡을 길게 하고는 옷자락을 여미며 일어났다. 땔나무를 하러 온 수원승도들이 너럭골 계곡에 지게를 받쳐 놓고 있다가 선종 스님이 내려가자 모두 일어났다. 손바닥을 마주 붙이는 합장을 하고는 선종 스님을 향해 허리를 굽혔다.

선종 스님이 나뭇짐을 지고 앞서자 모두들 뒤를 따랐다. 법회에 참여하기는커녕 머리도 깎을 수 없는 수원승도는 승려가 아니라 절에서 막일하는 노예나 마찬가지였다. 절을 지키는 군사이기도 했다. 그러나 수원승도들도 선종 스님은 스님이라고 불렀다. 진짜 스님들도 선종 스님을 함부로 대하지 못하고 슬슬 피했다. 선종 스님은 머리도 깎았다.

"딱 장군이네. 저 덩치 좀 봐. 키가 칠 척이라는 말이 헛소문이 아니었네."

절 앞으로 내려오자 법회를 구경 온 사람들이 수군거렸다. 승려도 아닌데 머리를 깎았다면서 신기해했다.

"중은 아니시만 중보나 법력이 너 높나네. 관심법도 한나먼길."

선종 스님 법력 소문도 이미 널리 퍼졌다.

"법력만 높은 게 아니라 마음도 비단결이라네."

칭송도 했다.

석 달 전에 세달사로 쳐들어온 도적 떼를 수원승도로 거두어들이게 하자 선종 스님은 더욱 유명해졌다. 생불이라 칭송하면서 합장하는 백성들도 점점 더 많아졌다. 선종 스님은 합장하는 백성들에게 일일이 합장으로 화답했다. 합장하고 허리를 숙이는 것은 상대를 나보다 위에 서게 하는 것이다. 나를 낮추는 것이다. 상대를 존중한다는 뜻을 나타내는 것이다.

"큰 법회 공양이니 오늘도 배꼽이 저 앞산 쌍바위에 닿도록 푸지게 먹어 보자고요."

동진이가 선종 스님에게 넘치도록 음식이 담긴 밥그릇을 건네며 부양이에게도 눈웃음을 쳤다.

큰 법회가 있는 날이라 젯밥이 넉넉하니 공양이 더 푸짐했다. 땔나무를 하느라 시장하던 참이라 다들 정신없이 밥숟갈을 놀렸다. 그러다 흘깃 옆을 보니 선종 스님은 먹을 생각을 않고 먼 산만 물끄러미 보고 있었다.

"왜 안 드십니까?"

부양이 물음을 가로질러서,

"그러게, 맛만 좋구만."

동진이가 말을 할 때마다 밥알이 입 밖으로 튀어나왔다. 튀어나오거나 말거나 동진이는 양 볼이 터져 나가라고 밥이며 나물이며 떡을 우겨 넣고 있었다.

"날마다 이렇게 큰 법회만 있으면 좋겠네. 먹어도 먹어도 물리질 않는다니까."

음식을 흘리지 말고 아껴서 먹으라는 말을 이 절에서는 전혀 할 필요가 없었다. 모자라기는커녕 언제나 먹고 남아서 짐승들에게 먹으라며 산에다 뿌리기 일쑤였다.

"절에는 이렇게 음식이 넘쳐 나지만, 산 밑 백성들은 굶주림을 면하지 못하니 참 답답하구나."

선종 스님이 아까 너럭바위에서처럼 길게 한숨을 내쉬었다. 요즘 들어 선종 스님 한숨이 점점 더 늘었다.

"권력을 쥔 사람이 백성 편이 아니라 부자들 편만 드니까 부자는 재물이 점점 쌓이지만, 백성들은 점점 더 가난해지는 것입니다."

등 뒤에서 낯선 목소리가 들렸다. 처음 보는 스님이었다. 밥을 먹던 수원승도들이 모두 일어나 그 스님을 향해 합장했다.

"아닙니다. 어서들 드십시오."

높임말을 쓰며 손사래를 쳤다.

신라는 귀족들만 승려가 될 수 있다. 그러니 스님들은 수원승도에게 높임말을 쓰지 않는다. 수원승도들이 법당이나 절 안으로 함부로 들어가지 못하는 것처럼 스님들도 수원승도들이 지내는 뒤꼍으로는 질 오지 않았다. 그런데 뒤꼍으로 왔고 말도 높이는 것을 보면 예사 중은 아닌 것 같았다.

"대사님 높은 이름은 익히 들었습니다."

선종 스님에게 자기 이름은 종간이라면서 합장하고 허리를 깊이 숙였다. 선종 스님이 마주 합장하자,

"무지한 이 땡중에게 가르침을 주십시오."

종간 스님이 허리를 더 깊이 숙이더니 선종 스님을 향해 땅바닥에 그대로 꿇어앉았다. 부처님을 대하듯이 엄숙했다.

"나같이 하찮은 수원승도에게 가르침을 달라니 당치도 않은 말씀입니다."

선종 스님이 종간 스님보고 일어나라며 팔을 부축했다.

"스님께서 법력이 높으시다는 것은 우리 중들도 모두들 알고 있습니다."

참선과 수양을 통해서 법력을 스스로 얻었다는 것도 다 알고 있다면서 제자로 삼아 달라고 했다.

"지나친 칭찬입니다."

누가 보면 경을 치겠다면서 선종 스님이 다시 일어나라고 했지만, 종간 스님은 합장하고 꿇어앉은 채로 더 깊이 머리를 숙였다. 이 어지러운 세상을 구할 분은 선종 스님뿐이라면서,

"스님을 뵈오니 이제야 제가 중이 된 보람을 찾은 것 같습니다."

자기를 제자로 받아 줄 때까지 일어나지 않겠다고 고집을 부렸다.

"수원승도인 제가 법력 높으신 스님을 어찌 가르친단 말씀입니까?"

선종 스님이 당치도 않다면서 다시 한 번 사양했다.

"하이고, 놀고들 자빠지셨네."

수원승도들이 지내는 곳으로 들어오는 유일한 중이며, 절 살림을 맡아보는 혜광 스님이다. 소리만 들어도 단박에 알 수 있었다. 기와 막새에 새겨 놓은 짐승같이 징그럽게 생긴 얼굴을 볼 필요도 없었다. 괄괄하게 갈라지는 목청과 천박한 말투만으로도 바로 알 수 있었다. 행동도 말투만큼이나 포악해서 수원승도들이 가장 싫어하는 중이었다.

"명색이 중이 돼 가지고 수원승도한테 꼬박꼬박 존댓말을 쓰는 대

사는 어디서 굴러먹다 온 개뼈다귀시오?"

팔짱을 굳게 끼고는 턱을 치켜든 품이 종간 스님을 드러내 놓고 깔보는 태도였다.

선종 스님이 혜광 스님을 그윽한 눈으로 바라보았다. 혜광 스님이 슬그머니 눈길을 돌려 버렸다. 다음 달에 법회가 두 번 있으니 준비 잘하라고 우두머리 수원승도에게 이르고는 휙 돌아서 가 버렸다. 아무리 혜광 스님이 수원승도들을 마구 대했지만, 선종 스님 앞에서는 오금을 제대로 펴지 못했다.

"꼭 오줌 지린 강아지마냥 꼬리를 내린다니까."

동진이 비아냥거림이 참 잘 어울리는 혜광 스님이었다.

"대사께선 파문을 각오해야 할 거예요."

승려 자리를 빼앗기고 말 거라며 동진이가 걱정을 했다. 말이 심하다 싶어서 부양이가 동진이 옆구리를 쿡 찔렀다. 정식 승려라면 귀족일 텐데 귀족에게 함부로 대했다가 경을 칠까 두려웠기 때문이었다. 동진이도 순간 움찔하더니 민망한 마음을 감추려는 듯,

"그런데 저 인간은 맨날 개뼈다귀래."

혜광 스님 얼굴만 보면 수원승도를 확 때려치우고 싶다며 요란스럽게 푸념을 했다. 그만둘 마음도 없으면서 괜히 하는 소리다.

"어쩐답니까요? 다른 스님들이 가만있지 않을 텐데."

부양이도 걱정이 되어서 종간 스님과 선종 스님을 번갈아 보았다.

"중이라는 자리가 거추장스럽기만 한데 잘됐습니다."

이제 선종 스님이 자기를 거두어 주지 않으면 살아도 살아 있는 목숨이 아니라면서 다시 한 번 선종 스님을 향해 합장하고 허리를 깊이 숙였다.

종간 스님은 승복을 벗고 수원승도 옷을 입었다. 수원승도들이랑 같이 먹고 같이 자고 같이 일했다. 혜광 스님이 절 살림을 책임지고 있지만, 수원승도를 받아들이고 내보내는 것은 우두머리 수원승도가 알아서 하는 일이었다. 혜광 스님도 그런 일까지는 간섭을 하지 않았다. 수원승도들이 백 명도 넘는데 한 명쯤 들어오고 나가고 하는 데까지 중들이 신경을 쓰지도 않고 또 쓸 수도 없었다.

종간 스님은 주지 스님한테 한 번 불려 갔다 온 것 말고는 아무도 뭐라고 하지 않았다.

"종간 스님이 스스로 파문을 하셨대."

누군가 수군대자 동진이가,

"배불리 먹으면서 경이나 읽으면 평생을 편히 살 수 있는 자린데 그 좋은 걸 왜 버려?"

종간 스님이 바보 같다면서 자기 같으면 절대 그런 짓 안 할 거라며 고개를 절레절레 저었다.

중은 귀족이 아니면 될 수도 없는 높은 자리인데, 그 자리를 스스로 버렸다는 것이 아무리 생각해도 이해가 되지 않는다며 다른 수원승도들도 수군거렸다.

종간 스님은 도리어,

"중보다 수원승도가 훨씬 더 편하고 좋기만 합니다."

절에서 경만 외운다고 부처님 가르침이 받들어지는 것이 아니라고 했다. 도탄에 빠진 백성을 구하고 세상을 바로 세워야 진짜 부처님 제자가 된다며 껄껄 웃었다. 앞으로는 자기보고 스님이라고 부르지 말라고 당부했다.

선종 스님과 종간은 틈나는 대로 마주 앉아서 세상 돌아가는 이야기를 나누었다. 엿듣는 것 같아서 멀찍이 떨어진다고 떨어져도 열 걸음 안이니까 부양이 귀에 다 들렸다. 선종 스님도 부양이가 충성을 맹세한 뒤부터는 가까이 있는 것을 불편해하지 않았다.

선종 스님은 백성들이 마음을 쉬는 곳이 절이어야 하고 중은 수양과 설법으로 중생들 아픔을 어루만져야 한다면서,

"절간에만 틀어박혀 재물을 가져다주는 황제와 귀족 부자를 위해 염불이나 외워 댈 뿐입니다."

신라 불교와 황실을 비판하며 안타까워했다.

호족과 부자들이 세금을 내지 않으려고 재산을 절에 숨겨 두니, 나라에는 백성 돌볼 재물이 없고, 백성은 세금만 내다가 허리가 휜다는 것을 모르는 사람이 없었다. 삼척동자도 다 아는 사실이다.

"어디서부터 고쳐 나가야 할 것 같습니까?"

이번에는 선종 스님이 종간에게 물었다.

"석가가 사악하여 잔꾀로 미륵을 속이고 먼저 세상으로 나왔다고

들었습니다."

석가가 세상으로 나오자 나라는 어지러워지고 백성은 도탄에 빠진 것이라고 했다. 종간 말에 의하면 처음에 미륵님이 하늘과 땅과 사람과 세상을 만들고 다스렸는데 석가가 와서 미륵에게 세상을 내놓으라고 했다. 그러자 미륵이 석가에게 같은 방에서 잠을 자다가 누구 무릎에 꽃이 피는지 내기를 하자고 했다. 미륵이 잠들자 무릎에서 모란꽃이 피어올랐다. 석가가 자지 않고 있다가 그 꽃을 꺾어서 자기 무릎에 꽂고는 자기 꽃이라고 우겨서 미륵을 쫓아내고 세상을 차지했다. 그런 석가를 받드는 불교를 믿으니 나라가 어지러워진 것이라고 했다.

종간은 불교를 혁파하는 것은 물론이고, 부자나 힘센 사람들만 위하는 권력자가 아니라 모든 백성을 구원하는 미륵 같은 권력자가 나와야 세상이 평화로워진다고 했다. 세상이 평화로워져야 백성이 편안해질 것이라고 했다.

"미륵이라……."

선종 스님이 혼잣말과 함께 신음이 섞인 한숨을 길게 내쉬었다. 종간은 선종 스님 만큼이나 세상 돌아가는 이치를 더 깊이 깨달은 사람 같았다.

종간은 또,

"석가모니 부처가 죽고 나서 천오백 년이 지나면 세상이 끝나는 말세가 온다고 하였고, 그 말세는 미륵이 와서 구한다 하였습니다."

65

지금이 바로 그때라고 했다. 나라가 어지럽고 백성들은 사는 곳을 떠나 거지가 되고 도적이 되는 것은 하늘이 새로운 세상이 열릴 것을 알려 주는 징조라고 내다보았다.

"권력이 바뀌면 모든 것이 바뀔 수 있습니다."

임금이 모든 백성을 다 구원할 수는 없지만, 임금이 어떤 마음으로 어떤 신하를 쓰는지에 따라서 세상이 바뀌는 것이라고 했다. 새로운 세상을 열어서 백성들이 우러러볼 분은 선종 스님뿐이라는 것을 일깨우려 했다.

"도탄에 빠진 백성을 구하는 일은 법력이 높다고 되는 일이 아닙니다."

선종 스님은 부처님 말씀을 따라 경을 외우고 마음을 닦아 다른 사람 마음을 보는 재주까지 가지기는 했으나 능력 없는 사람이 높은 자리에 앉으면 둘레 사람들이 어려워진다며 망설였다. 모두가 불행해진다며 주저했다. 또 선종 스님은,

"내 나이가 벌써 오십입니다."

하늘이 부르는 때를 기다리라는 '지천명'이 된 사람이 어떻게 그런 큰일을 맡을 수 있겠냐며 껄껄 웃었다. 부질없는 농담 말라면서 손을 내저었다.

"중국 촉 나라 유비는 환갑을 넘겨서야 비로소 황제가 되었으니, 유비 죽은 해에 비한다 해도 스님께는 아직 십 년이 넘는 시간이 있습니다."

종간도 물러서지 않았다. 부질없는 일이 아니라고 정색을 했다. 종간이 하도 진지하게 하는 말이라 선종 스님은 건성으로 받아넘기면서도 가로막지는 않았다.

"이제 소승은 스님을 주군으로 모실 것입니다."

선종 스님이 세상을 구하려고 몸을 일으키는 데 필요한 것들을 하나씩 갖추어 나가도록 자기가 챙기겠다고 충성을 맹세했다.

며칠 뒤에 종간은 장사 한 사람을 데리고 왔다. 키가 팔 척은 되어 보이는 그 장사는 선종 스님을 향해 땅에 넙죽 엎드렸다.

"이 은부, 간과 뇌를 땅에 쏟을지라도 주군께 대한 충성은 변하지 않을 것입니다."

은부 장사도 그날로 수원승도가 되어 종간과 더불어 선종 스님 옆을 지켰다. 은부 장사는 큰 몸짓처럼 힘도 셌다. 두 사람이 힘을 합쳐도 들기 힘든 물건들을 혼자서 홀쩍홀쩍 들곤 했다.

두 스님이 나라와 세상에 대해서 하는 말을 듣고 있던 동진이가,

"넌 저 개뼈다귀 같은 말이 이해가 되냐?"

비아냥거렸다. 동진이 말투가 날이 갈수록 거칠어졌다. 갈 곳 없는 처지라 하기 싫은 수원승도 짓이나 하고 있으려니 답답한 마음을 그렇게 달래는 것 같았다. 사람이 억압을 당해도 풀 수가 없게 되면 성격이 포악해지고 행동이 거칠어진다는 것을 선종 스님 설법에서 들은 지 오래다.

선종 스님 법력이 얼마나 높은데 개뼈다귀가 뭐냐고 부양이가 핀

잔을 주어도,

"절이 망하면 우린 뭐 먹고 사냐?"

동진이는 나라고 백성이고 간에 자기 배부른 게 최고라며 손바닥으로 배를 탁탁 두드렸다.

서라벌에 있을 때는 주제 넘는다 싶을 정도로 나라 걱정, 백성 걱정을 하던 동진이가 세달사에 돌아온 뒤로는 전혀 다른 사람이 되어 갔다. 동진이만 저렇게 된 것이 아닐 것이고, 도적이 되는 백성들이 저런 심정일 거라는 생각이 들자 부양이 가슴도 꽉 막혔다.

종간이 오고 나서 한 달쯤 지난 그날도 땔나무를 하고 있는데,

"어이구 스님, 고생이 많수다."

스무 명쯤 되는 도적 떼들이 숲 속에서 몰려나왔다.

"큰 절 스님이 몸소 땔나무를 하러 나오셨네."

선종 스님이 머리를 깎고 있으니 정식 승려인 줄 아는 모양이었다. 칼을 휘휘 휘두르며 허세를 부렸지만, 도적 떼라기보다는 거지 떼라고 해야 알맞을 것 같은 차림들이었다. 칼을 든 사람도 다섯 명밖에 안 되었다. 여자와 어린애도 섞여 있었다.

부양이는 얼른 선종 스님을 등지고 앞을 가로막았다. 겁이 나서 다리가 후들후들 떨렸지만, 할아버지 유언대로 선종 스님을 지켜야 한다는 생각뿐이었다.

"어디로 가는 백성들이시오?"

선종 스님은 부양이를 옆으로 밀쳐 내며 도적 떼를 향해 물었다.

"세달사에 임자 없는 재물이 많다기에 중놈들을 모두 부처님 계신 곳으로 보내 드리고 재물은 원래 주인인 백성들한테 돌려주려는 참이라오."

도적들이 칼을 휘휘 휘두르며 다가왔다.

"스님 먼저 천천히 앞장서 가고 계시우. 딴 중놈들도 목 없는 귀신 만들어서 뒤따라 보내 드릴 테니."

휘두르는 칼이 번득였다.

"함부로 사람 목숨을 빼앗는 것은 부처님 가르침을 어기는 일이오."

선종 스님이 대수롭지 않다는 듯이 타일렀다. 도적 가운데 대장으로 보이는 사람이 앞으로 썩 나서며,

"우린 칼이라도 들고 있는 도적이지만, 중놈이나 귀족 놈들은 칼 안 들고도 우리보다 훨씬 더 지독한 도적들이라는 걸 모르는 사람이 세상천지에 어디 있느냐?"

선종 스님 말을 들으려 하지 않았다.

"덕을 쌓으면 덕이 돌아오고 업을 쌓으면 업이 돌아오는 법이오. 진정들 하시오."

선종 스님이 또 달랬지만,

"어리석은 중놈이 더러운 목숨 부지하겠다고 입바른 소리를 지껄이는구나."

부처님 가르침대로 중생을 구하는 승려가 있다면 업고 다니겠다고
비아냥거렸다.

"힘든 백성 구해 주실 승려는 살아 있는 미륵 부처님인 선종 스님
뿐이다."

말이 채 끝나기도 전에 칼을 든 다른 도적들도 우르르 덤벼들었
다. 도적들 기세는 높았으나 선종 스님이 박달나무 작대기를 몇 번
휘두르자 모두 땅바닥에 뒹구는 신세가 되고 말았다. 은부와 종간
이 달려왔을 때는 이미 칼 안 든 도적들은 숲 속으로 줄행랑을 친 뒤
였다.

숲 속에서,

"장군감이야, 장군간."

승복을 입었어도 머리는 안 깎은 중이 껄껄껄 웃으며 걸어 나왔다.

"허월 대사님!"

종간이 합장하고 허리를 숙였다. 허월 대사는 떠돌이 고승으로 유
명한 스님이다.

"선종아, 이래도 절간에만 틀어박혀 있을 작정이냐?"

허월 대사가 선종 스님 앞으로 다가서며 다그쳤다. 주뼛주뼛 일어
나던 도적들이,

"선종 스님이래."

수군거렸다.

"백성들이 부처님을 부처님으로 보지 않고 중들을 중으로 보지 않

는데도 절에 틀어박혀 밥벌레처럼 살 것이냐?"

또 한 번 꾸짖듯이 물었다. 선종 스님이 허월 대사에게 합장하고,

"눈을 뜨고 있어도 한치 앞을 못 보는 저에게 빛이 되는 가르침을

내려 주십시오."

허리를 숙였다.

"저 중생들을 보아라. 저 사람들이 처음부터 도적이었겠느냐?"

말이 채 떨어지기도 전에 도적 하나가 앞으로 썩 나서며,

"아닙니다요. 우리는 그저 농사밖에 모르는 사람들입니다요."

아무리 뼈 빠지게 농사 지어 봤자 관리들이 세금으로 다 빼앗아 가

니 먹고살 수가 없고, 이제는 땅마저 빼앗기고 절 땅이 되어 버렸다

면서,

"죽지 못해 이 길로 나선 겁니다요."

다른 도적들도 한목소리로 그렇다고 소리쳤다.

"저 중생들을 도적으로 만든 것이 바로 절이다."

허월 대사는 절이 백성을 구원하기는커녕 도적으로까지 만들었으

니, 불교를 바로잡아 올바른 세상을 여는 것은 이제 다 틀린 일이라

며 혀를 끌끌 찼다. 저 사람들은 모두 선종 스님이 보살펴야 할 백성

들이니 저 사람들을 이끌고 선종 스님을 필요로 하는 곳으로 가서

미륵 세상을 열지 않으면 안 된다고 다그쳤다.

"그곳이 어디입니까, 대사님?"

선종 스님 물음에 허월 대사는 눈을 감은 채 말이 없었다. 염주만

굴리고 있을 뿐이었다. 그때 슬금슬금 숲에서 나와서 눈치를 보고 있던 백성들이 선종 스님에게,

"미륵불이시여, 우리를 살펴 주십시오."

모두 땅에 엎드렸다.

백성들을 모두 이끌고 세달사로 온 선종 스님은 수원승도 우두머리에게 모두 수원승도로 거두라고 일렀다.

"이번에 또 거두면 잠잘 곳도 부족해집니다."

식구가 너무 많아진다고 수원승도 우두머리가 주저했다. 옆에 있던 은부가,

"이제 주군께서 이 절을 떠나실 때가 되었다는 것을 하늘이 알려 주는 것입니다."

세달사에서 나가자고 했다. 종간은,

"주군께서 아직은 다스릴 성도 하나 없고 거느린 군사도 없으니, 힘으로는 뜻을 펼치기 어려울 것입니다."

이미 신라에 반기를 들고 일어난 세력으로 들어가서 힘을 키워야 한다고 권했다. 서남 해안에 자리를 잡아 가는 견훤이나 북원에 자리 잡은 양길, 죽주에서 일어난 기훤은 선종 스님이 몸을 기대어 세상을 구할 영웅들이라고 알려 주었다.

그 가운데에서 견훤은 너무 남쪽에 자리 잡고 있는 데다가 힘을 키운다고 해도 조선 땅 전체로 세력을 키우기 힘들다면서 말렸다.

죽주는 조선 땅 한가운데에 자리 잡은 곳이며,

"기훤은 부패한 신라 왕실과 관리들 횡포에 신음하는 백성들을 잘 받아들인다고 합니다."

선종 스님이 몸을 기댈 가장 알맞은 곳이라고 권했다.

다음 날 새벽 은부가 마을로 내려가더니 말 세 필을 끌고 왔다. 가장 좋은 말을 선종 스님 앞에 세웠다. 군대가 아니니 무기나 갑옷이 없었다. 짐도 단출했다.

선종 스님이 절을 떠나려 하자, 수원승도 2백여 명이 따라나서려고 했다.

집 떠나면 고생이라는 말 모르냐고 혜광 스님이 가로막았다. 괄괄하던 태도는 어디로 갔는지 부처님 같은 표정으로 수원승도들에게 가지 말라고 사정했다. 선종 스님을 향해서도 수원승도도 절 재산이니까 마음대로 내줄 수 없다고 막았다. 보통 때는 수원승도들이 나고 드는 것에 간섭을 안 했는데 이번에는 너무 많이 빠져나가는 것이라 가로막는 모양이었다.

"머잖아 만날 날이 있을 것이오."

선종 스님이 따라나서려는 사람들을 달래며 뒷날을 기약하려 했다. 그러나 종간은,

"우리 무리가 많으면 새로 살 터전을 마련하는 데 큰 도움이 될 것입니다."

나서는 사람들 모두 데려가자고 했다. 죽주까지 가는 동안 먹을 식량과 잠을 잘 천막도 은부가 절 아래 마을에 준비해 두었다고 했다.

거느린 사람이 세 명뿐인 것보다는 나을 거라는 은부 말에 따라 백여 명만 데리고 출발했다. 혜광 스님도 그것마저 막지는 못했다.

"집 떠나면 고생이라는 말이 있잖니?"

동진이는 어디로 가게 될지도 모르고 어떻게 될지도 모르는 길을 무턱대고 따라나서기 싫다며 일찌감치 꽁지를 뺐다. 세상이 이렇게 어지러운데 나간다고 뭐가 되겠냐며 고개를 돌려 버렸다. 당장이 편해야 나중도 편하다면서,

"백성 구하고 나라 바로잡고 하는 것에는 관심 없다."

세달사에 있으면 혜광 스님한테 구박이야 좀 받지만, 평생 등 따시게 잘 자고 배부르게 잘 먹고 잘살 텐데 고생길이 훤한 그 길을 왜 가냐면서 도리어 부양이를 말렸다.

"할아버지 유언을 따라야 돼."

이번에는 부양이가 고개를 저었다.

"갔다가 후회되거든 얼른 돌아오너라. 내가 자리 든든히 지키고 있을게."

동진이 말에 든든한 마음이 들었지만, 미련이 생길까 봐 고개를 세차게 저었다.

"어떤 선택을 하더라도 후회는 하는 거야."

단호하게 못을 박았다. 동진이도 더는 아무 말을 못했다.

할아버지가 서라벌로 가라고 한 날, 어떤 선택을 하든 선택하지 않은 쪽에 대한 미련은 남게 되어 있는 것이고, 시간이 지나서 선택하지

않은 쪽에 대한 미련보다 지금 선택한 것이 더 나았다고 생각한다면 그 선택은 올바른 선택이라고 했던 말을 기억하기 때문이었다.

떠나기에 앞서 선종 스님이 따라나선 사람들에게,

"우리는 어지러운 나라를 바로 세우고 도탄에 빠진 백성을 구하고 미륵 부처님 세상을 열기 위해 나서는 미륵 군대다. 하늘이 우리를 이끌 것이요, 땅이 우리를 따를 것이다."

격려했다. 갑옷도 없고 깃발도 없고 무기도 갖추지 못했지만, 사기만은 하늘을 찔렀다. 부양이는 선종 스님 지팡이를 들고 선종 스님이 탄 말 뒤를 바짝 뒤따랐다.

동진이가 헤어지는 동무가 아쉬운지 손을 꼭 잡아 주었다.

"또 만나자."

부양이도 약속하며 동무 곁을 떠나는 아쉬움을 달랬다.

산으로 깃드는 사람들

미륵군이 기원 땅으로 늘어서서 처음 찾아 늘어간 곳은 신훤이 지키고 있는 작은 성이었다. 신훤이 나와 반겨 주었다.

"대사께서 미륵 부처님 현신이라는 칭송을 귀동냥으로나마 들었습니다."

기훤 장군은 굶주리고 떠도는 백성들을 모두 받아들였고, 백성들 피를 빼는 관리들을 몰아내는 사람이니 선종 스님을 크게 쓸 것이라며 합장하고 허리를 숙였다.

신훤은 종간을 향해서도 잘 왔다면서 고개를 숙였다. 은부를 보고도,

"저 장사는 첫눈에 보아도 능히 군사 천 명을 거느릴 장수감입니다."

칭찬했다. 기훤 부대에도 이미 선종 스님 소문이 퍼졌다는 것을 알게 된 미륵군은 사기가 더욱 높아졌다.

다음 날 신훤을 따라 죽주성으로 들어갔다. 산머리를 빙 돌아서 사람 두 길 높이로 쌓은 토성이었다. 아주 높은 산은 아니었지만, 넓은 들판 가운데 자리 잡아서 멀리까지 볼 수가 있었다. 경사가 급한 산이라 비록 흙으로만 쌓은 성이어도 적이 쉽게 넘어오지 못할 것 같았다.

기훤은 죽주성을 지키는 원회 군관 부대 밑에 미륵군 모두를 넣었다. 선종 스님도 은부도 종간도 모두 군졸로 배치했다. 미륵군은 몹시 섭섭해했다. 선종 스님에게 높은 자리를 주지 않는 것은 미륵군을 무시해서라며 투덜거렸다.

"우리가 아직 아무런 공도 세우지 않았는데 높은 자리만 탐내서야 되겠는가?"

선종 스님은 도리어 미륵군을 달랬다.

기훤은 미륵군에게 좀처럼 전투 기회를 주지 않았다. 기훤이 믿지 못해서 출전 기회를 주지 않는 거라고들 수군거렸다.

선종 스님은 전혀 아랑곳 않고 다친 군사들이 있는 군막으로 갔다. 군대 질서가 제대로 안 잡히고 치료할 줄 아는 사람이 별로 없어서인지 창칼에 다친 상처로 괴로워하는 군사들이 많았다. 그냥 두면 독이 퍼지고 곪아서 괴로워하다가 결국에는 목숨을 잃고 말 것이다.

"창칼에 찔리고 베였다고 그냥 죽게 내버려 둘 수는 없다."

선종 스님은 군사들 몇 명을 이끌고 성을 나섰다. 들로 산으로 약이 되는 풀과 나무뿌리들을 찾아다니며 뜯고 캤다. 세달사에서도 아픈 사람에게 약초를 먹이거나 상처에 붙여서 치료해 준 적이 있었다. 선종 스님은 구해 온 약초들을 쓰임새에 따라 종류별로 가려 모았다.

미륵군은 약초나 구하러 다니고 있으니 좀이 쑤신다며 다른 부대들처럼 전투에 나가고 싶다고 안달을 했다. 그러나 선종 스님은 다친 군사들 상처를 입으로 빨아 고름을 빼내고 약초를 붙여 주는 일을 묵묵히 할 뿐이었다. 부양이도 선종 스님이 시키는 대로 상처 닦아 낸 천들을 삶았다. 고름이나 피 묻은 천들이 역겨웠지만 선종 스님이 시키는 일이니 꾹 참아 냈다. 죽는 줄로만 알았다가 치료를 받아 고통을 덜었거나, 회복된 군사들이 살아 있는 부처님이라며 선종 스님을 우러러보았다.

미륵군이 참가한 첫 전투는 군사 2백여 명이 지키고 있는 고을을 치는 것이었다. 신라 황실에 세금도 내지 않으면서 신라 성임을 내세워 기훤에게 항복하지 않는 성이라고 했다.

"말이야 신라 성이고 신라 군대지만, 실은 신라 황실 군대가 아니라 성주가 거느리는 사병들이다."

원회가 출정에 앞서 사기를 돋우었다. 모두들 사냥이라도 나가는 듯이 함성을 지르며 들떴다.

기세를 돋우며 쳐들어갔으나 성벽이 높고 튼튼했다. 군사들도 무기를 잘 갖추고 있었다. 그에 반해 기훤 군대는 떠돌던 농민이 대부분이라, 의기만 높았지 훈련은 제대로 되어 있지 않았다. 한나절을 공격해도 성문을 열지 못했다. 할 수 없이 군사를 뒤로 물렸다.

"다른 성들은 우리가 보이기만 해도 도망치거나 항복하는데 이 성은 항복하지 않고 버틴 까닭이 있었구나."

원회가 신음을 내뱉었다.

선종 스님이,

"아무래도 정공법으로는 어렵겠습니다."

성에서 약한 곳을 찾아내 집중 공격한다면 승산이 있을 것이라고 했다. 미륵군을 이끌고 성벽을 따라 한 바퀴 빙 둘러보았다. 과연 산쪽으로 성벽 허물어진 곳이 있었다. 군사도 보이지 않았다. 은부가 허물어진 성벽 위로 올라갔다 오더니,

"신라군이 성문 쪽으로만 몰려 있는 것이 분명합니다."

그 말을 들은 선종 스님 얼굴이 밝아졌다.

원회가 군사를 이끌고 성문 쪽을 공격하자, 미륵군이 뒤쪽에서 함성을 지르며 달려들었다. 부양이도 앞장선 선종 스님 옆에 바짝 붙어서 토끼몰이 할 때처럼 목청이 터져라 소리를 질렀다. 원회군과 미륵군 사이에 놓인 신라군은 금세 어지러워졌다. 채 밥 한 번 먹을 시간도 되지 않아서 성주와 신라군이 모두 땅에 엎드려 항복했다.

원회가,

"신라군은 삼백 년 가까이 전쟁을 안 해 본 군대입니다."

그러니 자기들보다 약한 상대한테는 아주 강하지만, 적이 강해 보이면 뒤도 안 돌아보고 도망쳐 버린다고 비웃었다.

"오늘 이긴 것은 모두 대사께서 전략을 잘 세운 공입니다."

죽주성으로 돌아가면 기훤 장군에게 잘 말해서 합당한 상을 받도록 하겠다며 껄껄 웃었다.

그사이에 군사들은 민가와 관가를 가리지 않고 들쑤시고 다니며 값나가는 물건들을 닥치는 대로 빼앗아 왔다.

"이런 재미라도 없으면 목숨 걸고 싸울 마음 절대 안 생길 거야. 그치?"

"이럴 때 금붙이라도 하나 손에 넣는다면 팔자를 고칠 수도 있다니까."

이래서 전쟁터가 좋다며 빼앗아 온 물건들을 서로 자랑했다. 사람을 죽이고 다치게 하는 전쟁을 즐겁게 여기고 전쟁터가 좋다는 말에 부양이는 덜컥 겁이 났다.

기훤 군사들이 약탈한 것 가운데에서 값나가는 것들을 원회에게 바쳤다. 미륵군도 값나가는 것들을 선종 스님 앞에 놓았다.

원회 군사를 먼저 보내고 미륵군만 남게 되자 선종 스님이,

"우리는 미륵 군대다. 도탄에 빠진 백성을 구하는 미륵군이 도리어 백성을 핍박해서야 되겠는가?"

신라군에게서 빼앗은 무기가 아니면 모두 원래 주인인 백성들에게

돌려주라고 엄하게 명령했다. 군사들이 빼앗은 물건들을 모두 돌려주고 돌아와서야 선종 스님은 기훤 군영으로 돌아가는 길을 잡았다.

놀라서 꼭꼭 숨었던 백성들이 약탈한 물건들을 돌려주자, 살아 있는 미륵불을 본다며 쏟아져 나왔다. 모두들 길가에 엎드렸다. 약탈한 것을 도로 돌려주어 버려서 섭섭했지만, 신라군으로부터 쓸 만한 창이나 칼을 하나씩 빼앗아 들었으니 그것만으로도 미륵군은 의기가 더욱 양양해졌다.

군영으로 돌아온 원회는 그중에서 또 값나가는 것들을 기훤에게 바치며 선종 스님이 세운 공도 아뢰었다.

그러나 기훤은 단상 위에서 선종 스님 손을 내려다보며,

"너는 나에게 바칠 게 없느냐?"

퉁명스럽게 내질렀다.

종간과 은부도 번갈아 아래위를 훑어보았다. 선종 스님도 종간도 은부도 아무 말이 없었다.

"절간에서 백성들 피나 빨아먹던 외눈박이 땡중이 우연히 공 한 번 세운 걸 가지고 무슨 호들갑을 그리 떠느냐?"

원회 말을 무시해 버리고는 철퇴를 휘휘 휘두르며 포로들이 묶인 채 서 있는 곳으로 내려갔다. 신라군 서너 명을 그 자리에서 때려죽여 버렸다.

"신라 놈들을 다 죽여 버려야 좋은 세상이 온다."

모두 처형하라고 명령했다. 신라군 포로들이 울며 애원했지만, 기훤은 뒤도 돌아보지 않았다. 순식간에 백 명도 넘는 신라군이 모두 목숨을 잃고 말았다.

"신라 사람들도 이 나라 백성들인데."

이미 포로로 잡힌 군사들을 죽일 것까지는 없는 일이라며 선종 스님이 혼잣말을 하고는 하늘을 오랫동안 올려다보았다.

그 뒤로도 미륵군은 여러 싸움에서 공을 세웠고 여러 성을 차지했다. 그래도 기훤은 선종 스님이 자신에게 바치는 물건이 없음을 탓할 뿐 높은 자리에 써 주지 않았다.

"빼앗은 성 하나쯤 미륵군에게 떼어 주어야 하는 거 아냐?"

군사들이 투덜댔지만, 선종 스님은 아랑곳하지 않았다.

"백성들이 편히 살도록 만들어 주었으니 더 무엇을 바라겠는가?"

싸움이 없는 날은 부상자를 치료하면서 보냈다.

기훤 진영에 온 지 두 달여가 지난 어느 날, 원회가 선종 스님과 종간과 은부를 자기 막사로 불렀다. 막사로 들어서자 원회와 신훤이 자리에서 일어나 합장을 하고는 허리를 깊이 숙였다. 미륵군끼리 하는 합장 인사를 신훤과 원회가 따라했다.

"이리로 앉으십시오."

신훤이 선종 스님에게 높은 자리를 권했다. 선종 스님이,

"어찌 낮은 계급인 소승이 높은 자리에 앉겠습니까?"

군사에게는 지켜야 할 도리가 있는 법이라며 손사래를 쳤다.

82

"우리 두 사람은 선종 대사와 벗이 되고 싶습니다."

다시 합장을 하며 허리를 굽혔다. 선종 스님도 더는 사양하지 않고 윗자리에 앉았다. 그 앞에 은부와 종간이 나란히 앉고 원회와 신훤이 맞은편에 나란히 앉았다.

"자네는 문밖에서 누가 오는지 좀 보아 주게."

부양이는 신훤이 시키는 대로 막사 문 앞에 나와 서 있었다.

"대사께서는 신분이 천한 백성들인데도 곪은 상처를 입으로 빨면서 치료해 주었다고 들었습니다."

원회가 하는 말이 문틈으로 훤히 새어 나왔다.

선종 스님이 늘 적이라도 함부로 죽이지 말라 하고, 비록 싸움에 이겼다 하더라도 약탈을 하지 못하도록 막았다고 들었다면서 자비로운 분이라고 칭송했다. 직접 묻지는 않아도 왜 그렇게 하냐는 물음이 담긴 말이었다.

선종 스님도 그 말이 질문이라는 것을 알아차리고,

"사람이나 짐승이나 모두 자비로 대해야 합니다."

군사들도 자비로운 마음으로 대하니 상처가 더럽게 여겨지지 않는다고 대답했다.

또 신라군이 비록 적이라 해도 결국 한 나라 백성이 될 것이니 함부로 해쳐서는 안 되며, 서로 창칼을 맞대고 싸운 상대라고 해도 싸움이 끝나면 모두 부처님 백성이니 핍박해서는 안 된다고도 덧붙였다. 내가 상대를 존중하면 상대도 나를 존중하니 그것이 바로 평화라고도 했다. 영토를 빼앗아도 마을을 얻지 못하면 오래 가지 못한 다고도 했다.

신라군이 싸움에 지면 우리 군사들에게 약탈이나 무자비한 죽음을 당한다고 생각하면 죽기를 각오하고 맞서 싸우게 될 것이니, 신라군은 물론이고 우리 군사도 많이 죽거나 다치게 되므로 서로 손해가 될 뿐이라고 약탈하지 않는 까닭도 설명했다.

고개를 연거푸 끄덕이며 듣고 있던 신훤이,

"대사께서는 왜 요즈음 전국에서 도적 떼가 일어나고 신라 조정을 따르지 않는 무리들이 곳곳에서 생겨난다고 보십니까?"

이번에는 선종 스님에게 직접 물었다.

"신라는 백제와 고구리를 아울러 조신 땅을 통일하면서 내동강 북쪽에 있는 고구려 땅을 모두 당나라에 넘겨주었고, 당나라에 조공을 바치는 나라가 되어 버렸습니다."

신라가 고구려와 백제를 무너뜨렸지만 삼국을 완전히 하나로 합쳐서 통일한 것이 아니라 조선 땅 절반을 당나라에 바친 꼴이 되고 말았다는 것을 다시 한 번 일깨웠다. 백제와 고구려 사람들에게 무거운 조세를 물리고 그 조세를 받아 신라 왕실과 서라벌에 있는 귀족들만 사치를 일삼고 있다고도 했다.

지금에 와서 옛 백제 땅과 고구려 땅은 물론이고 원래 신라 영토였던 곳에서마저 신라에 반기를 드는 까닭이 바로 그것이라며 선종 스님은 전혀 막힘없이 대답을 해 주었다.

이번에는 원회가,

"이 땅에 새로운 나라가 열린다면 어떤 나라가 되어야 한다고 생각하십니까?"

얼굴이 더욱 밝아지며 물었다.

"나라 안으로는 골품 제도 같은 신분 제도가 없어져서 임금과 귀족이라도 백성에게 합장하고 고개를 숙여야 합니다. 백성들 대부분이 몇 명밖에 안 되는 부자나 귀족들을 위해서 희생하는 세상이 아니라 모든 백성이 다 같이 서로를 받드는 나라가 되어야 하고, 밖으로는 중국이나 왜나, 아라비아나 서역, 그 누구에게도 지배받지 않는 자주 국가가 되어야 합니다."

선종 스님 말이 끝나자마자 의자가 덜커덩거리는 소리가 들렸다. 얼른 문틈으로 안을 들여다보았다. 신훤과 원회가 자리에서 벌떡 일어나더니 선종 스님에게 세 번 절했다. 두 사람이 선종 스님에게 충성을 맹세하는 것이다.

절은 마친 신훤이 꿇어앉은 채로,

"기훤은 도적 출신이어서 성격이 포악하고 왕으로서 갖추어야 할 기상도 없습니다."

선종 스님 같은 영웅을 몰라보고 높은 자리에 올려 쓰지 않는 것만으로도 알 수 있다면서 지금은 어진 영웅이 일어나지 않아서 세력을 크게 떨치지만, 머잖아 스스로 멸망하게 될 것이라고 확신했다.

신훤과 원회는 선종 스님을 주군으로 모시려고 초대했으며, 큰 뜻

을 들으려 했다면서,

"주군을 농락한 죄를 용서하십시오."

두 사람이 다시 한 번 엎드려 머리를 조아렸다. 선종 스님이 두 사람 어깨를 잡아 일으켰다.

"소승은 절에서 막일이나 하던 수원승도로 도적만큼이나 천한 출신인데 장군들같이 귀한 분들이 소승을 섬긴다니, 당치도 않습니다."

손사래를 쳤으나,

"주군은 살아 있는 미륵이시니 우리가 받들어 모시는 것이 당연합니다."

신훤과 원회는 허리를 더욱 숙이며 뜻을 굽히지 않았다. 선종 스님도 더는 사양하지 않았다.

"기훤은 꿈이 작은 사람이라 지금보다 더 큰 세상을 감당하지 못할 것입니다."

자신들이 앞장서서 기훤을 몰아내고 선종 스님을 죽주를 다스리는 장군으로 모시겠다고 맹세했다.

그러자 종간이,

"죽주에 직접 와서 보니 왕도로 삼기에는 너무 작습니다."

죽주는 겨우 고을 몇 개를 다스릴 수 있는 규모밖에 되지 않으니 이곳에서 나라를 세울 수는 없겠다면서 좁은 집을 떠나 새집으로 가자고 선종 스님에게 권했다.

"북원과 국원을 차지한 양길은 세력을 더욱 키워 서른 개 성을 차지하고 있답니다."

백제를 다시 세우겠다고 서남해에서 일어난 견훤과 맞설 만큼 큰 세력이므로 그 집으로 이사를 가자고 했다. 신훤과 원회도 그게 좋겠다면서 맞장구를 쳤다.

뜻을 정한 선종 스님과 종간과 은부와 원회와 신훤이 손을 하나로 모아 잡았다.

다음 날, 원회는 또 신라 고을을 치러 나갔다. 미륵군도 뒤따랐다. 군영을 벗어난 군사는 신라 고을이 아니라 양길이 있는 북원으로 방향을 돌렸다. 가다 보니 신훤이 군사를 이끌고 나와서 기다리고 있었다. 모두 한 무리를 이루어 북원으로 향했다.

양길은 미륵군을 맞이하며,

"나는 신분을 보고 사람을 쓰지 않는다."

누구든지 능력을 보고 쓸 뿐이라고 반가워했다.

선종 스님을 말 탄 군대인 기병 2백 명을 거느리는 군관으로 삼았다. 기병에 딸린 군사와 기훤 부대에서 같이 온 군사들을 합치니 미륵군은 5백여 명이 되었다.

선종 스님은 기훤 부대에 있을 때와 마찬가지로 군사들과 같이 자고 군사들과 같은 것을 먹었다. 미륵군이 선종 스님을 더 우러르고 더 깊이 따르게 되었음은 물론이고, 다른 장수 밑에 있는 군사들도 선종 스님을 존경하며 미륵군에 들어오려고 했다. 대장인 양길보다 선종 스님을 더 우러러 보았다.

어느 날 양길이,

"너는 승려이니 석남사로 가거라."

선종 스님과 미륵군을 치악산에 있는 절로 가라고 했다.

"미륵군 세력이 커지니까 겁을 먹고는 북원에서 먼 곳으로 보내는 거야."

군사들이 수군거렸다.

양길이 외진 곳이라 여겨 석남사로 보냈으나, 석남사는 승려도 많고 수원승도도 많았다. 4천 자나 되는 성벽으로 둘러싸여 있었다. 딸린 토지도 시방 30리에 걸쳐 있는 큰 절이었다. 절이라기보디 성이라고 하는 편이 더 어울리는 곳이었다.

선종 스님은 먼저,

"승려란 중생을 구도하는 일이 가장 큰 본분이다."

절에 재산을 숨겨 놓은 부자나 귀족들을 위해서 경이나 읽는 승려는 필요 없다면서 내쫓아 버렸다. 승려들 가운데에서 수양을 통해 깨달음을 얻고 그 깨달음으로 중생을 구도하고자 하는 사람만 남겼다. 선종 스님은 스스로 주지가 되어서 예불을 드리고, 백성들에게 불공을 드리러 오라고 알렸다.

그동안 수원승도들이 농사를 짓던 땅들을 농민들에게 골고루 나누어 주었다. 수원승도도 원하는 사람은 땅을 나누어 주고 절에서 나가 가정을 이루고 살 수 있게 해 주었다. 절에 딸린 노예 같은 신분에서 벗어나게 해 준 것이다.

땅을 받은 사람들은 수확한 것에서 얼마씩을 세금으로 석남사에 내게 했다.

"먹여 주는 것은 그 순간만 배부를 뿐이다. 스스로 일해서 먹고살 수 있도록 해 주어야 한다."

수원승도들이 하던 농사를 농민들에게 넘겨준 것은 땅이 없어서 떠돌아다니던 사람들에게 일자리를 준 것이다. 수원승도들 가운데에서 젊고 날랜 사람은 군사로 삼았다.

세달사에서 따라나서려 했던 수원승도들도 데려왔다. 미륵군은 날로 수가 불어났다. 선종 스님은 양길 옆에서 밀려난 것이 아니라 더 큰 날개를 단 결과가 되었다.

석남사가 날로 번창해지고 미륵군 수가 불어난 것보다 동진이가 석남사로 온 것이 부양이는 더 기뻤다.

"절 떠나기 싫다더니?"

놀리자,

"여기가 절보다 더 좋으니까 온 거 아니냐."

동진이가 그때 따라나서지 못한 걸 얼마나 후회한 줄 아냐고 또 침을 연거푸 튀겨 댔다.

"개 뼈다귀인지 혜광인지 하는 인간, 선종 스님 가고 나서부턴 어찌나 우릴 못살게 구는지. 선종 스님 없으니까 그 땡중 아주 살판이 났다니까."

혜광 스님 얼굴 안 보는 것만으로도 살 것 같다면서 험담이 늘어 졌다.

석남사에서 지낸 지도 어언 2년이 흘렀다. 선종 스님이 가는 곳이 면 어디나 백성들이 모여들어 길가에 술술이 엎드렸다. 살아 있는 부 처님, 현세에 온 미륵불이라고 높이 받들면서. 선종 스님 뒤를 따라 다니는 부양이도 저절로 으쓱해졌다.

"화평 세월이다."

동진이도 늘 실실 웃음을 달고 살았다.

양길은 그런 선송 스님을 날가워하지 않았다. 석남사로 보낼 때는 인심 쓰는 척하더니 이제는 노골적으로 핍박을 하려고 들었다. 선종 스님을 양길 밑에 불러서 책사로 삼으려 한다는 소문이 들렸다.

선종 스님을 미륵군과 떼어 놓으려는 수작이라며 사람들이 수군 거렸다.

종간이,

"주군께서는 이 석남사에서 왕으로서 갖출 덕목을 모두 얻으셨습 니다."

말 타는 군사와 걷는 군사를 두루 길러서 강한 군대도 갖게 되었으 나 양길과 맞서기에는 군사 수가 적고 석남사가 너무 작다고 했다. 요즘 들어 양길이 선종 스님에게 의심하는 눈길을 드러내 놓고 보내고 있으니 여기에 더 오래 머물면 위험해진다고 걱정했다. 이제 양길에게서 벗어나 스스로 길을 열어 가자고 권했다.

아직은 미륵군이 양길과 직접 맞설 만한 힘을 갖추지 못했으니, 석남사를 버리고 양길과는 멀고 신라에서는 힘이 미치지 않는 땅을 차지해 힘을 키워 나가자고 했다. 강한 군사와 높은 덕으로 스스로 주인이 되어 세력을 만들어 가면 된다는 말이었다.

"남쪽으로 가면서 세력을 점점 키우고 군사를 점점 늘려 나가면 서라벌로 가는 길에 거칠 것이 없을 것이니 자연히 서라벌이 손에 들어올 것이고, 신라를 무너뜨릴 수 있을 것입니다."

종간은 확신했다.

선종 스님은 양길에게서 받은 말 타는 군사 2백 명에다 세달사에서 온 수원승도들, 그리고 석남사에서 기른 군사까지 모두 합쳐서 천여 명을 이끌고 길을 나섰다. 석남사를 나와 얼마 가지 않았는데 신훤과 원회가 군사를 이끌고 나와서 기다리고 있었다.

"주군! 우리를 버리십니까? 우리도 주군을 따르겠습니다."

신훤과 원회가 같이 가겠다고 나섰다.

"나중에 양길을 칠 때 그대들이 안에서 도우도록 하시오."

종간이 신훤과 원회에게 할 일을 알려 주었다. 밖에서 많은 군사가 들이쳐도 안에서 튼튼하게 지키면 무너뜨리기가 어렵다. 그러나 안에서 돕는 사람이 있으면 적은 군사로도 승리할 수가 있다. 신훤과 원회도 그것을 아는지라 나중에 더 큰일을 도모하자는 말에 도리어 더 기뻐하며 돌아갔다.

"이제부터는 본격적인 전투를 벌이게 될 것이니 주군께서도 칼을 드셔야 합니다."

종간이 청했지만,

"나는 이 박달나무 지팡이 하나로 아직 내 한 몸 지키는 데에 어려움이 없었다."

자비로 세상을 깨우칠 것이니 굳이 칼을 들 필요가 없다면서 듣지 않았다. 종간이 몇 번을 권해도,

"내가 지팡이만으로 안 되겠다 싶은 날이 오면 칼을 들겠다."

결국 물리쳤다.

종간도 더는 권하지 않고 갑옷과 투구만 마련해서 들고 따르게 했다. 부양이가 얼른 투구를 들었다. 무슨 일이 생기면 얼른 선종 스님 머리에 씌워 줄 요량이었다.

행렬 맨 앞에 50여 명으로 이루어진 첨병 부대가 가고, 그 뒤를 선종 스님과 종간이 가고 나머지 부대가 뒤를 따랐다.

미륵군이 가장 먼저 목표로 삼은 것은 영월에 있는 주천성이었다. 군사 수백 명이 있다고는 했으나 신라 정규군이 주둔하는 성은 아니었다. 성주가 이끄는 병사들뿐이었다. 성은 낡아서 허물어지고 성문도 엉성했다.

선종 스님은 싸움을 걸기 전에 먼저 성문 앞에 가서,

"나는 궁예다. 썩은 신라를 무너뜨리고 새로운 나라를 열고자 한다."

순순히 항복한다면 목숨은 해치지 않고, 약탈도 하지 않겠다고 외쳤다. 맞설 것인지 항복할 것인지 결정하라고 소리쳤다. 잠시 후에 성문이 열렸다. 성주와 더불어 모든 군사들이 무기를 버리고 땅에 엎드렸다. 피 한 방울 안 흘리고 성 하나를 손에 넣었다. 스스로 영토를 얻게 된 것이다. 선종 스님이,

"이제 이 땅은 썩어 문드러진 신라 땅이 아니라 미륵 나라가 되었다."

선언하고는 창고를 열었다. 세금으로 거두어들이기는 했으나 신라 황실에 바치지 않은 곡식이 그득했다. 도적이 들끓어서 서라벌로 보내지 못한 것들이라고 했다. 선종 스님은 절반을 털어 백성들에게 나누어 주었다.

"이 성이 비록 작고 군사와 물산이 풍부하지는 않으나 주군께서 큰 뜻을 이루는 굳은 뒷받침이 될 것입니다."

이제 첫걸음을 내디뎠으니 선종 스님이 가는 길에 거칠 것이 없을 것이라며 종간이 감개무량해했다. 주천성에서 얻은 군사 일부도 미륵군에 보탰다.

군사들을 며칠 쉬게 한 다음 나성으로 나아갔다. 역시나 마을을 지날 때마다 구경 나온 백성들이 길가에 엎드렸다.

나성에서도 항복하라고 소리쳤으나 대답 대신 성주가 군사를 이

끌고 싸우러 나왔다. 한바탕 전투가 벌어질 것을 각오했으나, 신라군은 무기를 제대로 휘두르지 못했다. 대장이 내리는 명령이 군사들에게 제대로 전달되지도 않았다. 미륵군이 함성을 지르며 달려들자 무기를 버리고 도망치기 바빴다. 은부가,

"주군, 우리에게 저항하는 자는 어떻게 되는지 본을 보이셔야 합니다."

성주를 목 베고 군사들에게 약탈을 허용하라 아뢰었다.

"이미 우리가 성주를 사로잡았거늘 목숨까지 빼앗을 필요는 없다."

성주가 미륵군에게 맞선 것은 선종 스님을 일개 도적이라 여기고 백성을 지키기 위한 것이니 잘못이라 할 수는 없다고 인심시켰다. 미륵군은 썩은 신라 황실이 저지르는 폭정에서 백성을 구하고자 몸을 일으킨 것이니, 성주와 미륵군이 창칼을 맞대고 싸울 필요는 없다고 달랬다. 성주도 선종 스님을 도와 새 세상을 여는 데에 힘을 아끼지 않겠노라고 다짐했다. 여기서도 군사 일부를 떼어 미륵군에 보탰다.

봉화 울오성에서는 성문을 굳게 닫아걸고 항복도 저항도 하지 않았다. 들이치자고 은부가 재촉했다. 약탈을 하지 않으니 미륵군을 만만하게 보는 것이라며 이번에는 꼭 군사들에게 약탈을 허용하라고 아뢰었다.

울오성은 마을 하나를 둘러싸고 있는 작은 성이었다. 드나드는

길도 두 개뿐이었다. 미륵군이 길을 막고 성을 둘러싼 채로 가만히 기다렸다. 한나절이 채 지나지 않아 성주를 꽁꽁 묶어 앞세운 군사들이 성문을 열어 주었다.

"부패한 관리는 머잖아 무능해지는 것이다. 탐욕을 채우는 데에만 마음을 두면 올바르게 일하는 법조차 잊어버린다."

그러면 백성과 군사들이 성주를 믿지 못하게 되고, 성을 지켜 내지도 못하게 되는 것이라며 옆에 있는 사람들에게 들으라는 말인지 혼잣말을 하는 것인지 모르게 선종 스님은 성문을 들어가며 탄식했다.

종간이 바짝 다가서며,

"주군! 너무 탄식하지 마십시오."

이것 또한 하늘이 미륵군에게 일어설 기회를 주는 것이니 도리어 기쁜 일이라고 좋아했다.

"부패한 사람은 반드시 무능해진다."

부패 뒤에는 무능이 따라온다는 것을 잊어서는 안 된다면서 무능보다 부패를 더 무서워해야 한다고 선종 스님이 또 한 번 탄식했다.

울오성을 나온 미륵군은 은근한 오르막길을 닷새나 올랐다. 드디어 산등성이에 올라서자 처음 보는 세상이 눈앞에 펼쳐졌다.

"하늘이 옆으로 갈라졌네."

군사들이 신기해하자 울오성에서 따라온 군사가,

"갈라진 아래쪽은 바다라고 하는 거야."

알려 주었다. 바다를 향해 내려가는 길은 깎아 세운 듯 가팔랐다.

닷새를 올랐던 길을 하루도 안 되어서 다 내려왔다. 다시 평지로 내려오자 바닷가를 따라 남북으로 길이 갈렸다. 북으로는 명주로 이어지고 남으로 곧장 가면 서라벌이었다.

남쪽으로 길을 잡고 얼마 가지 않아서 너른 들판이 나왔다. 들판에는 울신 어신성에서 나온 군사들이 진채를 벌여 세우고는 기다리고 있었다. 어진성은 지금까지 차지한 고개 너머 성들과는 많이 달랐다. 고개를 내려오고부터는 생불이라며 길에 엎드리는 백성들이 없었다. 군사들을 보고도 멀뚱멀뚱 구경만 할 뿐이었다.

오른쪽은 험준한 산이 막고 있고 왼쪽으로는 소나무 숲 너머로 바다가 멀리 보이는 들판에서 첫 전투가 벌어졌다. 펄럭이는 큰 깃발들과 하나로 통일된 군복을 입은 모습만으로도 어신성 군대는 그동안 싸웠던 군대에 비할 바가 아니었다.

신라군이 진용을 갖추어서 미륵군 쪽으로 밀려왔다. 앞뒤와 양옆으로 줄을 맞춘 군사들이 긴 창을 앞으로 내어 들고는 발을 척척 구르며 다가왔다. 처음으로 군사다운 군사들과 전투를 해 보는 미륵군은 겁을 먹었다. 슬금슬금 뒷걸음질을 치려 했다. 여차하면 꽁지를 빼고 도망을 칠 기세였다.

군사들이 겁먹은 것을 눈치챈 종간이,

"익히 알던 진법입니다."

별것 아니라며 빙그레 웃었다.

앞다투어 우리 군사에게 뛰어들 용맹이 없기 때문에 저런 진용을 갖춘 것이라면서 겉으로 보기에는 기세등등하고 막아 내기 어려운 것처럼 보이지만, 실전에서는 한 번도 써 본 적이 없을 것이라며 안심해도 된다고 했다.

"한쪽 모서리만 무너뜨리면 됩니다."

대수롭지 않게 여겼다.

"저 진용은 오른쪽에 강한 부대를 배치하고 왼쪽에 약한 부대를 배치합니다."

은부에게 기병을 이끌고 왼쪽 모서리로 짓쳐들며 창을 던지고 활을 쏘라고 했다.

아니나 다를까, 앞사람이 죽으면 뒷사람이 얼른 앞으로 나와서 대열을 갖추어야 하는데 갑자기 앞이 무너지니 뒤에서 미처 앞으로 나와 대열을 갖추지 못했다. 종간이 말한 대로 한쪽 모서리가 무너지기 시작하니 걷잡을 수 없이 혼란에 빠져 버렸다. 그때를 놓치지 않고 미륵군이 함성을 지르며 달려들었다. 신라군 대열은 순식간에 무너져 버렸다. 도망치기에 바빴다.

종간은,

"적을 뒤쫓아 가서 모두 베어 죽여서 완전히 부숴 버리십시오."

권했으나, 선종 스님은,

"이미 우리 군대가 강하다는 것을 우리 스스로 알았으니 신라군이 어떤 진용으로 맞서 온다 해도 물리칠 수 있다."

급할 것 없다면서 군사들을 쉬게 하고는 진용을 갖추어 천천히 어진

성을 향해 나아갔다.

어진성은 성벽이 튼튼하고 단정했다. 성벽을 지키는 군사들도 언제 도망쳤냐는 듯이 다시 정돈되어 있었다. 미륵군이 기세를 몰아 거세게 들이쳤지만 성은 꿈쩍도 하지 않았다. 아무리 둘러보아도 무너지거나 경비가 허술한 곳이 한 군데도 없었다.

"이곳은 신라 황실에 세금을 내고 황군이 지원을 나와 성주 군대와 연합하여 막으니 쉽지가 않은 것입니다."

은부가 아무리 찾아봐도 약점이 안 보인다며 입맛을 쩍 다셨다.

다음 날에는 사다리로 성벽을 기어오르기도 하고 화살을 빗발처럼 쏘아 보기도 했지만 성은 끄떡도 하지 않았다. 성 안에서 날아오는 회살에 미륵군만 디칠 뿐이었다.

"안 되겠습니다. 성문을 부수지 않고는 빼앗지 못할 것 같습니다. 정공법을 써야겠습니다."

종간은 먼 길을 끌고 올 수가 없었고, 쓸 필요가 없었던 충차를 만들어야겠다고 했다.

종간이 군사를 풀어 굵기가 팔로 한 아름이 넘고, 길이는 사람 키 세 배가 넘는 통나무를 베어 오라고 했다. 통나무 앞부분을 송곳처럼 뾰족하게 깎고, 수레를 앞뒤로 하나씩 받쳤다. 종아리만큼 굵은 나무를 지네 발처럼 통나무에 줄줄이 걸쳐 묶은 다음, 지네 발 나무마다 양쪽에 서너 명씩 충차 미는 군사들을 붙였다.

충차 미는 군사들 앞뒤 사이에 군사들을 세우고는 방패를 머리 위로 들었다. 비를 막듯이 방패로 성 안에서 날아오는 화살을 막았다. 성 안에서 돌이 날아오기도 하고 뜨거운 물이 쏟아지기도 했다. 다치는 군사를 새 군사로 바꿔 가며 충차를 수십 번 들이쳐 두들기자 드디어 성문이 부서졌다. 부서진 성문으로 미륵군이 밀고 들어갔다.

성문이 열리면 금세 무너질 줄 알았으나 신라군도 만만하게 물러서지 않았다. 한바탕 난투전이 벌어졌다. 선종 스님도 난투전에 휘말렸다. 선종 스님이 아무리 기골이 장대하고 무예가 뛰어나다 해도 창칼과 막대기가 부딪치면 막대기가 결코 유리할 수 없었다. 한두 명과 맞설 때와는 사뭇 달랐다. 은부가 달려와서 구해 주지 않았다면 부양이도 목숨이 위태로울 뻔했다.

한나절을 싸우고 나서야 신라군이 항복을 했다. 군사들도 장수들도 녹초가 되었다. 다친 군사와 죽은 군사, 그리고 적군 포로까지, 전투 뒤처리가 만만치 않았다. 성들을 지나오면서 더해진 군사까지 합쳐서 천5백 명에 이르던 미륵군도 절반이나 죽고 다쳤다.

"나 오늘 까딱 잘못했으면 까마귀한테 이 몸을 보시 공양할 뻔했다."

동진이는 이렇게 지독한 전투를 날마다 해야 한다면 세달사로 도로 가야겠다면서 혀를 길게 빼물었다.

신라군과 벌이는 전투는 물지옥 불지옥이 따로 없다면서, 전쟁터보다는 혜광 스님 밑에서 구박받는 편이 훨씬 나을 거라며,

"사람을 좀 패서 그렇지 죽이지는 않으니깐."

절레절레 고개를 저었다.

"이것 봐라?"

동진이가 곧 죽을 것처럼 떨던 호들갑을 뚝 멈추고는 두 손을 펼쳐 내밀었다. 금으로 만든 허리띠 걸개 장식이었다.

"약탈하지 말라고 했잖아?"

부양이가 놀라서 눈을 부릅뜨자,

"겨우 이 정도 가지고 뭘."

백성들한테 빼앗은 것도 아니고 죽은 신라 장수 허리에서 빼낸 거라며,

"뭐 어떠냐?"

대수롭지 않게 여겼다. 있는 규칙 다 지키고 어떻게 사냐면서 규칙도 자기한테 유리해야 좋은 규칙이라고 둘러댔다. 히죽히죽 웃으며 금붙이를 만지작거렸다.

종간이 더 이상 남쪽으로 가는 것은 무리라며,

"신라가 아무리 혼란에 빠졌다고 해도 천 년 사직이 받치고 있는 힘이 아직은 만만치 않다는 것을 오늘 똑똑히 보았습니다."

성 몇 개를 함락하여 기세가 올랐고 군사를 더 보냈다고는 하지만, 여기부터는 남쪽으로 갈수록 저항은 더 강해질 거라며 고개를 가로저었다. 지금 미륵군만으로는 서라벌에서 가까운 성을 빼앗을 수 없다고 말렸다.

"부석사로 가서서 힘을 더 보태십시오."

부석사는 석남사보다 훨씬 더 큰 절이었다. 부석사는 수원승도들이 막일을 하는 편과 군사 편으로 나뉘어 있다고 했다. 종간이 먼저 부석사로 가서 수원승도들을 설득하여 군사인 수원승도들 마음을 미륵군 쪽으로 돌려 보겠노라고 했다. 그러면 싸움을 하지 않고도 미륵군이 부석사로 들어갈 수 있기 때문이었다.

은부는,

"그까짓 몇 명 되지도 않는 수원승도들을 뭐 그리 겁내십니까?"

자기가 앞장선다며 그냥 들이치자고 큰소리를 쳤다.

"부처님 모신 절인데 피를 보아서야 되겠는가?"

선종 스님이 은부를 타이르며, 종간을 먼저 부석사로 가게 했다.

종간이 길을 나서려 하면서,

"주군! 이제 더 이상 칼 들기를 주저하시면 안 됩니다."

뒤에 있는 군사에게 손짓을 했다. 군사 하나가 달려와 칼을 종간에게 건네주었다. 종간은 칼을 선종 스님에게 바치며,

"이 칼은 석남사에서 가장 솜씨 좋은 장인이 만든 것입니다."

오래전에 미리 준비해 두었으나 선종 스님이 망설이기만 해서 드리는 것을 미루어 왔다고 했다. 이제부터는 꼭 칼을 들어야 한다고 간청했다.

그러나 선종 스님은,

"자비로 세상을 열자고 몸을 일으킨 나에게 살생을 하라는 말인

가?"

받으려 하지 않았다.

"칼이 곧 권력입니다."

주군이 큰 칼을 들어야 권력이 바로 선다면서 칼 든 군사를 옆에
두기만이라도 하라고 청했다. 종간도 이번에는 그냥 물러설 기세가
아니었다. 부양이가 종간에게서 칼을 받아 어정쩡하게 서 있는데 동
진이가 선뜻 나섰다. 부양이 손에서 칼을 낚아채더니 어깨와 허리에
빗겨서 척 둘러멨다.

"너는 주군이 쓰실 검을 메었으니 주군께서 팔을 뻗으면 언제나 닿
을 만한 거리에 있어야 한다."

종간이 동진이에게 단단히 일렀디.

종간이 말을 달려 부석사로 향해 가자, 미륵군도 뒤따라 부석사
로 길을 잡았다. 동진이는 둘러멘 칼 멜빵을 손으로 쓱쓱 쓰다듬으
며 목에 힘을 잔뜩 주었다.

"그러다 목 부러지겠다."

부양이가 놀려도,

"이래 봬도 선종 스님 칼 멘 군사이시다."

험험 헛기침을 하며 으스댔다.

말하는 품이 장수라도 된 것 같다고 놀려도,

"칼이 이렇게 몸에 잘 맞는데 장수인들 못 되겠느냐?"

되받아쳤다. 대장 칼이라 책임이 무거워서 칼도 무겁게 느껴지는

것 같다며 능청을 떨었다. 그날부터 동진이도 선종 스님 곁에서 열
걸음 이상 떨어지지 않았다. 부양이는 동진이로부터 조금 떨어져서
뒤를 따랐다.

장군을 거쳐 황제로

미륵군이 간다고 하사 부석사 수원승노들이 설반 넘게 항복해 버렸다. 나머지 절반으로는 싸울 엄두를 내지 못했다. 미륵군은 아무 저항도 받지 않고 부석사로 들어갔다. 선종 스님은 부석사에 있는 사당에 들어가서 벽에 걸린 신라 임금 얼굴을 그린 그림을 칼로 내리쳐 버렸다. 그 칼을 높이 들고는 이제 이 절은 신라 왕을 모시는 곳이 아니라 새 세상을 열 기틀이 될 것이라면서 바다 쪽을 향해 서서 선언했다.

"나 궁예는 썩은 신라는 무너뜨리고 만백성이 편하게 사는 나라를 열 것이다."

따를 사람은 절에 남고 따르지 않을 사람은 가도 좋다고 했다. 군사들이 환호성을 지르며 만세를 불렀다. 부양이와 동진이도 이미 새로운 나라라도 세운 듯이 만세를 외쳤다. 역시 대장은 칼을 들고 휘둘러야 영이 선다면서 종간도 힘차게 만세를 불렀다. 부석사 수원 승도 가운데 일부도 미륵군에 아울렀다.

"이제 군사가 다시 천여 명이 되었으니 이들을 훈련시켜 일당백으로 만든다면 웬만한 성은 주머니에서 물건 꺼내듯 쉽게 얻을 수 있겠구나."

선종 스님은 서라벌도 천 년 신라도 두렵지 않다면서 기세를 돋우었다.

"모두 나와 함께 나아가자!"

선종 스님이 또 한 번 칼을 번쩍 들고 크게 외치자 군사들이 펄쩍펄쩍 뛰며 선종 스님 만세를 외쳤다. 동진이도 주먹을 하늘 끝에 닿게라도 할 듯이 치켜들며,

"신 난다. 신 난다."

토끼처럼 깡충깡충 뛰었다.

군사를 더 훈련시켜서 서라벌로 치고 내려가기 위해 한 달쯤 진법 훈련을 하는데 허월 대사가 찾아왔다.

"장군은 임금이 되려 하시오, 도적이 되려 하시오?"

세달사에서 만났을 땐 '선종아!'라고 부르던 허월 대사가 이제는 장군이라고 불렀다. 선종 스님이 굳이 대답하지 않아도 되는 물음이었다.

"어리석은 소승을 깨우쳐 주십시오."

선종 스님이 가르침을 청했다.

"명분도 없이 천 년을 이어 온 신라를 무너뜨리려 하면 왕조를 훔친 도적이 될 뿐입니다."

신라로 쳐들어가지 말라고 했다.

"소승은 왕조를 훔치려는 것이 아니라 썩은 신라를 무너뜨리고 헐벗고 굶주리는 백성을 구하려는 것입니다."

묵묵히 듣고 있던 허월 대사가,

"헐벗고 굶주리는 백성이 서라벌에만 있는 것은 아닙니다."

임금을 기다리는 땅이 남쪽에만 있는 것은 아니라면서 명주로 가자고 권했다.

옆에서 듣고 있던 종산이,

"명주는 수천 군사가 있는 큰 고을이 아닙니까?"

명주와 대적하기에는 아직 미륵군이 보잘것없다면서 난감한 표정을 지었다. 허월 대사는 껄껄 웃으며,

"명주 군사와 미륵군이 창칼을 맞댈 일은 없을 것이오."

명주 군수 김순식은 허월 대사 아들이라고 했다.

다음 날 명주로 간다는 명이 내려졌다. 바다를 오른쪽으로 두고 북쪽을 향해 군대가 움직였다. 바닷가는 넓은 모래 바닥으로 된 곳도 있고 절벽으로 된 곳도 있고, 들판도 펼쳐져 있었다. 모래 바닥 옆이나 들판은 평평한 길이지만, 절벽 옆을 지나갈 때는 오르막 내리막이 번갈아 나왔다. 큰 산을 넘는 것이나 다를 바가 없었다.

"이 길이 저 바다처럼 평평하면 좋을 텐데."

군사들 바람은 그저 바람일 뿐이었다. 그래도 싸움 걱정에 비하면
행복한 고민이었다.

동진이는,

"싸우는 게 여러 모로 좋은데."

이제는 싸우지 않는 것을 도리어 아쉬워했다.

"싸움 끝나면 할 일 때문에 그렇지?"

부양이가 핀잔을 주느라고 하는 말인데도,

"다 알면서 묻기는?"

아랑곳 않고 웃었다. 눈도 살짝 흘겼다.

"중이 염불보다 잿밥에 더 마음을 쓴다더니 네가 딱 그렇구나?"

부양이가 또 핀잔을 주었다. 동진이가 무안한지 킥킥거렸다.

동진이는 죽은 시체나 포로한테서 값나가는 물건을 챙기는 것에
아주 재빨랐다. 칼이나 장신구를 챙기면 금붙이를 가지고 있는 사
람과 바꾸었다. 금은 값에 비해 무게가 덜 나가니 가지고 다니기가
편하기 때문이다. 동진이는 다른 사람을 구슬려서 물건을 바꾸는
수완이 참 좋았다. 군사들 가운데서 바꿀 사람이 없으면 마을에 나
가서 바꿔 오기도 했다. 동진이가 짊어진 바랑에 얼마나 많은 금붙
이가 들었는지 동진이 말고는 아무도 몰랐다.

명주는 서라벌에서 왕위를 다투다 쫓겨 온 김주원이 스스로를 '명
주 군왕'이라 부르며 자리 잡은 곳이었다. 명주성에 가까워질수록 길

가에 엎드리는 백성들이 많아졌다.

"저들 모두가 장군께서 보살펴야 할 백성들입니다."

허월 대사 말에 선종 스님이 고개만 끄덕였다.

명주성은 듣던 대로 아주 큰 성이었다. 성문 앞에서 명주 군수 김순식이 선종 스님에게 허리를 깊이 숙였다.

"대사께서 썩은 신라를 무너뜨리고 백성을 구하려는 뜻을 익히 들어서 알고 있습니다."

선종 스님에게 명주를 바치며 충성을 맹세했다.

명주 군사 3천에 이끌고 간 미륵군을 합친 다음, 늙고 병든 군사를 추려 내고 남은 3천5백 명을 열네 대로 나누었다. 한 개 대당 250여 명이 되었다. 드디어 제대로 된 군사 조직이 만들어졌다.

종간이 주위를 둘러보며,

"이제 우리 주군께서 군사 삼천오백을 거느리셨으니 장군이라 해야 할 것입니다."

말이 떨어지기가 무섭게 은부가,

"궁예 장군 만세!"

주먹 쥔 두 손을 높이 쳐들고 외쳤다. 백성들과 군사들도 모두 따라 '궁예 장군 만세!'를 외쳤다. 부양이도 목이 터져라 '만세!'를 외쳤다. 심장이 콩콩 뛰고 얼굴이 확확 달아올랐다. 열 번이 넘도록 외치고 나자 가슴이 벅차오르면서도 시원하게 뚫리는 것 같았다.

장군님이 성을 둘러보다가 바다가 보이는 곳에 멈추어 서자 종

간이,

"양길이 차지한 한강 유역은 충주에서 서해까지 이어지는 긴 물길입니다."

수레에 싣거나 사람이 짊어지고 걸어서 옮긴다면 열흘이 넘게 걸리지만 한강을 따라 배를 띄우면 닷새 만에 능히 닿을 수가 있다고 했다. 한강이 물건과 군사를 쉽고 빠르게 옮길 수 있는 교통로라는 것을 알려 주었다.

종간은 또 고구려, 백제, 신라가 서로 힘을 다툴 때, 고구려도 백제도 한강 유역을 차지하면서 삼국 가운데 가장 강한 나라가 되었고, 신라 또한 한강 유역을 차지하고서야 이 조선 땅을 통일할 수 있었다면서 양길은 장군님이 반드시 무너뜨려야 할 상대라는 것을 깨우쳐 주려 했다. 앞으로 미륵군이 어디로 가야 하는지를 알려 주는 말이었다.

"주군께서 군사 삼천오백을 거느리셨다고 하나, 아직은 북원과 국원에 걸쳐 삼십여 성을 차지한 양길과 대적하기에는 부족합니다."

전쟁을 벌이면 몇 번은 이길 수가 있겠지만 한번 위기에 처한다면 회복할 힘을 아직은 갖지 못했다는 뜻이었다.

"이 명주에서 군사를 더욱 키운 다음에 양길을 쳐부수면 될 것입니다."

김순식이 대책을 내놓자, 종간은,

"명주는 성벽이 높고 튼튼하여 지키기에는 아주 좋습니다. 또한

물산이 풍부하고 날랜 군사도 많으니 미륵군에게 든든한 뒷받침이
될 것입니다."

김순식이 하는 말에 일리가 있다고 하면서도,

"산길이 험난하여 물자를 보급하기가 어렵고 구원병을 보내기도
너무 먼 약점을 극복할 수 없을 것입니다."

자칫 군량 보급로가 끊긴다면 미륵군은 양길 군사에게 겹겹이 둘러
싸이는 위기를 맞게 될 것이라며 김순식 의견에 반대했다.

종간은 또,

"우리 군사는 양길이 있는 땅과 신라 사이 땅을 차지했습니다."

그 북쪽을 차지한다면 한강을 가운데 두고 양길을 둘러싸게 될 것
이므로 양길을 무너뜨리는 것은 그리 어렵지 않을 것이라고 했다.

장군님도 김순식도 그 의견에 고개를 끄덕였다.

"양길이 차지하고 있는 땅 북쪽과 발해 남쪽에 말갈족이 사는 땅
사이 빈틈을 따라 서쪽으로 나아가 패서에 이르게 된다면 우리 군사
가 차지한 땅은 말발굽 형상이 될 것입니다."

종간 말대로 되면 말발굽에서 트인 쪽은 서해 바다뿐이다. 양길
은 바다가 아니면 빠져나갈 곳이 없는 처지가 될 것이다. 말발굽을
오므리듯이 조여 들어간다면 양길은 무너질 것이고, 신라 북쪽 땅은
손쉽게 장군님 차지가 될 것이다.

더구나 그 땅은 미륵 사상이 다른 지역보다 더 강한 곳이고, 신라
에 기댈 수 없으니 새로운 나라를 세워야 한다는 생각이 널리 퍼져

있었다.

"그 땅으로 가신다면 하늘과 땅이 장군님을 기쁘게 맞이할 것입니다."

종간이 하는 예상은 듣는 사람 모두를 들뜨게 했다.

미륵군은 3천5백 군사 절반을 명주에 남겨두고 산을 넘기 위해 출발했다. 고개로 접어들자 울창한 숲이 먼저 군사들을 맞이했다.

"깎아지른 절벽이다. 절벽."

동진이가 벽처럼 막아선 산을 보며 고개를 절레절레 저었다. 예천에서 울진으로 갈 때는 서쪽에서 동쪽으로 넘어가는 길이라 올라갈 땐 경사가 완만해서 별로 힘들지 않았는데 동쪽에서 서쪽을 향해 올라가려니 경사가 가팔라서 보통 힘든 일이 아니었다. 종간이 왜 명주에서 고개 너머로 보급이 어렵다고 했는지 부양이도 알 것 같았다.

"갑옷 짊어진 군사도 아무 말 안 하는데 겨우 칼 하나 둘러멨으면서 엄살은?"

부양이가 핀잔을 주자,

"칼이라고 다 같은 칼이냐? 장군님 칼이다."

동진이가 목에 힘을 잔뜩 주고는 거드름을 피웠다. 일부러 더 거드름을 피우며 우쭐대는 모습에 부양이는 히죽 웃음이 나왔다.

고개를 올라가는 길이 숨차고 힘들었으나 울창한 숲에서 들리는 새소리랑 계곡에 흐르는 물소리가 기분을 가볍게 해 주었다. 길옆에 커다란 너럭바위가 나오자 장군님이 군사들을 쉬게 했다. 너럭바위에 장군님과 배웅하러 나온 허월 대사가 마주 앉았다. 동진이와 부양이도 바위 옆에 기대앉았다.

허월 대사가,

"이제 장군께서는 군사를 부릴 때가 아니면 칼을 쓰지 말아야 합니다."

칼이 권력이므로 칼을 휘두르는 만큼 권력도 강해지지만 칼이란 결국 사람을 베는 것이니 너무 강하게 휘두르면 모두가 칼을 두려워할 것이라고 했다. 칼만으로 나라를 다스리면 호족들도 백성들도 겉으로만 복종하게 된다는 것을 잊지 말라고 당부했다.

장군님이 정색을 하며,

"내기 군사를 이끌고 기는 끼닭은 백성을 핍박하는 호족과 권리를 쳐서 없애고, 부자나 신라 왕실을 위해서 불경이나 외며 재산을 빼돌리는 절을 개혁해서 새 나라를 세우기 위함입니다."

그들을 그냥 두고만 보라느냐고 되물었다. 허월 대사가 자세를 고쳐 앉으며 당부했다.

"장군께서 품은 큰 뜻을 모르는 것이 아니지만, 장군은 도적이 아니라 군왕이 되려 하시니 도적이 가는 길로 가시면 안 됩니다."

장군님도 자세를 고쳐 앉으며 군왕이 갈 길이 어떤 길인지 가르쳐 달라고 청했다.

"군왕은 땅을 차지하는 것에 만족하지 않아야 합니다."

허월 대사는 장군님이 나라를 일으키려는 뜻이 넓은 영토를 차지하려는 것이 아니라 계급에 짓눌려 백성들이 고통받지 않게 하려는 것이지 않느냐고 다시 한 번 일깨웠다. 그 꿈을 이루기 위해서는 단번에 모든 것을 이루려는 조바심을 버리라고 했다. 임금이 되는 데에 필요한 지지 세력을 먼저 만들어야 하므로, 호족이나 승려들을 달래고 얼러서 장군님 뜻에 따르도록 하라고 일렀다. 그들을 모두 장군님 발아래에 둔 다음, 제도를 혁신하고 법을 바로 세우면 새로운 나라를 일으킬 수 있을 거라고 했다.

장군님은 허월 대사 말에 고개를 끄덕였다.

고개를 넘은 미륵군은 혼천 북쪽으로 나아갔다. 그리고 서쪽을 향해 인제와 화천을 지나 김화를 거쳐서 금성으로 갔다. 지나는 마을마다 백성들이 쏟아져 나와 길가에 엎드렸다. 미륵이 세상을 구하러 왔다면서 반겼다. 신라 땅이니까 백성은 신라 백성이지만, 신라가 통치하지 못한 지가 오래되었으니, 제대로 된 군대가 있을 리 없었다.

군사 몇백 명으로 맞섰다가 요절이 난 어느 호족 얘기가 소문으로 퍼져 나가자, 미륵군이 온다는 소식을 듣고 맞서기는커녕 일찌감치 호족이나 성주가 스스로 미륵군을 맞으러 나왔다.

장군님이 호족이나 성주들로부터 토지나 권력을 빼앗지 않는다는 것을 알게 되면서 저항하거나 도망가지 않고 장군님 밑으로 순순히 들어왔다. 신라에 세금을 내다가 한동안 안 내고 있었는데 다시 장군님에게 세금을 내게 되었다는 것을 빼고는 아무런 변화도 없기 때문이었다.

"벌써 우리 장군님이 임금님 된 것 같아. 아무도 가로막지를 않잖아?"

동진이가 더 의기양양해졌다.

철원에 들어갈 때는 미륵군 기세가 하늘을 찌를 듯했다. 미륵군은 동주산성에 자리를 잡았다.

장군님은 북쪽과 동쪽으로 펼쳐진 넓은 들판을 바라보며,

"이곳이 바로 새로운 나라를 열 도읍이구나."

감개무량해했다.

종간이 북쪽에 보이는 뾰족한 산을 가리키며,

"저 산이 바로 고암산입니다."

고암산 동쪽으로 나지막한 언덕을 가리키고는 미륵군이 지나왔던 평강 고원이라고 했다. 평강 고원 너머로도 넓은 들판이 희미하게 보였다.

평평한 들판 중간중간에 솟은 산들이 찬바람을 막아 주니 산에 기대어 집을 짓고 살면서 들에 나가 농사를 지을 수 있다고 했다. 곡식은 백성을 살찌게 하고 황실을 튼튼하게 받치는 힘이 될 것이라고도 했다.

남쪽으로 보이는 금학산과 명성산을 비롯하여 철원 평야를 빙 둘러싼 산들은 외적으로부터 황도를 지키는 튼튼한 성벽이 될 것이라

고 했다. 종간은 세달사로 선종 스님을 만나러 오기 전에 전국을 돌며 지형과 민심을 미리 살펴보았다고 했다.

"온 조선 땅에 울려 퍼지는 큰 위엄을 보이십시오."

종간은 온 세상 사람들이 장군님 앞에 고개 숙이도록 궁궐을 크고 화려하게 짓자고 했다.

"군왕이란 백성을 잘 보살피는 것이 중요하지, 화려한 궁궐은 필요 없다."

장군님은 큰 궁궐이 없어도 덕만 있으면 미륵 세상이 저절로 열린다고 했다. 동주산성에 원래부터 있던 건물들을 수리하고 모자라는 건물을 몇 개만 더 지어 황궁으로 삼겠다며 궁궐을 새로 짓자는 청을 허락하지 않았다.

"이제는 절을 핍박하여 승려를 내쫓는 것이 아니라 백성들이 마음을 편히 쉴 수 있는 절을 하나씩 만들어 갈 것이다."

불교와 절도 스스로 변하도록 할 것이라면서 도피안사에 비로자나불상을 세우자고 했다. 비로자나불은 번뇌와 괴로움이 없는 연꽃 세계에서 빛을 내어 세상을 두루 비추는 부처다. 지위가 높거나 낮거나 천하거나 귀하거나 가리지 않고 어떤 중생도 다 구해 주는 부처다. 석가모니부처로부터 구원받지 못한 중생도 다 구해 준다는 부처다.

비로자나불상을 세운다는 소문이 퍼지자 둘레 백성들로부터 시주가 줄을 이었다. 시주한 사람이 1천5백 명이나 되었다. 하늘과 땅이 서로 공평하며 모든 일이 순리대로 풀려 가게 한다는 비로자나불을 모시고자 하는 백성들 마음이 모여든 것이다.

들판이 기름져 1년만 풍년이 들면 7년은 배부르게 먹을 수 있다는 철원에서 농사를 짓기 때문에 먹고살기에 어려움이 별로 없는 사람들이었다. 그렇지만 새로운 나라를 세워, 새로운 세상을 열어야 한다는 뜻을 품은 사람들이었다.

비로나자불상이 완성되어 조성식을 하는 날, 모여든 수천 명 백성들 앞에서 장군님은,

"이 철원에서 여기 모인 백성들과 더불어 삼백 년 전에 신라에게 무너진 고구려를 다시 일으켜 세울 것이다."

고구려 장수왕 때부터 썼던 니리 이름인 고려를 다시 세우겠다고 선포했다. 백성들과 군사들이 기다렸다는 듯이 '고려국 황제 폐하 만세!'를 외쳤다.

"백성들과 군사들은 내 뜻을 따라 안으로는 백성을 편안케 하고, 밖으로는 이 조선 땅을 모두 아우르며, 만주와 중국 땅도 호령할 큰 나라를 세우는 데 힘을 다하겠는가?"

소리쳐 물었다. 물음이 아니라 선언이었다.

백성들과 군사들은 '황제 폐하 만세!'를 자꾸자꾸 외쳤다.

"짐은 바람을 막고 햇볕을 받아 백성들이 집을 짓고 땔나무를 할 수 있는 크고 울창한 산이 될 것이다."

모두 폐하에게 깃들어 살도록 하겠다고 다시 한 번 선언했다. 부

양이도 동진이 두 손을 마주 잡고 펄쩍펄쩍 뛰었다. 폐하가 스님에서 장군이 되고, 또 황제가 되는 것을 따라 자신도 점점 높아지고 발전하는 것 같아 가슴이 더 벅차올랐다. 칼을 들지 않고 선언하였는데도 백성들이 모두 환호하는 것을 보고 부양이는 허월 대사가 왜 칼을 들지 말라고 했는지 알 것 같았다. 뜻을 바로 세우면 힘으로 하지 않아도 굴복시킬 수 있다는 것을 깨달았다.

폐하는 또,

"왕족과 귀족만을 위해 절을 세우는 불교를 버리고 만백성을 공평무사하게 받드는 미륵 나라를 세울 것이다."

미륵부처님 나라에서 편히 살라고 일렀다. 백성들과 군사들이 내는 '황제 폐하 만세!' 소리가 그칠 줄을 몰랐다.

며칠 뒤에 패서 호족 가운데에서도 큰 집안인 신천 강씨가 찾아왔다.

"폐하께서 도피안사에 비로자나불상을 세우는 것을 보고 세상을 바로잡아 백성을 구할 영웅이라고 확신하게 되었습니다."

자기 딸을 황비로 맞이하는 혼인을 맺자고 했다.

폐하는 수도하는 승려라서 결혼할 수 없다며 사양하였으나 종간이,

"군왕이 갖추어야 할 것 중에 으뜸은 바로 위엄을 갖춘 황실을 세우는 일입니다."

황위를 이을 든든한 아들을 낳아 황실이 든든해야 호족과 백성들이 안심하고 폐하를 따를 것이라며 결혼을 권했다.

"패서 지방은 원래 고구려 땅이었다가 당나라 땅이 되었지만, 이제는 당나라도 힘을 뻗치지 못하고 있습니다."

은부도 신천 강씨가 외척으로 든든히 뒤를 받쳐 준다면 다른 호족들도 폐하에게 충성하게 될 것이니, 힘들이지 않고 패서 지방이 폐하 손에 들어올 것이라며 거듭 청했다.

패서 지방에서 큰 세력인 신천 강씨 집안과 황실이 결혼을 하고 나자 과연 종간이 말한 대로 패서 호족들이 앞을 다투어서 항복해 왔다.

황실이 두루 인정을 찾고 나자 폐하는 항복해 온 호족들에게 두루 관직을 나누어 주었다. 떠돌이 군대에서 드디어 어엿한 나라가 되었다. 하지만 동진이나 부양이에게 관직이 생기지는 않았다.

"나라 세우니 호족들만 좋은 일 생기는구만."

동진이는 섭섭한 모양이었다. 군관도 아니고, 신라 귀족도 아니고, 이 지방 귀족도 아니면서 언감생심 관직은 무슨 관직이냐고, 군졸이라도 밥그릇 안 떨어지고 입에 풀칠하는 걸 다행으로 알라고 부양이가 핀잔을 주었다. 처음부터 군사였으니 앞으로도 군사로 만족하라고 타일렀다.

며칠 뒤에 부양이가 성문지기로 번을 서고 있는데 폐하가 불렀다. 세달사에 있을 때나 철원으로 오기 전에는 대하기가 어렵지 않았는데 높은 용상에 앉은 폐하 모습을 보니 잔뜩 주눅이 들었다.

"이 황제라는 자리가 백성에게서 짐을 멀리 떼어 놓고야 마는 모양이다."

느닷없는 탄식에 부양이는 어찌할 바를 몰라 땅바닥만 보고 서 있었다. 눈만 뜨면 볼 수 있던 부양이가 요즘엔 통 보이질 않았다면서 그동안 어디 있었느냐고 물었다. 성문 지키는 군사가 되었다고 했더니 폐하가 껄껄 웃었다.

"짐을 위해서 목숨을 바친다고 충성을 맹세한 너를 성문지기로 두다니."

폐하로부터 열 걸음 안에 있겠다는 맹세를 어긴 불충이라며 핀잔을 주었다. 또 껄껄 웃고는 받고 싶은 벼슬을 말해 보라고 했다. 한참을 망설이다가 종간에게 얼른 말하라는 지청구를 들은 다음에야,

"세달사에 있을 때 할아버지가 폐하 곁에서 열 걸음 이상 떨어지지 말라고 한 당부를 따르고 싶을 뿐입니다."

마지못해 대답했다.

폐하가 빙그레 웃고는 종간에게 폐하 곁에 늘 있을 수 있는 자리를 마련해 보라고 일렀다.

다음 날 조회에서 부양이는 환관으로 명하는 첩지를 받았다. 동진이에게도 벼슬을 내려 달라고 했다. 하지만 종간이 동진이는 정직하지 못하다면서 벼슬을 내리지 말라고 했다. 아니라고 부양이가 말하려는데,

"무엇하는가? 얼른 절을 올리지 않고."

종간이 재촉했다. 부양이는 동진이 말을 더는 하지 못하고 절을 한 뒤에 물러나오고 말았다.

'헛일이 되거나 혼나더라도 좀 더 말을 해 볼걸.'

후회했지만 이미 때가 늦고 말았다.

"말했다가 안 들어주면 더 후회했을 거야."

어떤 선택을 하더라도 후회는 하게 되어 있다고 하지 않았냐면서 동진이가 도리어 부양이를 위로했다. 그래도 종간이 정직하지 못하다고 했던 말은 동진이에게 하지 않았다. 동진이가 금붙이를 모은다는 소문이 군사들에게 널리 퍼졌으니 종간도 알았던 모양이다.

"이왕 주려면 장군 자릴 달라고 하지, 권력도 별로 없는 환관이 뭐냐?"

핀잔을 주면서도 잘된 일이라며 축하해 주었다. 동진이도 부양이에게 장군 같은 자리가 어울리지 않는다는 것을 알면서 농담으로 한 말이었다. 부양이는 혼자만 벼슬을 받아서 동진이에게는 미안했지만 가슴이 터질 듯 벅차올랐다. 하늘을 올려다보고는,

"할아버지, 제가 벼슬을 하게 됐어요."

지금은 가장 낮은 환관이지만, 열심히 노력해서 가장 높은 환관이 되겠다고 다짐했다.

나라 기틀이 마련되자 삭녕과 장단을 점령하고 송각까지 땅을 넓

120

혀 나갔다. 환관이 된 부양이는 관복을 입고 폐하를 따랐지만, 동진이는 여전히 폐하 칼을 찬 군사로 원정을 나갔다. 그래도 동진이는 실망하거나 푸념하지 않았다.

"우리가 가기만 하면 폐하 땅이 넓어져."

신이 나서 자꾸 실실 웃었다.

"땅이 넓어지면 세금이 많이 걷힐 테고, 세금이 많이 걷히면 나라에 돈이 많아질 테니, 우리도 신라처럼 부자 나라가 될 거야."

마냥 신이 났다.

"싸우지 않으니까 생기는 게 없네."

동진이는 한편으로 아쉽다면서 입맛을 쩝쩝 다셨다. 부양이가 눈을 흘기자 멋쩍은 듯이,

"농담이다, 농담. 농담도 못 하니?"

실실 웃었다.

폐하는 땅에 엎드린 백성들을 흐뭇하게 바라보며,

"짐은 새들이 날아들어 편히 쉬는 큰 나무 같은 나라를 만들 것이다."

폐하가 만든 나라에서 편히 살라고 했다. 그 말에 부양이 가슴이 또 벅차올랐다.

두 달이 넘는 원정을 마치고 돌아오자 송악 사찬 용건이 아들인 왕건과 함께 폐하 뵙기를 청했다. 금붙이와 구슬 장식을 단 옷을 입

은 왕건과 용건은 첫눈에 보아도 큰 부자라는 것을 알 수 있었다.

"이곳 철원은 들이 넓어서 물산은 풍부하나 바다에서 멀고, 큰 강이 없으니 다른 지방과 연결하기가 어려우며, 길이 험하여 사신도 오고 가기 어렵습니다."

폐하가 송악에 성을 쌓고 도읍으로 정한 다음, 왕건을 성주로 삼으면 패서 땅에 있는 호족들이 빠짐없이 폐하에게 올 것이라면서 송악으로 가자고 청했다.

송악에서 물길을 따라 군대를 나아가게 하면 이 조선 땅을 통일할 수 있는 강한 나라가 될 것이고,

"송악 북쪽에 패서성이 있으니 오랑캐를 막을 수 있고, 서쪽으로는 바다가 있으니 물을 따라 전국은 물론이고 중국까지도 쉽게 통할 수 있습니다."

무역을 해서 부유한 나라를 만들 수 있을 것이라면서 폐하를 설득했다.

듣고 있던 종간도,

"옛날 진나라 시황제가 처음으로 중국 땅을 통일할 수 있었던 까닭은 낳아 준 아버지인 여불위가 전쟁에 필요한 재물을 모두 감당해 준 덕분입니다."

송악에서 재물로 나라 살림을 받친다면 양길은 물론이고 견훤과 신라도 가벼운 상대일 뿐이라며 송악으로 가자고 역시 청했다.

폐하가 송악으로 가기로 허락하자, 용건은 송악에 신라 효공왕

때 쌓은 송악성과 북성문을 연결시키는 발어참성을 쌓았다. 그리고 송악산 남쪽 기슭 높은 언덕에 궁궐을 지었다. 궁궐 왼쪽과 오른쪽에는 구릉 지대가 있어서 호랑이와 용이 버티고 있는 모양이었다. 남쪽 멀리 진봉산이 보이고 궁궐 앞으로는 주수와 객수라는 개천이 흘러와서 만나는 명당 터였다.

용건은 패서에서 가장 큰 세력답게 재물을 많이 풀었다. 용건이 지은 성은 높고 궁궐은 화려했다. 황제가 살 곳이니 권위에 맞아야 한다면서 그렇게 지은 것이다.

2년에 걸친 도성 공사가 끝나고 드디어 송악으로 도읍을 옮겼다. 약속대로 왕건을 송악 성주로 임명했다. 왕건은 겨우 스무 살이었으나 폐하와 신하들 앞에서,

"송악은 배 만드는 기술이 뛰어나고 중국과 무역을 해서 재물이 많으니 배를 만들고 수군을 훈련시켜 땅과 물로 군사를 내신다면 더 넓은 땅을 차지할 수 있을 것입니다."
또 물길을 이용하여 전국으로 물건을 실어 나르고 세금을 거두어들인다면 더욱 강력한 나라가 될 것이라면서 한강 둘레 땅을 차지해야 한다고 주장했다.

"소신이 수군으로 한강을 거슬러 올라가고 폐하께서는 땅에서 날랜 군사를 이끌고 나아간다면 양길을 무너뜨리는 것은 그리 어렵지 않을 것입니다."

한강 둘레 땅들만 차지한다면 남쪽에서 백제를 세운 견훤도 북소

리 한 번으로 무너뜨릴 수 있을 것이라며 당당하게 아뢰었다. 폐하
는 아주 만족해하며,

"왕건이 비록 나이는 어리지만 지혜와 용맹이 뛰어나니 나를 이어
고려를 짊어질 군왕으로서 손색이 없을 것이다."

왕건을 다음 황제로 삼아야겠다며 껄껄 웃었다.

"아니 될 말씀입니다."

종간은 표정이 싸늘해졌다. 황위는 꼭 아들이 이어받아야 하는데
만약 폐하가 왕건으로 후사를 정한다면 조정과 황실은 큰 혼란에
빠지고 말 것이라며 정색을 했다. 폐하가,

"신라도 꼭 아들로 하여금 왕위를 잇게 하진 않았다."

유능한 사람이 왕이 되어야만 나라가 부강해질 수 있나면서 뜻을 꺾
지 않으려 하자,

"황공한 말씀이오나 폐하께서 어린 시절에 어려움을 당한 까닭을
생각해 보십시오."

종간이 폐하를 일깨웠다. 신라가 왕위 다툼을 하는 사이에서 눈도
잃었고, 불행한 젊은 시절을 보낼 수밖에 없었던 일을 말하는 것이
었다.

"권위 높은 황실이 되지 않는다면 백성들은 폐하를 따르지 않을
것입니다."

폐하도 더 이상 아무 말도 하지 못했다.

종간이 또,

"송악 성주 왕건은 아직 어리지만, 사찬인 용건은 패서에서 왕이라고 할 만큼 세력이 커서 호족들이 모두 따르는 사람입니다."

송악에 두면 황실에 위협이 될 것이니 외직으로 나가게 하라는 말에 따라 폐하는 용건을 금성 태수로 삼아 송악을 떠나게 했다. 용건은 다시 송악으로 돌아오지 못하고 금성에서 죽었다. 항복한 호족을 내쫓았다며,

"정치란 게 참 냉혹한 거야."

사람들이 수군거렸다. 종간이 폐하에게 제안해서 한 결정이지만, 송악 민심이 어지러워지지 않을까 부양이는 마음이 무거웠다.

폐하는 왕건에게 배를 만들고 수군을 훈련시키라고 명했다. 송악과 가까운 정주는 한 번에 배 70척을 수리할 수 있는 곳이어서 배를 만드는 일은 어렵지 않았다. 왕건에게 명하기만 하면 송악이 가지고 있는 풍부한 재물로 일은 막힘없이 척척 진행되었다.

폐하가 패서 귀족들에게서 모두 항복을 받게 되자 북원과 국원을 차지한 양길을 동서남북에서 에워싼 형상이 되었다.

드디어 준비가 끝나자 왕건에게 수군을 이끌고 한강을 거슬러 올라가게 하고, 폐하는 은부가 이끄는 육군을 거느리고 한강으로 나아갔다.

고려군은 먼저 오두산성을 들이쳤다. 오두산성은 깎아 세운 것 같은 산 위에 높게 쌓은 성이었다. 한쪽은 바다로 이어져 있었다. 성문으로 향하는 길은 좁아서 많은 군사가 한꺼번에 들이칠 수가 없었

다. 고구려 광개토왕도 쉽게 점령하지 못했다는 이야기가 전해 내려
오는 성이었다.

　폐하도,

"헛된 이름은 결코 전해지지 않는다더니……."

만만한 성이 아니라며 탄식했다.

　양길 군대는 그동안 싸워 왔던 신라군과는 판이하게 달랐다. 신
라군에 비해 군기가 엄했고 기세가 강했다. 썩은 신라에 등을 돌린
사람들이라 의기도 높았다. 고려군이 아무리 기세가 높아서 험한 산
을 기어오른다고 해도 성벽을 넘을 수가 없었다.

"우와! 또 진짜 전쟁이다. 이런 전쟁 정말 싫어."

　동진이기 투덜댔다.

"이런 전쟁을 해야만 좋은 게 생기잖아?"

　좋으면서 왜 그러냐고 부양이 놀리자 쑥스러운지 겸연쩍게 웃
었다.

"신라군을 상대할 때는 언제나 이기기만 했던 우리 군사들이 양길
군대에게 두려움을 갖게 되면 안 된다."

　마음이 다급해진 폐하가 군사들을 독려하며 성문 쪽으로 밀고 들
어갔다. 하지만 길이 좁아서 한꺼번에 들이치지도 못하고 달려가는
속도도 느렸다. 걸음이 느리니 성벽 위에서 비 오듯 쏟아지는 화살에
많은 군사들이 죽고 다쳤다. 쳐들어가지도 못하고 물러나지도 못한
채로 시간만 보름이 훌쩍 지나갔다.

이때 왕건은 강화도 혈구를 거쳐 김포와 공암을 지나 이미 한강 깊숙한 곳에 자리 잡은 양천까지 가 있었다.

폐하가 왕건에게 사람을 보냈다. 사흘 뒤에 왕건은 수군을 이끌고 오두산성 앞으로 왔다. 왕건이 강에서, 폐하가 땅에서 같이 들이치려 했으나 강 쪽에서도 쉽게 공격할 수가 없었다. 선착장으로 이어진 좁은 길 하나만 있을 뿐이었다. 몇 번을 공격했지만 성벽을 제대로 한번 기어올라 보지도 못했다.

왕건이 폐하에게 철벽같은 성이라 쉽게 무너뜨리지 못할 것이라면서 적을 알고 나를 알면 백 번 싸워도 위태로움이 없다고 했으니, 적을 살펴 어디가 약하고 강한지 알아내겠다고 했다.

왕건에게 명을 받은 군사들이 가까운 마을에서 토박이 세 명을 데려왔다. 성안에 군사가 얼마나 되는지 왕건이 묻자, 한 백성은 천여 명이 될 것이라 하고 다른 백성이 5백은 넘어도 천은 안 되는 규모라고 했다.

"성안에 식량을 쌓아 놓는 창고가 얼마나 큰가?"

왕건이 또 묻자 지난번에 군량 들어갈 때 일했다는 백성이 백 석쯤 들어가는 창고가 하나 있다고 대답했다.

백성들을 돌려보내고 왕건이,

"성이 작고 군사는 많으니 머잖아 군량이 바닥날 것입니다."

아무리 군사가 용맹하다 해도 먹지 못하고는 싸움을 할 수 없을 것이니 군량을 가지고 오는 부대를 막고 성을 에워싼 채로 기다리면 적들은 굶주림을 못 이겨서 항복할 것이라고 확신했다.

폐하도,

"싸우지 않고 이기는 것이 가장 좋은 병법이라 했으니 송악 성주 말이 옳다."

양길이 구원병을 보낼지도 모르니 길목마다 굳게 지키도록 하라면서 왕건에게도 뱃길을 끊고 적들이 성 밖으로 드나들지 못하도록 막으라고 일렀다.

그렇게 포위한 지 보름이 채 못 되어서 산성 안에 있는 군사들이 항복을 했다. 군량 부대가 가로막혔고, 구원병도 매복에 걸려 죽거나 도망치고 말았으니 오래 버틸 수가 없었기 때문이다.

"이제 폐하께서 한깅으로 들어가는 길목을 잃으셨으니 신이 북원과 국원으로 깊이 들어가서 양길을 치겠습니다."

왕건이 청했다.

"나에게 날랜 군사가 있고 송악에 풍부한 재물이 있으니, 양길 따위는 하나도 두렵지 않다."

폐하는 양길을 치는 전쟁에 나서려고 했다.

"이제 폐하께서는 황실과 조정, 그리고 만백성을 어루만지셔야 할 지존이시니 황도에 굳게 자리 잡으시고 군사와 조정을 두루 살펴 다스려야 합니다."

폐하가 직접 군사를 이끌고 나가는 것을 종간이 말렸다.

"무릇 황군은 황제와 황도를 지키는 군대입니다."

외적을 치는 것은 외적과 맞닿은 성주나 호족에게 맡기고 위태로운 곳이 있을 때에만 황군을 쓰는 것이라며, 앞으로는 폐하가 전쟁터에 직접 나가지 말라고 했다.

외적으로부터 공격을 받은 호족이 스스로 자기 봉토를 지키는 것은 너무도 당연한 일이며, 전쟁에서 이겨 영토를 넓히는 호족은 영토를 봉토로 받게 될 것이니, 피 흘려 싸우기를 마다하지 않을 것이라고도 했다.

폐하가 직접 출정을 하지 않기로 한 다음, 왕건에게도 칼을 쓰지 않고 이기는 병법을 쓰라고 당부했다.

황도로 돌아오자 폐하를 따르던 군사들에게 민간인으로 돌아가든지 군사로 남든지 선택을 하라고 했다. 종간은 폐하가 많은 군대를 거느리고 있으면 큰 힘을 보여 줄 수 있으니 모두 그대로 거느리라고 권했다. 하지만 폐하는 전쟁에 나가지 않는 군대는 식량만 축낼 뿐이니까 백성들이 내는 세금을 함부로 낭비하게 된다면서 듣지 않았다.

남은 군사들을 내군과 마군으로 나누어 궁궐을 지키게 했다.

"난 저잣거리에서 장사나 하련다."

동진이는 폐하 칼을 벗어 놓았다.

"밑천은?"

부양이가 짐짓 모른 체하며 물었다. 다 알면서 왜 묻냐고 동진이가 웃으며 눈을 흘겼다.

"군사는 젊을 때나 할 수 있는 일이니 미래가 없다. 나는 손재주가 없어서 기술을 배울 수도 없으니 장사밖에는 먹고살 방법이 없다."

그 말을 들으니 동진이에게 벼슬자리를 얻어 주지 못한 것이 부양이는 또 마음에 걸렸다.

"전쟁터에서 사람들이랑 물건 바꾸는 수완 좋았잖니?"

그 수완을 장사에 발휘하면 크게 성공할 거라고 격려해 주었다. 동진이도 자기가 먹고살 길은 장사뿐이라는 것을 깨달았기 때문에 악착같이 굴었던 모양이다. 폐하 칼을 든 군사라 가만히 있어도 되는데 굳이 피투성이가 된 시신들을 치우는 궂은일에 앞장섰던 까닭이 단지 탐욕민은 아니었다는 것을 부양이도 이제는 알 것 같았다. 아무 생각 없이 전쟁터를 누볐다면 가족도 없는 동진이는 갈 곳 없는 신세가 되고 말았을 것이다.

폐하는 본격적으로 양길을 치기 위하여 왕건을 거기장군으로 임명하고 출정을 명했다. 왕건이 이끄는 군대는 양근을 지나 한강을 따라 내륙 깊숙한 곳에 있는 북원으로 치고 들어갔다. 배를 타고 가니까 멀리 이동해도 군사들이 지치지 않았다. 군량이나 무기들도 힘들이지 않고 실어 날라서 필요한 곳마다 내려 주니까 군사들이 굶주리지 않고 싸울 수 있었다. 걸어서 가는 것보다 속도도 빨랐다.

양길 땅 성들은 제대로 싸워 보지도 못하고 기세가 꺾이고 말았다. 이제 양길이 차지한 성은 10여 개에 불과했다. 다음 해 이월에는 양주와 견주를 공격했다. 양길 세력이 점점 줄어들자 패서도와 한산주 일대에 있는 30여 성이 스스로 항복해 왔다. 왕건과 싸운다고 해도 양길이 지원군을 보내 줄 형편이 못 된다는 것을 깨닫게 되자 이길 수 없는 싸움을 하지 않으려 했다.

그해 팔월에 폐하가 처음으로 팔관회를 열자고 했다.

"나에게 이렇듯 용맹한 은부 장군과 거기장군 왕건이 있고 지혜로운 신하인 종간이 있으니 양길은 물론이고, 견훤이 세운 백제도 적수가 되지 않을 것이다."

이렇게 나라가 든든하게 다져진 것은 전쟁에 나가서 용감하게 싸운 사람들 덕분이라며 전쟁에서 죽은 영령과 군사들을 위로했다.

점점 커지는 산

디음 헤에 왕건이 비뢰성을 치지고 폐히에게 청했디. 비뢰성은 양길이 차지하고 있는 성 가운데에서 한강과 통하는 가장 중요한 곳이니 빼앗는다면 양길은 머잖아 저절로 무너질 것이라고 했다.

폐하는 양길이 마지막이라고 여기면 더욱 거세게 저항할 것에 대비해서 군사를 더 강하게 훈련시키고, 무기도 더 많이 마련하라고 일렀다.

왕건이 이끄는 군대가 비뢰성을 향해서 출발한 지 보름도 지나지 않아서 양길이 차지하고 있던 국원과 청주, 그리고 괴산과 청길이 항복을 했다.

석남사를 떠날 때 헤어졌던 신훤이 둘레 성주들에게,

"미륵이 다스리는 세상이 열렸으니 하늘과 민심을 거스르지 맙시다."

잘 살펴서 갈 길을 정하라면서 성주들에게 항복하라고 설득했다는 보고를 받고,

"짐이 저들을 양길 밑에 두고 올 때는 몹시도 섭섭하더니 이제야 두고 온 빚을 갚을 수 있겠구나."

폐하가 무척이나 기뻐했다. 성주들이 줄줄이 항복해 버리자 양길은 제대로 싸워 보지도 못하고 완전히 무너지고 말았다.

폐하는 그동안 양길을 쳐부수는 데에 가장 큰 공을 세운 왕건을 시중으로 삼았다. 왕건은 조정 밖에서 가장 높은 관직인 송악 성주라는 벼슬에다 조정 안에서 가장 높은 시중 자리에까지 오르게 되었다. 폐하 바로 다음으로 자리가 든든히 정해진 것이다.

다음 해에 폐하는,

"이제 신라를 무너뜨리고, 백제를 합쳐서 옛 고구려 영토에까지 미륵 세상으로 만들 것이다."

조선 땅 전체를 미륵 나라로 만들겠다고 하늘과 땅에 선포했다. 그러자 자기들이 고구려 후손이라고 여기는 패서 지방 호족들이 폐하를 더욱 극진히 받들었다.

한강 둘레 땅이 모두 고려 영토가 되자 송악에는 더 많은 사람들이 드나들었다. 거리마다 활기가 넘쳤다. 벽란도에서 강화를 거쳐 한강을 거슬러 김포를 지나 양화와 마포와 여주와 이천을 지나고 충주까지 뱃길이 닿았다. 조선 땅 깊숙한 곳까지 장삿길이 열린 것

이다.

동진이도 한강을 오르내리며 장사를 했다. 송악에서 생선이나 비단을 배에 싣고 충주에 있는 목계나루까지 가서 팔았다. 충주 둘레 지방에서 나는 산나물이며 약초며, 짐승 털가죽 같은 것을 사다가 송악에서 팔았다. 송악에서 바닷길을 따라 다른 지방으로도 팔러 다녔다. 송악에 넘치는 활기만큼이나 동진이가 벌인 장사도 잘되었다.

"이거야 원, 쉴 틈이 없다니까."

푸념을 하면서도,

"이게 다 우리 미륵 부처님인 황제 폐하 은덕이다."

언제나 입이 귀에 걸려 있었다.

"황제 폐하 잘 모셔야 한다."

황제라서 체면 때문에 말을 못하는 수도 있으니, 아픈 데는 없는지 불편한 것은 없는지 늘 단단히 살피라고 부양이를 볼 때마다 당부를 잊지 않았다.

다시 해가 바뀌고 봄이 되자 왕건이,

"우리 고려가 이제 이 조선 땅을 통일하기 위해서는 강한 군대를 만들어 백제와 신라를 이겨야 할 것이고, 밖으로는 중국과 인도와 발해를 통해서 외국 문물을 많이 받아들여야 합니다."

영토를 넓히는 것과 더불어 외교와 무역을 통하여 다른 나라와 적극 교류해야 한다고 아뢰었다.

옆에 있던 종간도 찬성하고는 덧붙여,

134

"우리 마진은 외국 문물을 받아들이되, 백제나 신라는 받아들이지 못하게 해야 합니다."

백제나 신라가 고려보다 강한 나라가 되지 못하게 하는 방법이라고 했다. 서해 바다를 고려군이 장악해서 중국으로 오고 가는 길목들을 차지해 버린다면 백제나 신라는 중국과 무역을 못하게 될 것이므로, 자연히 백제와 신라는 국력이 약해질 것이기 때문이었다.

폐하는 왕건을 시켜 조선 땅 전체를 통일할 강력한 군대를 만들라고 명했다. 왕건은 3년여에 걸쳐 수많은 배를 만들고 수군을 늘려서 훈련시켰다.

군사 정비가 끝나자,

"내 외할아버지이신 장보고 장군은 중국과 왜나라 무역선이 지나가는 남해 바다에 청해진을 세워서 해적들을 물리치고 배들이 안전하게 드나들도록 지켜 주었다."

왕건에게 수군 2천을 주어서 백제 땅 금성을 치라고 명했다. 왕건이 수십 척 배에 수군을 나누어 태우고 남쪽으로 내려갔다. 그리고 머잖아 승전보가 전해졌다. 왕건은 금성에다 많은 군사를 남겨 두고 개선했다.

폐하는 금성을 비단 같은 곳이라며 나주라고 부르게 했다. 서남해안 지방을 빼앗긴 백제는 서해안으로 진출하지 못하는 신세가 되고 말았다. 중국과 통하는 무역 길을 고려가 독차지해 버린 것이다.

폐하는 청해진을 중심으로 중국에 있는 나라들과 왜와 발해와 인도를 누비면서 신라를 부강한 나라로 만들었으니 청해진을 다시 일으켜 고려를 신라보다 더 부자 나라로 만드는 것이 어떻겠냐고 물었다.

종간이,

"장보고 장군이 청해진을 세웠을 때는 당나라가 강성하여 왜와 중국과 발해와 신라가 무역을 활발하게 할 때였습니다."

이제는 조선 땅이 다시 삼국으로 나누어졌고, 신라도 이제는 재물이 넘치는 나라가 못 되니까 청해진으로 물건이 들어와도 팔 곳이 없다고 했다.

왕건도,

"고려기 이 조선 땅을 모두 통일한 다음에 해야 합니다."

수도인 송악에서 먼 곳인 나주 땅 청해진보다는 벽란도를 무역 중심지로 삼는 것이 더 바람직하다고 아뢰었다.

종간도 아직 고려군이 나주를 막아 낼 채비를 든든히 갖추지 못했으니 백제군이 공격해 오는 것을 막는 것이 더 급한 일이라고 역시 반대했다. 결국 청해진을 다시 건설하는 일은 뒤로 미루어졌다.

나주가 고려 땅이 되자 나주에서 생산되는 소금이 송악으로 쏟아져 들어왔다. 그 전에는 중국에서 들어와야 해서 값이 아주 비쌌지만, 나주에서 오니 반값밖에 안 되었다. 동진이는 또 재빠르게 배를 한 척 더 사서 나주까지 갔다. 한강 깊숙한 충주에서 남해안에 있는 나주까지 장삿길을 더욱 길게 늘인 것이었다.

동진이는 땅을 차지해도 사람과 문물이 오고 가지 않으면 우리 땅이라고 할 수 없다면서,

"내가 장사를 하는 것은 나를 위한 길이기도 하지만 폐하를 위한 길이기도 하다."

관직에 나가지는 못하지만, 장사를 열심히 하는 것도 폐하에게 충성하는 길이라고 했다. 폐하를 위해서라면 목숨도 안 아깝다며 신이 났다.

"전쟁을 안 해도 미륵 사상만 퍼지면 그 땅이 바로 폐하 땅이다."

폐하를 위해서 험한 물길도 마다하지 않을 것이라는 다짐도 했다. 장삿길이 열리면 물건만 오고 가는 것이 아니라 폐하가 펼치려는 미륵 사상도 자연스럽게 퍼져 나간다며 좋아했다.

돌배기 아들을 안고 어르는 동진이 목소리에 언제나 결의가 넘쳤다.

"너도 얼른 장가들어야지? 너는 중국 사람들처럼 거세한 환관도 아니니 장가도 들고, 자식도 낳고 살아야지?"

사람 사는 거 별것 아니라고 하면서 가정을 꾸려야 제대로 사는 거라고 언제나 부양이를 걱정했다. 가까이 있어야 잘 챙겨 줄 수 있다면서 부양이가 살 집도 자기 옆집에 마련해 주었다.

다음 해에 폐하는 또 왕건을 시켜 죽령을 넘어 상주로 군사를 내었다. 상주 장군 아자개는 후백제를 세운 견훤 아버지였다. 아자개

137

는 신라 황실로부터 장군 벼슬을 받았기 때문에 상주는 버려진 신라 영토가 아니었다. 그동안 고려군은 신라가 버린 땅이거나 신라에 반기를 든 땅을 차지하는 전쟁을 했지만 상주는 제대로 된 신라 땅이었다.

아자개는 아들인 견훤과 성을 끊은 관계였는데, 견훤이 신라에 반기를 들고 후백제를 세웠기 때문이었다.

"신라가 버린 땅뿐만 아니라 신라에 충성하는 땅도 미륵 나라로 만들 것이다."

골품이라는 계급에 묶여서 능력을 펼칠 기회도 없고 무거운 세금만 내느라 고통받는 신라 백성들을 미륵 나라에서 평등하게 살도록 하겠다고 선포했다.

아자개가 폐하에게 항복을 하자 둘레 30여 성도 덩달아 고려 영토가 되었다. 신라에 대한 충성과 권위가 엄연히 살아 있는 곳인데도 고려군에게 적수가 되지 못한다는 것을 알기 때문이었다. 서쪽에는 견훤이 세운 후백제가 있는 데다가, 상주마저 고려 손으로 들어와 버리자 신라 영토는 삼국 통일 전보다 더 좁아졌다. 얼마 뒤에는 공주 장군 홍기가 항복해 왔다. 공주는 삼국 시대 때 60여 년 동안 백제 도읍이었던 곳이다. 옛 백제 땅 중심이 고려 영토가 된 것이다. 그리고 견훤이 세운 후백제 사람이 처음으로 고려에 투항해 오자, 견훤 세력도 남쪽으로 더 밀려나고 말았다. 이제 고려는 신라와 후백제를 서서히 차지해 조선 땅 모두를 하나로 통일하는 발걸음을 성큼성큼

내딛고 있었다.

또 예성강 북쪽 패강도 10여 주와 현이,

"고려가 옛 고구려를 잇는 나라니 우리들 주와 현을 황제께 바칩니다."

항복해 왔다. 평산 호족들은,

"신들은 스스로 고구려 사람임을 내세우려고 옛날 고려 때 관직 이름인 대모달이라고 스스로를 불렀습니다."

3백 년 전에 신라와 당나라에게 나라를 빼앗긴 치욕을 씻기 위해 고구려를 이어 새로운 나라를 세우려고 기회를 엿보고 있었는데, 폐하가 소원을 풀어 주었다면서 머리를 조아렸다.

신라 땅과 백제 땅을 두루 합친 폐하는,

"신라가 삼국 통일을 했다고 하나 골품제를 내세워 고구려와 백제 사람들을 등용하지도 않았다."

신라가 힘을 잃게 된 것은 백제와 고구려 땅 사람들을 차별했기 때문이라고 했다. 백제 땅과 고구려 땅을 빼앗은 땅으로만 생각하여 백성들을 무시하다 보니 삼국 통일이 되고 3백 년이 지났어도 자신들을 신라 사람이라고 생각하지 않는다는 것이었다.

폐하가 고려에 항복해 온 신라와 백제 땅을 식민지로 삼는 것이 아니라 고려와 동등한 땅으로 인정할 것이라고 선포했다.

종간은 신라 땅이든 백제 땅이든 모두 한 나라 한 백성이라 여기게 될 것이라면서, 고구려만을 잇는 나라가 아니라 백제도 신라도 합쳐서 큰 나라가 되었으니 큰 나라에 맞는 이름과 체제를 만들자고 했다. 폐하도 허락했다.

관직과 통치 체제를 바꾸고 나라 이름을 마진으로 바꾸었다. 마진에서 '마'는 불교 말인 범어로 크다는 것을 뜻하고 '진'은 동방을 밀하는 것이있다. 그대로 풀면 대동방국이라는 뜻이있다. 고구려, 백제 땅과 신라 땅을 모두 미륵 나라로 만들겠다는 뜻이었다.

대동방국이 되면 모두 좋을 것 같았지만 고려는 고구려를 잇는 나라라는 뜻이었으니 마진으로 나라 이름을 바꾼 것은 고려를 버린다는 뜻이었다. 고려라는 나라 이름을 버리는 것은 커다란 위험을 감수해야 하는 일이었다.

왕건이,

"우리 패서 호족들이 폐하께 항복해 온 것은 폐하께서 고구려를 잇는 나라를 세웠기 때문입니다."

폐하가 고려를 세운 것은 옛날 고구려처럼 만주 벌판을 호령하는 나라를 만들려는 것인데 나라 이름을 바꾸고 고려를 버린다면 많은 호족들이 혼란에 빠질 것이라고 걱정했다. 왕건은 패서 지방 호족들을 '우리'라고 불렀다.

종간이 왕건을 나무라며,

"우리 마진이 조선 땅을 통일하려는 것은 온 나라 백성을 두루 편안하게 살게 하려는 것이지 다른 나라를 쳐서 종으로 삼으려는 것이 아니란 말이오."

140

호통을 쳤다.

연호도 '무태'로 바꾸었다. 중국 글자인 한자를 쓰는 나라들은 중국과 둘레 나라들이 모두 중국 연호를 쓰기 때문에 중국 연호를 따라 쓰는 것이 보통이었다. 같은 연호를 쓰면 서로 날짜 계산을 하기가 쉬우니까 무역과 외교를 편하게 할 수 있었다.

중국 연호를 쓰지 않고 마진 스스로 만든 연호를 쓴다는 것은, 마진이 중국을 비롯한 다른 나라들 눈치나 보는 나라가 아니라는 뜻이었다. 폐하는 중국보다 더 크고 잘사는 나라를 만들 것이니까 연호도 중국 것을 쓰지 않고 스스로 만들어 써야 한다고 널리 알렸다.

'무태 1년'이 시작되었다. 내년은 '무태 2년', 그다음 해는 '무태 3년'이 될 것이다.

"이제부터 마진은 고려만을 잇는 것이 아니라 신라 땅도 백제 땅도 모두 합쳐 조선 땅을 하나로 합치게 될 것이다."

고려 백성이라는 좁은 생각은 버려야 한다면서 고구려도 아니고 고려도 아니고, 신라와 백제를 합친 큰 나라인 마진 백성이라 여기라고 했다. 마진국은 고려 백성이라고 특별히 우대하지도 않을 것이며, 백제와 신라 백성이라고 멸시하지도 않을 것이라고 선포했다.

폐하는 신라 땅이었던 곳 호족들과 백제 땅이었던 곳 호족들에게도 관직을 고루 나누어 주었다. 나랏일을 종간과 왕건에게만 기대지 않게 되었다. 고려보다 큰 나라인 마진에 맞는 국가 체제가 정비되었다.

마진군이 신라 땅으로 조금씩 합치고 들어갔으나 신라 황제는 맞서 싸울 뜻이 전혀 없었다. 설령 뜻이 있다고 해도 제대로 된 군대가 없으니 싸우려고 해도 싸울 수가 없었다. 신라 황제가 성주에게 내리는 칙령도 그저 굳게 지키라는 것뿐이었다. 전쟁이라는 것이 굳게 지킨다고 해서 지켜지는 것이 아니라는 것을 모르는 사람이 없었다. 신라 땅이 마진 땅으로 바뀌는 것은 시간문제였다. 백성들도 누구나 평등한 미륵 나라가 되었다는 것을 기뻐했다.

신라는 마진을 나라로 인정하지 않을 수 없었고 사신을 보내 외교하기를 청했다.

"신라는 나라가 아니라 곧 망해서 없어질 멸도이니 멸도에서 오는 사신이란 있을 수 없나."

폐하는 나라가 아닌데 무슨 사신이냐며 모두 내쫓아 버렸다.

"아무리 그래도 우리는 천 년을 이어 온 나라인데 이렇게 푸대접을 한단 말이오."

쫓겨난 신라 사신들이 애먼 부양이에게 투덜거리며 물러갔다. 폐하 앞에서 그런 말을 했다가는 경을 칠 테니 환관한테라도 화풀이를 하려는 것이다.

귀족들을 위해서 백성들을 짓밟는 나라에서 온 주제에 큰소리만 치는 신라 사신들이 부양이는 한없이 한심스러웠다. 아쉬워서 찾아왔으면 겸손이라도 해야 할 텐데 뻣뻣하게 구는 사신들을 보니,

"새로운 세상이 열리고 있는데도 옛날 타령이나 하고 있다니."

쓴웃음이 절로 나왔다. 망하는 나라는 망하는 까닭이 분명히 있다고 폐하가 늘 하던 말이 하나도 틀리지 않았다는 것을 또 한 번 실감했다.

철원에서 송악으로 도읍을 옮기고 나라가 든든하게 자리를 잡아가고 있었지만 송악은 아주 골치 아픈 점이 한 가지 있었다. 바로 홍수가 잘 난다는 것이었다. 해마다 많은 사람들이 물에 빠져 죽거나 다치고 집을 잃었다.

송악은 원래 홍수가 잘 나는 곳이었는데 도읍으로 정하려고 황성인 발어참성을 쌓을 때 송악성과 만월대지와 송악산 북성문을 성벽으로 연결하는 바람에 물길이 막히고 말았다. 홍수가 나면 물이 도성 밖으로 얼른 빠져나가지 못했다. 오천 쪽으로 물을 빼내면 피해를 줄일 수 있기는 하지만 성을 고쳐 쌓아야 했다. 성벽이 낮은 곳으로 지나가야 해서 성벽 구실을 제대로 할 수 없는 구조가 되어 버렸다. 외적을 막을 수 없는 성이 되는 것이었다. 성을 고쳐 쌓으면 적을 막을 수 없고, 그대로 두면 홍수를 막을 수가 없었다.

"짐에게 덕이 없어 하늘이 짐을 꾸짖는 것이다."

폐하가 한탄했지만 하늘에서 오는 비를 막을 수는 없는 노릇이었다.

요 며칠 쉴 새 없이 쏟아붓는 비는 역시나 송악을 물에 잠기게 하고 말았다. 낮은 곳에 사는 백성들이 짐을 꾸려 높은 곳에 사는 친척이나 산에 있는 토굴 같은 데로 피난을 갔다.

　종간이,

"송악 백성들은 송악 성주가 전쟁에 나가기만 하면 이기고 돌아오니 황도 백성이라는 자부심이 하늘을 찌를 듯해."

당장 비 때문에 고통받는 백성들을 걱정하는 게 아니라 뜬금없이 왕건 얘기를 꺼냈다.

"전쟁에서 이긴 것은 폐하께서 덕이 많기 때문인데 황도 백성들은 송악 성주가 승리를 하면 할수록 폐하보다 송악 성주를 더 우러러보게 되니."

요즘 들어 점점 일이 이상하게 되어 가고 있다면서 긴 한숨을 내쉬었다. 종간이 만나자고 한 까닭은 당연히 홍수를 막을 방법을 의논하려는 것인 줄 알았는데 전혀 엉뚱한 이야기로 말문을 열었다.

"전쟁은 폐하께서 명하시지만, 그 전쟁을 치르는 것은 왕건이 이끄는 군사들이니까요"

은부는 대수롭지 않게 여겼다. 군사를 낸 호족들 땅에 사는 백성들이 이기고 오는 군사들을 자랑스럽게 생각하는 것이야 당연한 일이라면서.

"그렇기야 하지만 요즘은 도가 지나친 것 같아."

종간은 말하는 내내 찡그린 이맛살을 펴지 않았다. 그런 종간을 향해서 은부가,

"송악 성주가 반역이라도 할까 봐 걱정이십니까?"

주먹을 추켜들고는 껄껄껄 웃으며,

"일으켜 보라고 하십시오. 내 이 주먹으로."

자신이 이렇게 멀쩡하게 살아 있는데 어떤 놈이 반역할 생각을 하겠냐고 큰소리를 쳤다.

반란을 일으킨 사람이 앞에 있기라도 하는 듯이 주먹을 내질렀다. 은부가 한껏 호기를 부려도 종간은 웃지 않았다.

"폐하께서는 세달사에서 몸을 일으키신 분이지만 송악 성주는 이곳에서 나고 자란 사람이니, 백성들 마음이 더 기우는 것이야 당연한 일입니다."

은부는 별일도 아닌 것으로 괜한 걱정을 한다면서 종간에게 핀잔을 주었다. 원래 주인이 송악 성주인 왕건이고 폐하는 높으신 분이니 백성들도 왕건보다는 멀리 있다고 느끼는 것이라면서, 폐하를 어렵고 무섭게 느끼는 것은 어느 백성이나 마찬가지이니 너무 염려 말라고 했다.

"이 사람아, 그게 아니라네. 요즘 송악 백성들이 폐하를 송악 성주보다 우러러보지 않는다는 것이네."

종간은 얼굴을 펴지 않았다. 나라 이름을 마진으로 바꾸고 나서 패서 호족들도 폐하에게 복종하던 마음이 많이 식었다는 것을 모르는 사람은 없을 것이다. 폐하에게로 향하던 마음이 송악 성주 쪽으로 기울고 있는 것도 부양이는 이미 알고 있었다. 귀가 있고 눈이 있으니 소문이나 민심을 모를 리가 없었다.

"왕건 아버지인 용건을 금성으로 보낸 것처럼 왕건도 성주 직책을 박탈하고 멀리 보내는 것은 어떨까요?"

종간은 눈을 감은 채 머리를 무겁게 가로저었다.

"민심이 어지러워질 것이네."

이제는 왕건이 없다면 조선 땅을 통일하는 것은 고사하고 애써 빼앗은 나주마저도 지킬 수 없을 것이라고 도리어 걱정을 했다.

은부도 자세를 고쳐 앉으며 자기 생각을 밝혔다.

"폐하께서 어려운 지경에 이른 까닭은 친위 군사가 적기 때문입니다."

이 나라 모든 군사가 모두 폐하 것이라고는 하지만 정작 폐하 군사는 명주와 세달사에서 오는 길에 뽑힌 사람들 가운데 남은 사람 몇 명밖에 되지 않았다.

지금 황도에 있는 군사들은 대부분 송악 사람들이었다. 왕건이 주인인 땅에 사는 사람들이었다. 송악 성주나 호족들에게는 군사가 수백에서 수천 명씩 있어서 자기 주인에게 목숨을 걸고 따랐다. 폐하가 거느린 군사는 수도 적을 뿐더러 충성심도 약하니 호족들이 모두 등을 돌린다면 막아 내기가 어려울 것이다.

그동안에는 고려를 잇는 나라라는 명분으로 패서 호족들을 똘똘 뭉치게 하였지만 나라 이름을 마진으로 바꾸고 나서는 폐하로부터 버림받지 않을까 매우 불안해하고 있었다.

마진이라는 이름으로 대동방국이 된 것은 패서 호족들에게 황도에 기대서 얻는 이익을 다른 지방 호족들과 나누어서 가져야 한다는 불안감을 주기에 충분했다. 황비인 신천 강씨 집안 말고는 누구 하나 마음 놓을 패서 호족이 없는 지경이 되고 말았다.

종간은 내내 고개를 끄덕이며 은부가 하는 말을 듣고만 있다가,

"누구 하나 믿을 호족이 없다?"

되묻고는 한숨을 길게 내쉬었다.

"송악 성주는 어디까지 믿을 수 있습니까?"

은부가 종간에게 물었지만 묻는 것이 아니었다. 종간에게 자기 생각을 말하는 것이었다. 두 사람이 나누는 말을 들으니 부양이는 점점 머리가 무거워지고 가슴이 꽉 막혔다. 입 밖에 내지는 않았지만 요즘 황도 분위기가 점점 묘하게 돌아간다는 것을 누구보다 더 잘 느끼고 있었기 때문이다.

가끔 동진이도,

"별일이야 있겠니? 온 백성들이 폐하를 미륵으로 섬기는데."

호족들도 별수 없을 것이라며 말끝을 흐렸지만, 얼굴이 늘 어두웠다.

나라는 황제가 주인이지만 황도는 송악 성주인 왕건이 주인이니 왕건이 황궁에 있는 나라 주인을 바꾸려 하지 않을까 걱정했다. 그동안에는 왕건 세력이 작았기 때문에 크게 걱정할 일은 아니었으나 지금은 왕건 세력이 커지고, 백성들에게 받는 신망이 아주 두터워졌다.

"그렇다면 역시 길은 하나뿐인가?"

종간이 혼잣말처럼 중얼거리자,

"나랑 같은 뜻입니까?"

은부도 종간을 빤히 바라다보았다. 두 사람은 잠깐 동안 서로를 보다가,

"천도?"

동시에 말해 놓고 또 동시에 부양이를 보았다. 부양이가 일른 창밖을 살폈다. 시중드는 사람들도 가까이 오지 말라고 일러두기는 했지만 혹시나 하는 마음 때문이었다.

"황제 폐하를 목숨 걸고 따르는 군사 오천은 있어야 위엄이 바로 설 것인데, 이곳 송악은 폐하께서 송악에 더부살이를 하고 있는 것이나 마찬가지라 위엄을 세울 수가 없다네."

종간이 목소리를 더욱 낮추었다. 은부도,

"역시 폐하 땅에서 폐하 백성으로 군대를 꾸리려면 철원으로 가야겠죠?"

종간 쪽으로 얼굴을 더욱 가까이 대고는 나직이 물었다. 하지만 물음이라기보다는 같은 마음이라는 것을 확인하려는 것이었다.

"아무리 물산이 풍부하고 군사가 많다 하나 송악은 패서 호족과 불교 땅이니 폐하께서 위엄을 세우시기가 어렵네."

처음엔 자기들이 필요해서 폐하를 데려왔지만, 필요 없다 여기면 마음이 멀어지는 것은 너무나도 당연한 이치였다. 철원과 인제, 김화, 평강 등은 미륵 사상이 송악보다 강한 곳이니 폐하가 철원으로 가서 미륵 사상을 더욱 힘차게 전파한다면 송악과 불교를 능히 억

누르고 새 나라를 든든히 할 수 있을 것이라고 내다보았다.

부양이도 종간이 하는 말이 옳다고 여겨져서 고개를 끄덕였다.

철원에 세운 미륵 나라

사흘 뒤에 종간은 폐하와 단둘이 마주 앉아 도읍을 철원으로 옮기기를 청했다. 부양이는 밖에서 다른 사람들이 들어오지 못하도록 막았다. 비밀이 새어나가면 천도를 시작도 하기 전에 반대하는 사람들에게 휘둘릴지도 모르기 때문이었다. 폐하가 결심하기 전까지는 아무도 몰라야 했다.

종간이,

"송악은 물산이 풍부하고 교통이 편리하긴 하나 수덕이 불순하여 홍수가 많이 나니 백성들 원망이 폐하께 미칠까 염려됩니다."

또한 송악은 고구려를 잇는 호족들이 중심을 이룬 곳이므로 대동방국을 내세우는 마진국 도읍으로는 적당하지 않으니 철원으로 도읍을 옮겨서 대동방국에 걸맞는 기틀을 든든히 하라고 아뢰었다.

폐하도 고개를 여러 번 끄덕이며,

"나 또한 나라 이름을 마진으로 바꾼 뒤 패서 호족들이 불안해한다는 것을 알고 있다."

패서 지방 호족들이 그동안 누렸던 이익을 잃을까 봐 두려워하는 것이라는 것도 알고 있다고 했다.

"우리 마진이 고구려만을 잇는 작은 나라가 아니라 대동방국으로 나아가려 한다면 개인이 가지고 있는 작은 이익을 나누려는 생각 또한 할 수 있어야 올바른 마진 백성이라 할 수 있을 것이다."

폐하 마음이 움직이려 한다는 것을 알아챈 종간이 그 말을 이어서,

"새로 세우는 도읍에서는 송악 땅이 아닌 곳 사람들을 백성으로 삼으십시오."

송악 성주가 거느린 백성도 아니고 패서 호족들 백성도 아닌, 오직 폐하 백성으로 도읍을 만들자고 했다. 폐하도 종간이 하는 말이 옳다고 여기면서도,

"그런 백성을 어디서 데려온단 말인가?"

신라 땅에서 데려올 수도 없는 노릇이고, 백제 백성을 데려올 수도 없는 노릇이 아니냐고 되물었다.

종간이 아무 대책도 없이 그런 말을 하는 사람이 아님을 폐하가 모를 리 없었다. 종간은 이미 모든 계획을 세운 사람답게,

"마진은 고구려만을 잇는 나라도 아니고, 신라나 백제만을 잇는 나라도 아니니 고구려 후손이라는 자만심도 없고, 신라 사람이라는

교만함도 없고, 백제 사람이라는 피해 의식도 없는 사람들이어야 합니다."

종간은 청주라고 했다.

"청주 백성들은 비록 신라에게 오랫동안 지배를 당해 왔지만 신라로부터 큰 은혜를 입지 못한 곳이니 폐하께 충성할 새 도읍 백성으로 손색이 없을 것입니다."

폐하도 찬성했다. 종간이 차근차근 천도 방법을 폐하에게 말했다. 폐하가 묵묵히 듣고는 종간이 말하는 대로 하겠노라고 허락했다.

며칠 후에 폐하가 새 황도로 옮겨 가는 칙령을 발표했다.

"새 도읍은 철원이 될 것이다."

조선 땅에서 동쪽 아래에 자리 잡은 신라가 고구려와 백제를 합쳤지만, 도읍은 경주에 그대로 두고 옮기지 않았다. 그러다 보니 서쪽과 북쪽으로 넓어진 땅을 제대로 다스릴 수가 없었다. 그러나 철원은 조선 땅 한가운데에 자리 잡은 곳이니 동서남북으로 통하기가 쉬웠다.

또 철원은 너른 평야와 낮은 언덕으로 되어 있으니 많은 곡식을 거둘 수 있었다. 호족들은 힘껏 천도를 돕겠다며 이구동성으로 아뢰었다.

폐하는 아무도 반대를 하지 않는다는 것에 몹시 기뻐했다. 반대하는 사람이 많을 것이라는 예상이 빗나갔는데도 부양이는 어쩐지 개운한 기분이 들지 않았다.

부양이가 퇴궐을 하자 동진이가 쪼르르 건너왔다. 마루에 엉덩이를 대기도 전에 천도할 때 공사 책임을 누가 맡느냐고 물었다.

"너 황궁에 첩자 심어 놨니?"

핀잔을 주어도 아랑곳 않고 공사 책임자가 누가 될 것 같은지 짐작이라도 해 보라면서 다그쳤다.

"내가 그걸 어떻게 아니, 폐하께서 말씀이 없으신데."

손사래를 치는데도 동진이는 믿으려 하지 않고, 동무 좋다는 게 뭐냐면서 입을 삐죽 내밀었다. 이럴 때 도와주면 좀 좋으냐고 사정도 했다.

부양이가 정색을 하며,

"그러고 보니 집 마련해 주고 돌봐 준 게 이럴 목적이었니?"

환관도 권력이라 여기느냐고, 그 권력을 이용하려고 그동안 돌봐 준 것이냐며 몰아세웠다. 동진이가 더 정색을 하며 두 손을 내저었다.

동진이를 끌어다 옆에 앉히고는,

"나도 모른단다. 종간이라면 폐하와 의논이 있었는지 모르겠다만."

환관은 그런 것을 의논하는 자리가 아니라고, 알게 되면 꼭 알려 주겠다고 약속을 했다.

그때서야 동진이도 믿는 모양인지,

"황도 옮겨 가는 공사 시작되면 필요한 것이 참 많을 것인데."

입맛을 쩝쩝 다셨다.

"물건값 떼일 염려도 없고, 터무니없이 싸게 팔지 않아도 되고."

장사란 뭐니 뭐니 해도 나라를 상대로 하는 게 최고니까, 자기도 황도 공사에 한몫 끼고 싶다며 꼭 좀 도와 달라고 했다.

"황도 공사 총책임자하고 잘 지내서 새 황도에 장사 기반만 제대로 다져 두면 나중에 새 황도에서 장사하는 데 큰 도움이 될 거야."

이번에 잘만 하면 고려에서 가장 큰 장사꾼이 되는 것도 어렵지 않을 거라면서 두 번 세 번 부탁을 했다.

황도에 시장을 어느 쪽에 세울 것인지 먼저 알아내면 좋은 자리를 미리 잡을 수 있을 것이다. 장사는 자리가 가장 중요하니까 좋은 자리만 잡으면 반이나 성공한 셈이 된다. 그 정도는 부양이도 모르는 바가 아니다.

호족들이 반대하지 않아서 찜찜했던 예감은 며칠이 채 지나지 않아서 그 까닭을 알 수 있게 되었다. 호족들이 돕겠다고 한 것은 폐하와 마진을 위해서가 아니었다. 송악에서는 왕건이 모든 권력을 잡고 있으니까 권력에 변화가 없어서 자기들이 더 강해질 수가 없지만 폐하를 따라 새 황도로 가면 황도 성주가 될 수도 있을 거라고 여겼다. 성주가 된다면 송악에서 왕건이 쥐고 있는 권력이 자기 차지가 될 것이라는 기대에 너도나도 부풀었던 것이다. 설령 새 황도에서 성주가 될 수 없다 해도 송악에서보다는 더 좋아질 것이라 여겼다. 황도에 자리 잡은 중앙 귀족이 된다면 지방 호족보다 더 많은 이익과 힘을 가질 수 있는 것이야 불을 보듯 뻔한 일이기 때문이었다.

황도를 옮겨 가는 두 번째 칙령이 발표되었다.

"새 도읍에는 청주 사람 일천 호를 옮겨 오게 할 것이며 이들로 하여금 황성을 짓게 할 것이다."

청주 사람들을 황도 백성으로 삼을 것이라고 했다.

백성 1천 호면 인구가 5천 명 정도가 된다. 대충 계산을 해도 절반인 2천5백 명이 남자다. 그 가운데에서 나이 든 백성과 어린아이를 빼고 나면 어림잡아 군사로 쓸 수 있는 남자가 1천5백여 명이 넘게 생긴다.

옮겨 온 청주 사람들은 주인 없는 백성이니 충성스러운 황도 백성이 될 것이다. 또 전란이 일어나면 1천5백 명 남자들이 폐하를 지켜 내기 위해 목숨을 바치는 군사도 될 것이다. 그것이 바로 종간이 한 계산이었다.

발표가 나자 패서 호족들은 너도나도 탄식을 내뱉었다. 황도에 자기 백성들을 이끌고 가서 자리를 잡으려던 기대가 순식간에 무너졌기 때문이었다. 다음 발표는 더 실망스러운 것이었다.

"여기 아지태와 입전과 신방으로 하여금 청주 백성들을 옮겨 오고 황성 짓는 일을 도맡도록 할 것이다."

모든 호족들이 한마음 한뜻이 되어 새 황도를 세우는 일에 힘을 모으라고 명하였다.

호족들은 저마다 새 황도에 자기 백성들을 데리고 가면 철원 성주가 되지는 못하더라도 황성이나 황궁 공사를 맡아서 커다란 이익을 얻게 될 것이라고 기대했으나, 그마저도 물거품이 되어 버렸다. 황도를 옮겨 가더라도 지금보다 더 나은 일이 생기지 않는다는 것도 금세 깨달아 버렸다. 황성 공사에 패서 호족은 한 명도 참여시키지 않은 데다가 공사비로 많은 재물을 내놓아야 하니 좋은 일은커녕 손해만 나게 생겼다. 대전에서 물러 나오는 호족들 표정이 하나같이 어두웠다.

"차라리 도읍을 철원으로 옮기지 말고 청주로 옮기지?"

태도를 싹 바꾸고는 천도 계획을 비아냥거렸다.

"호족들이 뭐라고 하든지 난 좋기만 하다."

동진이는 신이 났다.

"아지대 어른이 청주 사람이라 새 황도에 기빈이 없을 데니, 내가 도와줄 일도 많을 것이다. 서로 도운다면 나도 좋고, 그 어른도 좋고."

어디서 들었는지 아지태가 총책임자라는 것을 이미 알고 있었다. 싱글벙글하면서 술판을 벌였다.

"패서 호족이 아니라 아지태 어른이 책임자 된 것이 나한테는 훨씬 더 잘된 일이다."

폐하가 몇 번을 죽었다 깨어나도 다 갚지 못할 은덕을 베풀어 주었다면서 동진이가 술잔을 연거푸 비웠다. 마침 안주를 들고 오는 가은이에게,

"안 그러냐? 가은아."

뜬금없이 물었다. 가은이는 동진이 표정에서 눈치를 살피고는,

"그렇습니다, 객주 어른."

배시시 웃으며 맞장구를 쳐 주었다. 내색은 하지 않았지만 그 모습을 보니 부양이 입에 쓴침이 고이는 것 같았다.

가은이가 나가자 동진이가,

"가은이 참 예쁘지 않니? 마음도 비단결이다."

은근히 물었다. 부양이가 대꾸를 하지 않자 그렇지 않느냐고 자꾸 되물었다. 마음을 들키기 싫어서 마지못해 그렇다고 대답했다.

"철원으로 황도 옮겨 갈 때 식구들은 여기 두고 가은이만 데리고 가서 같이 살란다."

동진이가 새장가라도 들 것처럼 들떴다.

"너도 철원 가기 전에 결혼해야 할 텐데."

이러다가 총각 귀신으로 늙겠다면서 아무래도 철원보다는 송악에 좋은 처녀가 더 많을 테니 천도하기 전에 얼른 결혼을 하라고 부양이 걱정을 잊지 않았다.

아지태와 입전, 신방은 같은 청주 사람이지만 생각까지 같은 것은 아니었다. 아지태가 황성은 송악보다도 훨씬 더 커야 한다면서,

"폐하께서는 조선 땅을 통일하고 저 중국 대륙으로 뻗어 나갈 대제국이 일어나는 황도를 정하려고 하십니다."

큰 나라를 과시할 권위에 맞는 규모로 화려한 황궁과 큰 황성을 짓

자고 주장했다.

입전과 신방은 반대로 주장했다.

"백성들은 나라를 넓히는 전쟁으로 몸도 고단할 뿐만 아니라 전쟁 비용을 대느라 무거운 세금에 시달리고 있습니다."

이런 때에 황성과 황궁 공사를 무리하게 벌이면 전쟁에 지친 백성들이 또다시 부역에 지칠 것이라고 했다. 공사 비용을 마련하기 위해 세금을 많이 거두어들인다면 살기 어려워진 백성들은 폐하를 원망하게 될 것이라고 걱정했다.

"미륵 부처님이 황제 폐하와 마진국을 살펴 줄 것입니다."

크고 화려한 황궁이 없더라도, 미륵 사상을 백성들에게 널리 전파하여 뜻을 크게 펼치면 크게 지은 황성보다 더 크고 무거운 권위를 세우게 될 것이라는 대안까지 내놓았다.

"황궁과 황성을 짓자면 재물이 많이 필요한 것은 당연한 일입니다."

아지태는 주장을 꺾지 않았다. 종간이 물었다.

"그렇다고 세금을 많이 거둔다면 백성들 원성이 높을 텐데 좋은 방도가 있습니까?"

아지태는 종간이 아니라 폐하를 향해 대답했다. 종간이 궁금한 것은 곧 폐하도 알아야 하는 일이기 때문이었다.

아지태는 백성들에게서 그 재물을 직접 거두어들일 필요는 없다면서,

"세금은 호족들이 백성들로부터 거두어들인 재물 중에 일부를 나라에 바치는 것이니, 이 나라 어느 호족이라도 창고에 재물이 쌓여 있지 않은 자가 없습니다."

그 재물을 거둔다면 백성들에게는 피해가 가지는 않을 것이라면서 주살지적을 만들었다고 아뢰었다.

"주살지적?"

이번에는 폐하가 직접 물었다.

"예, 폐하. 호족들로부터 재물을 거두어들일 장부책입니다."

주살지적이란 호족별로 거두어들일 재물 종류와 양을 정한 장부였다. 그 장부대로만 거두어들인다면 황궁은 그리 어렵지 않게 세울 수 있을 것이며, 호족들도 순순히 재물을 내놓을 수밖에 없을 거라고 확신했다.

백성들은 굶주려도 호족들 창고에는 재물이 그득하다는 것을 모르는 사람이 없으니 그 재물만으로도 황궁을 짓고도 남을 것이다.

"신라에 나라를 빼앗기고 삼백 년이 지나는 동안 세금만 바치며 시달려 왔는데, 또다시 재물과 군사를 바치면서도 백성 대접 못 받는 시절이 오고 말았구나."

호족들은 더 크게 한탄을 했다. 새 나라 세우는 일보다 자기들이 잃을 권력만 생각하는 사람들이었다.

폐하는 철원성 공사를 맡은 아지태를 불러 명했다.

"황성 성벽은 돌벽으로 쌓는 석성으로 하지 말고 토성으로 쌓도록 하라."

남북으로 10리나 되고 둘레 길이가 30리도 넘는 성벽을 돌로 쌓는 다면 돌을 구해 오고 다듬느라 백성들 고통이 말할 수 없이 클 것이 니 흙으로 쌓으라 하고는,

"심은 백성들과 언제나 함께할 것이다."

들판에다 지으라고 당부했다.

"성이라는 것은 한쪽으로는 평지에 닿아 있어서 평소에 백성을 돌 보기에 편리하고, 한쪽은 산에 닿아 있어서 전란이 일어나 위급해지 면 피할 수 있어야 합니다."

또 아지태는 적군이 쳐들어오면 지키기 편하도록 성벽을 돌로 높 이 세워 올려야 한다면서 평시성도 포성도 반대했나.

철원은 백암산 쪽이 높은 곳이고 나머지는 모두 평야 지대이니 풍 수지리에 맞으려면 금학산을 진산으로 삼아 등지고 동쪽을 향해서 황도를 세워야 했다. 그러나 백성들 사는 곳에 성을 세우려면 풍천 원 들판 가운데 자리를 잡을 수밖에 없었다. 풍천원에 도성을 세우 려면 고암산을 진산으로 삼아 남쪽을 향해서 세워야 했다.

아지태는,

"풍수지리에 맞지 않아서 망하는 땅이 되고 맙니다."

금학산을 진산으로 삼아 황도를 세우면 3백 년을 이어 갈 수도 있 고, 신라처럼 천 년을 이어 가는 기운찬 나라가 되지만, 고암산을 진 산으로 삼으면 30년밖에 못 가는 나라가 된다고 했다. 반역하는 무

리가 많아질 거라며 걱정도 했다.

폐하가 얼굴을 잠깐 찡그리고는,

"짐은 철원으로 가서 백성이 모두 미륵처럼 사는 나라를 만들어 갈 것이다."

귀족과 황실만 잘사는 나라가 아니라 백성들이 두루 편히 사는 공평무사하고 만민이 평등한 미륵 나라를 만들 것이라고 선포했다. 신라가 천 년을 이어 왔다고 자랑하지만 백성이 고통받고 세상이 어지럽다면 천 년이 아니라 만 년을 이어 간다고 해도 부끄러운 나라일 뿐이라고 했다.

만백성이 모두 미륵이 될 것이니 반역하는 자도 누를 수 있을 것이며, 나라는 천 년을 가지 못한다 하더라도 백성은 곧고 굳게 천 년 아니라 만 년을 갈 것이라고 했다.

백성들과 같은 집에서 백성들과 같이 먹고 입으며 살 수 없다면 황성이라도 백성들 가까이에 세워야 한다며 뜻을 꺾지 않았다. 황제가 백성들로부터 떨어져 있다면 백성을 보살필 수 없을 것이니, 평지에 도성을 세워야 한다는 것이었다. 적으로부터 황도를 지키기 어렵다면 철원 둘레 산들에 산성을 쌓아서 적을 막으면 될 것이라는 대책도 내놓았다.

미륵 부처가 풍수지리에 나쁜 기운 같은 것은 다 막아 줄 것이라며,

"마진은 미륵불이 지켜 주는 나라이니 풍수지리 같은 것은 따르지

않아도 된다."

걱정 말라고 아지태를 달랬다.

　결국 황도는 고암산을 진산으로 삼기로 결정되었다. 평강 고원 남쪽에 자리 잡은 풍천원 들판에 남쪽을 향해서 도성을 세웠다. 철원 평야 가운데에 사각형으로 황성이 자리 잡는 것이다. 미륵 불전이 있는 도성 전체를 둘러싼 외성과 궁궐이 자리 잡은 내성으로 나누어진 날일(日) 자 모양이었다. 외성 가운데에서 남쪽으로는 죽 뻗은 주작 대로였다. 주작대로 양쪽에 내성 쪽으로는 관청이 자리 잡고, 남쪽으로는 장사하는 집들이 자리를 잡으며, 장사하는 집들과 관청 뒤로는 백성들 집이 자리를 잡는 구조였다.

　새로 황성을 옮겨 가는 것을 축하라도 하듯이 평양 성주 김용이 항복해 왔다.

　"공주 땅이 짐에게 들어왔고 이제 평양이 항복하였다."

　평양은 옛 고구려 황도였다. 마진국이 이 조선 땅을 호령하던 세 나라 가운데 두 나라를 차지하게 된 것이다.

　"이것은 바로 철원으로 도읍을 옮겨, 미륵 나라를 세우려는 것을 하늘이 돕는 것이다."

　폐하도 아주 기뻐했다.

　마진국은 북쪽으로 대동강 건너까지 영토를 넓혔고, 동쪽으로는 명주와 더불어 고성까지 아울렀다. 남으로는 금강과 죽령 너머까지 뻗어 나갔다. 거기에다 영산강 이남과 진도까지도 마진국 영토가 되

162

었다. 신라 땅은 경상도 일부에 불과했고, 후백제도 전주를 중심으로 전라도 북쪽과 충청도 일부만 차지한 나라로 작아졌다.

나라에는 이렇게 좋은 일들이 이어졌지만 호족들은 아무리 해도 황성 공사에 흥을 내지 않았다. 자기 백성들을 황도에 나름대로 이주시킨다고 해도 5천이나 되는 청주 사람들에 비하면 숫자로도 비교가 안 될 만큼 적을 것이고, 세력 큰 호족이 될 수도 없을 것이기 때문이었다. 벼슬을 받아서 황도로 간다고 해도 많은 군사를 데려 갈 수도 없으니 힘을 제대로 쓸 수 없다는 것도 알기 때문이었다.

그래도 호족들은 아지태가 주살지적에 적은 대로 공사에 필요한 재물을 내놓을 수밖에 없었다. 재물을 내지 않으면 반역이 되는 것이니 앞에서는 한숨을 쉬고 뒤로 돌아서서는 원망을 했다.

재물은 힘을 나타내는 것이다. 배고프면 힘이 안 나는 것이나, 힘을 내려면 음식을 먹어야 하는 것처럼 호족들이 자기 창고에 생긴 빈자리를 채우려고 하는 것도 당연한 일이었다. 재물을 채우는 방법은 결국 백성들에게서 거두어들이는 것이었다.

아무리 주살지적으로 재물을 거두어 가도 호족들 창고는 여전히 그득했다. 호족들 창고가 풍성할수록 백성들 곳간은 비어 갔다. 어떤 호족은 창고가 비는 것만을 채우려고 하는 것이 아니라 황도가 옮겨 가면 잃게 될 힘도 백성들에게서 재물을 거두어들이는 것으로 채우려고 했다.

황성을 짓는 공사는 아지태가 맡았지만, 철원 둘레에 있는 산들에 성을 쌓는 공사는 입전과 신방이 맡아서 했다. 그런데 입전과 신방이 공사에 들어가야 하는 재물을 다른 곳으로 빼돌린다는 소문이 돌았다. 소문이 폐하에게 전해지자 입전과 신방은 송악으로 압송되어 왔다.

"신성한 황도 공사에 자기 욕심을 채우려고 한 입전과 신방을 벌하여 교훈으로 삼아야겠다."

폐하가 입전과 신방을 목 베라는 영을 추상같이 내렸다.

"성을 쌓는 돌과 기와를 대기가 어려워서 산성 공사가 늦어지는 것이옵니다."

입전과 신방은 억울함을 호소했다.

"황성 공사는 아무 문제 없이 순조롭기늘 어찌 니희가 맡은 곳만 더디단 말이냐?"

목 치라는 명을 거두어들이려 하지 않았다.

"폐하! 저들이 비록 죄를 지었다고 하지만 그동안 황도를 지키는 산성 공사에 노고가 적지 않았습니다."

왕건이 나서서 일단 옥에 가두어 두자고 했다. 사정을 두루 살펴 죄를 모두 밝힌 다음, 목을 치면 폐하가 상과 벌이 분명함을 만백성이 널리 알게 될 것이라며 말렸다. 듣고 보니 맞는 말이었다. 죄를 밝힌 다음에 죽이는 것이 명분을 바로 세우는 일이었다.

며칠 뒤에 왕건이 황도 공사장을 둘러보고 돌아와 고하자 옥에 갇힌 입전과 심방이 풀려났다. 대신 아지태가 폐하 앞에 불려 왔다. 왕건이 산성 공사장에 나무와 기와를 제때에 보내지 않은 것에 대해 엄히 물었다.

"황궁도 없는 곳에 산성을 먼저 세울 까닭이 없습니다. 산성 공사보다 황성 공사가 먼저 되어야 하겠기에 그랬던 것뿐입니다."

아지태는 폐하를 향해 당당하게 대답했다. 왕건이 다시 추궁하려고 했으나,

"그만 되었다. 짐에 대한 충성이 지나쳐서 그런 것이니, 서로 탓하지 마라."

왕건이 하려는 말을 가로막고 서둘러 일을 정리해 버렸다.

죽음 문턱에서 살아난 입전과 신방 마음이 왕건 편으로 기울게 되는 것은 당연했다. 새 황도에서 가장 힘센 호족이 될 아지태와 입전과 신방, 이렇게 세 사람 가운데 입전과 신방 두 사람이 왕건 편이 되는 순간이었다.

백성들은 왕건이 전쟁에 나가면 언제나 승리하고 조정에 들어가면 공평하고 밝게 일을 처리하는 사람이라며 더욱 우러러보게 되었다.

새 황도로 옮겨 가기로 한 날이 정해졌다. 동진이는 새 황도에 이미 장사할 집과 살 집을 마련해 두었다고 했다. 부양이가 살 집도 자기 집 옆이라고 알려 주었다. 미리 황도에 가서 자리를 잡고 기다린다며 부양이에게 작별 인사를 겸한 이별 잔치를 하자면서 들어왔다. 며칠만 지나면 다시 볼 것인데 잔치까지 하냐고 핀잔을 주어도,

송악 땅과 이별하는 잔치라면서 기어이 판을 벌였다.

　부양이가 껄껄 웃으며 허락을 하자, 동진이는 가은이를 보고도,

　"너도 나랑 같이 철원으로 가자."

채근을 했다. 가은이가 대답을 하지 않았으나 미간이 살짝 찌푸려
지는 것을 부양이는 놓치지 않았다. 동진이는 새삼스럽게 자기 집에
서 술상을 보아 오라고 시킨다면서 건너갔다.

　그 틈에 가은이가 방으로 들어와 부양이 앞에 앉았다.

　"저는 그동안 환관님을 단지 윗사람이라고만 여기지 않았습니다."

비장한 말투에 놀라서 뒤로 움찔 물러앉았다.

　"저는 환관님을 지아비로 모시고 싶습니다."

　부양이 가슴이 콩콩 빙빙이질을 했다. 자기를 좋아하면서 왜 좋아
한다고 말하지 않느냐고 나무라는 것 같았다.

　"동진이가 너를 깊이 생각하는 것 같은데 내가 어떻게 너를 아내로
삼을 수가 있겠니?"

　그런 말 말라고 손을 내저었으나,

　"저는 환관님이 아내로 삼아 주지 않는다 해도 객주 어른 아내가
되지는 않을 것입니다."

아무리 어려서 부모를 잃고 갈 곳 없는 신세가 되었다고는 하지만
마음속에 자리 잡고 있는 남자를 두고 다른 남자에게 시집을 갈 수
없다며 가은이는 아주 단호했다. 부양이가 아내로 삼지 않으면 평
생 처녀로 살겠다는 말이었다.

가슴이 뻥 뚫렸다. 들숨도 날숨도 두 배나 더 많이 쉬어지는 것 같았다. 하지만 부양이는 자신이 지금 몹시도 난처한 처지라는 것을 금세 깨달았다. 동진이에게 어떻게 말을 해야 할지 갈피를 잡을 수가 없었다.

"동진이한테 물어봐야……."

하는데 문이 벌컥 열리며 동진이가 들어왔다.

"그게 아니라 동진아, 있잖아?"

무슨 말을 하긴 해야 할 것 같은데, 말이 되어 나오질 않았다. 동진이가 가은이 앞에 한쪽 무릎을 꿇고 앉았다.

"난 부양이처럼 벼슬은 없지만, 철원으로 가면 너를 호족 부인 못지않게 호강시켜 줄 것이다. 내가 왜 싫은 것이냐?"

윽박지르듯 물었다. 가은이는 놀라지도 않고,

"노예가 되어 팔려 갈 저를 구해 주신 객주 어른께는 면목이 없으나 제 마음도 알아주십시오."

나지막하면서도 똑똑한 말투로 대답했다. 동진이가 마지막으로 매달릴 곳을 찾기라도 하는 듯이 또 물었다.

"좋다. 그럼 부양이가 너를 싫다면 어쩔 것이냐?"

가은이는 부양이에게 말한 것처럼 종으로라도 부양이를 모시겠다고 하는데 목이 메고 눈물이 그렁그렁해졌다. 금방이라도 울음을 터트릴 것 같았다.

부양이도 더 이상은 가만히 있어서는 안 된다고 여겨,

"미안하다. 동진아."

내뱉어 버렸다. 동진이가 부양이를 보고 빙그레 웃더니,

"이런 바보들."

웃음보를 빵 터트렸다. 둘 다 알아 모셔야 한다면서 껄껄껄 웃었다.

"내가 바본 줄 아냐? 서로가 뒤통수만 애타게 바라보는 꼴을 한두 번 본 줄 아니?"

가은이와 부양이가 놀라는 표정을 번갈아 보고는 동진이가 방바닥에 드러누워 발버둥까지 치면서 웃음을 그치지 않았다.

"오늘도 둘 가운데 하나가 입 안 열면 내가 강제로 가은이를 아내로 삼아서 네 녀석이 평생 속을 끓이며 사는 꼴을 보려고 했다."

자기가 아내를 버리고 가은이한테 새장가를 들 정도로 막돼먹은 사람인 줄 알았냐며 낄낄거렸다. 가은이도 뒤통수라도 맞은 표정으로 부양이를 보았다. 가은이 양 볼이 발갛게 달아올랐다.

지난번에 가은이가 예쁘지 않느냐고 물은 것도 부양이 마음을 떠본 것이라며 또 놀렸다. 둘 다 부모도 친척도 없는 사람들이니 결혼식 준비라고 형식 차리고 어쩌고 길게 끌 것 없다면서 며칠 안에 식을 올리자고 동진이가 아주 신이 났다.

폐하도 종간도 패서 호족들이 적잖이 반대한다는 것을 짐짓 모른 체하고 철원으로 도읍을 옮겨 갔다. 맡은 벼슬이 있으니 패서 호족들도 따라는 갔지만, 흥이 나지 않는 얼굴들이었다. 억지로 끌려가

는 듯한 표정들이 역력했다.

황도가 안정을 찾아가는데 철원 성주인 아지태가 병을 얻어 자리에 눕더니 한 달도 못 넘기고 숨을 거두었다.

"복도 없는 사람이다."

동진이가 자꾸만 혀를 찼다. 황도 성주로서 권세를 누릴 일만 남았는데, 명이 다해 버렸다는 말이었다.

"이제 외로워질 폐하도 그렇고."

그 말에 부양이 가슴도 철렁 내려앉았다.

"네가 더 잘해 드려야 한다."

동진이가 또 당부했다. 충성할 신하가 늘기는커녕 줄기만 하는 것 같아 불안하다면서 걱정을 태산처럼 했다.

황도에서 나라도 백성들도 자리를 잡아 가자 폐하는 철원 백성들에게 미륵 사상을 심어 주는 데 온 힘을 쏟았다. 종간도 틈날 때마다,

"백성들 마음을 사로잡을 수 있는 것은 재물이 아니라 올바른 권력입니다."

백성들은 어린애와 같아서 마음을 잘 다독이고 제도를 잘 정비해서 사는 것을 편하게 해 주면 모두 폐하를 향해서 마음을 열 것이라고 했다.

"천도를 반대한 호족들도 민심이 두려워 폐하께 충성을 바치게 될 것입니다."

백성들이 모두 폐하를 따르면 호족들도 폐하에게 충성할 수밖에 없게 될 것이라는 말이었다.

또 종간은 불교로 다스리는 신라에서 불교라는 것이 점점 귀족들만 좋은 쪽으로 변해 가니, 마음 기댈 곳 없는 백성들이 신라 황실을 믿지 않았던 것이므로 미륵 세상을 더 크게 열어서 지친 백성을 구원하라고 청했다.

폐하도 종간 말에 따라 외성에 세운 미륵불을 성전으로 삼아 더욱 받들고는,

"지금은 경전과 부처가 내세우는 설법이 모두 어긋나, 지켜지지 않는 어지러운 세상이 되었다."

그로 인해 흉년이 들고 병이 퍼져서 인간 수명은 술어늘고, 도적이 들끓게 되었으며, 살인과 전쟁이 끊이지 않는 혼란한 세상이 된 것인데, 이것을 말법 시대라고 부른다고 했다.

"짐은 미륵 사상으로 고통받는 백성들을 구할 것이다."

백성들에게 전하기를 쉬지 않았다. 도성을 건설하느라 부역에 나서고 세금을 내느라 지친 백성들을 설법으로 위로했다.

폐하는 머리에 금책을 쓰고 방포를 입었다. 청광 보살과 지광 보살인 두 왕자님을 좌우에 세운 행차는 눈부시도록 화려했다.

"사람이 죽고 나서 미륵정토가 된 이 땅으로 다시 태어나기 위해서는 모든 타락을 버리고 계율을 지켜야 할 것이다."

미륵 부처는 먼 훗날 오는 것이지만 다른 나라 다른 세상에 오는

것이 아니라 바로 여기 폐하와 백성들이 디디고 서 있는 세상으로 올 것이라는 설법은 백성들에게 커다란 희망을 심어 주었다.

신라 백성들이 부자에게 땅을 빼앗기고 노예처럼 살게 되면서 스스로 살아가야 한다는 생각도 사라져 버렸다.

하지만 폐하는,

"백성은 임금이나 관리에게 딸린 목숨이 아니라 스스로 살아 내는 목숨이다."

백성 누구도 미륵 부처 앞에서 평등하므로 누구에게 딸린 사람이나 노예라는 생각을 버리고 스스로 미륵 부처 제자가 되라고 설법했다. 그러면 힘없는 백성이라도 아무도 넘볼 수 없는 강한 존재가 될 것이라고 깨우쳐 주려고 했다.

노예나 백성들은 폐하가 펼치는 설법마다 감탄했다. 황도를 세울 때는 힘들었지만 황도가 안정되어 가니 활기가 넘치고 살기도 점점 좋아졌다. 지금 당장은 살기 힘든 일이 있어도 스스로 살아 내는 목숨이라 여기고는 더 잘사는 세상이 올 것이라는 희망이 생겼기 때문이었다.

폐하는 백성들에게 설법하는 것과 더불어 미륵 사상을 정리하는 경전을 쓰기 시작했다.

어느 날 왕건이 바다 한가운데에 서 있는 9층 금탑에 올라가는 꿈을 꾸었다는 소문이 황도에 퍼졌다. 왕건이 황제가 될 것을 알려 주는 꿈이라며 사람들이 수군거렸다. 탑이 바다에 서 있다는 것은 만 백성이 탑을 우러러보게 된다는 것이고, 탑 위에 올랐다는 것은 우러름을 받게 되는 황제가 된다는 것이었다. 시간이 지나도 소문이 가라앉지 않고 황도 민심이 흉흉해졌다.

종간도 백성들이 수군거리는 것을 빌미로 왕건을 벌줄 수는 없다며,

"반역을 한 것도 아니니⋯⋯."

민심을 가라앉힐 방법이 없다며 난감해했다.

왕건도 그 소문을 들었는지,

"어리석은 견훤 왕이 폐하와 마진국을 가벼이 여겨 감히 나주로 쳐들이었다고 합니다."

유금필과 박술희, 그리고 신숭겸을 이끌고 나가 물리치겠다고 청했다. 왕건이 황도를 떠나고 시간이 지나면 흉흉한 소문도 자연히 진정될 것이니 잘된 일이었다.

"짐 또한 왕 시중이 나가야 할 싸움이라 생각하고 있었다."

폐하도 선선히 허락했다.

"폐하! 바깥에서 쳐들어오는 적을 물리치시는 것 또한 나라에 중대한 일이지만 천도한 지 얼마 되지 않은 황도를 안정시키는 것도 무엇보다 중요합니다."

종간이 나서며 신숭겸을 마군 장군으로 삼아 황도를 든든히 지키라고 아뢰었다.

172

"과연 그 말이 옳다."

폐하도 신숭겸을 향해 넌지시 물었다.

"경을 마군 장군으로 삼아 황도 보위를 맡겨야겠다. 어떤가?"

신숭겸은 내키지 않는 표정이었으나 감히 어쩌지 못하고,

"황은이 망극하옵니다."

할 뿐이었다.

왕건 얼굴에 싸늘한 기운이 스치는 것을 부양이는 분명히 보았다. 신숭겸을 떼어 놓아 왕건에게서 힘을 줄이려는 종간 뜻을 알아챈 모양이었다. 왕건 부하 가운데 가장 세력이 큰 신숭겸을 황도에 잡아 두면 왕건이 황도에서 멀리 나가더라도 함부로 반역을 하지 못할 것임을 종간도 알고 있었기 때문에 황도를 지키는 군대를 맡긴 것이었다.

종간이 왕건을 따르는 세력을 여러 조각으로 나누기 위하여 일부러 신숭겸을 황도에 잡아 둔 것이라는 소문으로 또다시 황도 백성들은 수군거렸다. 그 수군거림이 폐하가 잘못이라도 했다는 소리로 들려서 부양이는 몹시 우울했다. 철원으로 도읍을 옮겼는데도 여전히 왕건이 백성들 마음에 자리 잡고 있는 것 같아 불안하기만 했다.

모두가 산에 깃들어 사는 세상

철원으로 황도를 옮긴 지 5년째가 되었다. 황성과 황도를 세우느라고 지쳤던 백성들도 이제 황도 백성으로 자리를 든든히 잡았다. 백성들 살림도 점점 나아졌다.

종간이,

"이제 폐하께서는 새로운 황도에서 새로운 사상으로 백성을 살펴, 이 나라에 진정한 지존이 되셨습니다."

이제부터는 폐하를 따르지 않는 자들은 모두 걷어내고, 백성과 미륵을 받드는 뜻을 더욱 든든히 세우라고 아뢰었다. 새 도읍에서 본격적으로 새 나라를 열어 가자고 한 것이다.

그 말에 따라 새로운 나라를 세우기 위해서 나라 이름을 태봉으로 바꾸었다. 태봉에서 '태'는 주역에 나오는 '태괘'에서 따온 것으로, 하늘과 땅이 서로 어울려 모든 생명을 낳고 아래와 위가 서로 어울려 그 뜻이 강해짐을 뜻한다. '봉'은 '봉토'이니 편히 사는 세상이라는 뜻이다. 태봉은 '서로 뜻을 같이 하여 편히 사는 세상'을 만들자는 뜻이었다.

연호도 '수덕 만세'로 다시 바꾸었다. 수덕은 음양오행설에서 나온 것으로 예전에 있던 덕을 극복하고 더 키워서 이어 간다는 말이었다. 만세는 수덕이 만 년 동안 이어지라는 것이니 나쁜 것은 고치고, 좋은 것은 더욱 좋게 만들어서 오랫동안 이어 가자는 뜻이 되었다.

폐하는 옛날에 있었던 잘못된 것들은 모두 고치고 올바른 것만 이어받아서 서로 뜻을 하나로 모아 편히 사는 나라를 만들자고 설법을 펼쳤다.

"천도하느라 백성들이 고단하여 불만이 나온 것이 사실이지만, 이제 그 불만이 칭송으로 바뀌었습니다."

폐하가 묻는 말에 대답한 것이기는 하지만, 부양이는 말하면서도 신이 났다.

백성들은 이제 어버이처럼 자상한 폐하가 나라 안에 일을 보고 왕건 대장군이 군사를 부려 영토를 넓혀 나간다면 이 조선 땅은 물론이고 중국까지도 태봉국 영토가 넓어지는 대제국이 될 것이라고 믿고 있다고도 아뢰었다.

"부양 환관 말이 맞다. 이제 태봉국은 신라와 백제를 아우르는 데에 연연하지 말고 드넓은 중국을 향해 뻗어 나가는 큰 미륵 나라를 건설해야 할 것이다."

폐하가 껄껄 웃었다.

"부양 환관도 둘째 아들을 낳았다 하니 이제 거느려야 할 식구가 셋이나 되었구나."

언제나 몸가짐을 바르게 하고 나랏일에도 소홀함이 없도록 하라고 격려해 주었다. 큰아들인 온해를 낳고 몇 년 동안 아이가 생기지 않아 걱정했는데 지난달에 태어난 둘째를 두고 하는 말이었다. 부양이가 허리를 깊이 숙이고는,

"황은이 망극하옵니다. 폐하! 이 모두가 폐하께서 베푸신 은혜입니다."

히고 니서 백성들 또한 새 횅도에 와시 새로 생긴 괴로움도 미긿아 다 없어질 것이라고 믿으며 기뻐하고들 있다고 아뢰었다.

"새로 생긴 괴로움이라니?"

폐하가 말끝을 잡고 또 물었다. 옆에서 듣고 있던 종간과 은부 얼굴이 동시에 찡그려졌다.

"아닙니다. 폐하! 새로운 황성과 황궁을 짓느라 부역에 지친 것을 말하는데, 이제는 황도 백성이라는 것을 영광으로 여기게 되었고 살림도 많이 안정되어 가고 있습니다."

종간이 가로막고 대신 대답했다. 종간이 말하는 동안 은부가 부양이를 노려보았다.

"부양 환관이 하려는 말이 그것인가?"

176

폐하가 다시 물었다.

"그, 그렇습니다. 폐하."

종간과 은부가 바라보는 서슬에 놀라 그렇게 대답해 버렸다.

"이제는 백성들이 아래도 위도 모두 하나가 되어 모두가 잘사는 나라, 만주와 중국 땅에 있는 나라들과도 당당히 어깨를 나란히 하는 나라가 될 것이다."

폐하가 포부를 밝혔다. 하고 싶은 말을 다 하지 못해서 찜찜한 마음으로 물러 나왔다. 잠시 후에 종간과 은부가 따라 나왔다.

"부양 환관!"

뒤에서 부르는 종간 목소리에 가시가 수십 개나 솟은 것 같았다. 돌아보니 종간이 못마땅할 때마다 짓곤 하는 무거운 표정으로 부양이를 바라보았다.

"부양 환관은 아직도 폐하께서 세달사 수원승도라고 생각하시오?"

말투만으로도 오금이 저리게 하는 힘이 종간에게 늘 있다.

"무슨 말씀인지……."

퍼런 서슬에 눌려서 말을 제대로 잇지 못했다.

"폐하는 이 나라 지존이고 만백성이 깃들어 사는 큰 산이시네."

백성은 모두 폐하 자식들인데, 자식이 어버이에게 근심이 될 말을 함부로 하냐고 야단을 쳤다. 산을 높이고 더 높여도 모자랄 판에 산을 도리어 깎아 내리려 한다고 나무랐다. 앞으로는 폐하 앞에서 아무 말이나 하지 말라고 하고는 휙 돌아서 가 버렸다. 종간 등 뒤에 찬바람이 쌩 일었다. 부양이 마음속에 난감함이 밀려들었다. 할 말을 못 한다면 아래와 위가 하나가 되는 게 아니라 둘로 쪼개질 것이기 때문이었다.

얼마 뒤에 견훤이 직접 군대를 이끌고 나주로 쳐들어왔으나 왕건 장군이 승리했다는 소식이 왔다.

"이 조선 땅이 다 폐하 손에 들어온 것이나 다름없사옵니다."

은부가 호들갑을 떨며 폐하를 추켜세웠지만, 종간은 미간을 잔뜩 찌푸리며,

"왕 시중이 돌아오면 수하 장수들에게 상을 내려 달라고 할 것입니다."

결코 벼슬을 높여 주어서는 안 된다고 아뢰었다.

"공을 세운 자에게 상을 내리는 것이 당연한데 왜 상을 내리지 말라고 하는가?"

폐하가 의아해하자,

"호족들이 왕 시중을 중심으로 모여드는 것을 막고자 애써 천도를 하였는데, 새 황도에서도 왕 시중을 높은 벼슬아치들이 에워싼다면 나라가 결코 바로 서지 못할 것입니다."

권력은 바윗돌과 같아서 커질수록 무거워지고 무거워질수록 백성들을 억누르게 될 것이라면서 호족에게 지나치게 많은 권력을 주지 말아야 백성들이 편안해진다고 했다.

폐하가 고개를 끄덕이면서도,

"공을 세우고도 상을 받지 못하면 반감을 가질 것인데?"

염려했다.

"견훤이 동원할 수 있는 백제 군사 모두를 이끌고 직접 나온 전쟁이었어도 우리 태봉군은 쉽게 물리쳤습니다."

종간은 왕건에게 지금 정도로 군사와 힘만 주어도 이 조선 땅에서 태봉국에 대항할 나라는 없다고 장담했다. 나라는 학문과 군대가 서로 균형을 이루어야 하는데, 군대가 지나치게 강하면 전쟁이 끊이지 않게 될 것이고, 전쟁을 치르느라 백성들이 고단해질 것이라면서 소신을 굽히지 않았다. 이제 왕건이 이겨도 걱정, 져도 걱정인 지경이 되고 말았다.

종간과 은부가 나가자,

"부양 환관은 어떻게 생각하니?"

폐하가 물었지만,

"한낱 환관인 소신이 어찌 나랏일을 알겠습니까?"

부양이는 마음에도 없는 대답을 하고 말았다. 생각대로 말을 했다가 종간이나 은부 마음에 안 들면 나중에 또 야단을 들을 것 같아서 말문을 닫아 버렸다.

"너는 짐에게 그림자 같은 사람이 아니냐?"

못 할 말이 무엇이냐고, 세달사 수원승도였을 때나, 장군이었을 때나, 황제가 된 지금이나 늘 옆에 있지 않았냐면서,

"아직도 세달사 수원승도로 동고동락하던 정을 잊지 못한다."

세달사 수원승도라 여기고 편하게 말해 보라고 했다. 그렇게까지 말하니 부양이도 더는 대답을 피할 수가 없었다. 명색이 환관인데 다른 사람 눈치나 보고 머뭇거리는 게 부끄럽기도 했다.

"어린아이라도 잘했을 때는 상을 주고, 잘못을 했을 때는 벌을 받는 법인데, 전쟁에서 목숨 바쳐 싸운 사람이니 상을 받지 못하면 폐하를 원망할 것입니다."

장수들에게 상을 내릴 수 없다면 군사들에게라도 상을 내려야 한다고 아뢰었다. 나중에 종간과 은부에게 핀잔이나 야단을 듣더라도 평소 생각대로 솔직하게 아뢰었다.

폐하도,

"부양 환관 말이 옳다."

고개를 끄덕였다.

왕건이 황도로 돌아왔다.

"폐하! 이번 전투에서는 김언이 세운 공이 무엇보다 큽니다."

예상대로 공에 맞게 합당한 상을 내려 달라고 청했다. 높은 벼슬을 내려 달라는 말이었다. 그러나 종간은,

"폐하! 이번 전쟁은 왕 시중이 군대를 잘 부려서 얻은 공입니다."

모두 왕건이 세운 공이니까 왕건에게 상을 내리는 것이 마땅하다고 아뢰었다. 김언에게 직접 상을 주지 말라는 뜻이었다. 왕건만 상을

받으면 다른 장수들이 질투해서 왕건을 원망하게 될 것이라 여기고 하는 말이기도 했다.

"짐이 왕 시중 이름으로 군사들에게 쌀 한 가마니씩을 내릴 것이니 짐을 대신하여 왕 시중이 군사들을 격려토록 하라."

폐하가 명하자 왕건은 서운한 표정을 감추지 않았다. 김언에게 높은 버슬을 받게 하여 권력을 잡도록 해 주겠다는 뜻을 이루지 못했기 때문일 것이다. 그러나 '황은이 망극하옵나이다.' 하고는 물러날 수밖에 없었다.

다음 날 조회를 열고 폐하가,

"왕 시중이 하늘에 통하고 귀신이 놀라도록 군사를 부리는 것은 만백성이 다 아는 사실이다."

왕건을 칭찬한 다음, 송악 성주와 시중에 덧붙여 해군 장군에 임명했다. 이제부터 왕건이 수군을 더욱 잘 훈련시켜서 땅에서나, 바다에서나, 싸움마다 이기는 군대로 만들라고 했다. 나주로 가서 주둔하여 남해와 서해를 더욱 든든히 장악하고 중국으로 가는 무역선과 사신들이 마음 편히 다닐 수 있도록 하라고 명했다.

"황은이 망극하옵나이다."

왕건이 순순히 물러났으나 난감한 표정을 감추지 않았다.

이듬해에 견훤이 잃어버린 해상권을 되찾기 위해 큰 싸움을 걸어왔다. 전주 덕진포에서 목포까지 군선을 벌여 세우고는 서남 해안을 차지하기 위해 한바탕 싸움을 일으킨 것이다.

"짐이 직접 나가 견훤을 치고 기세를 꺾어 놓지 않으면 서남해에서 근심이 끊이지 않을 것이다."

폐하가 직접 전쟁에 나가겠다고 선포했다. 모두가 반대했으나 부양이는 폐하가 군대를 이끌고 나가 승리하면 백성들이 더욱 우러러 보게 될 것이니 좋은 기회라고 여겼다. 부양이가 생각한 대로 폐하는 황도에 있는 군대와 둘레에 있는 호족들 군사를 거느리고 나주로 진격했다.

나주에 있던 왕건 혼자서 견훤과 맞서기 힘겨웠던 차에 폐하가 군대를 이끌고 가자 태봉군 사기가 하늘을 찌를 것 같았다. 백제군을 향해서 힘차게 밀고 나갔디.

백제군도 밀리지 않으려고 배를 나란히 벌여 세우고 맞섰다. 들이쳐서 돌파하기에는 백제군 대열이 아주 든든했다. 견훤이 오랫동안 준비를 한 것이 분명했다.

"저들이 배를 서로 맞대고 있으니 우리를 막기는 쉽겠지만 화공을 당해 내기는 어려울 것이다."

폐하가 불화살을 준비하라던 까닭을 알 것 같았다.

태봉군 살수들을 뱃머리에 벌여 세우고는 불화살을 쏘게 했다. 백제군 배들에 화살이 박히자 거세게 부는 바람이 불길을 북돋우어 순식간에 번져 나갔다. 다닥다닥 붙어서 하나로 묶은 듯이 나란히 세워져 있던 후백제 배들이 초가집에 불난 것처럼 순식간에 화염에 휩

싸이고 말았다.

백제군 뒤로 돌아서 포위했던 왕건이 우왕좌왕 갈피를 못 잡고 도망치는 능창을 사로잡았다. 능창은 견훤이 아우로 삼을 만큼 귀하게 여기는 사람으로 백제 수군을 총지휘하는 대장이었다. 능창을 사로잡자 백제 수군은 완전히 무너지고 말았다. 서남해 바다가 다시 태봉국 차지가 되었다.

능창을 묶어 앞세우고 철원으로 돌아왔다. 길가에 나온 백성들이 '황제 폐하 만세!'를 외치며 환호했다. 폐하가 백성들에게 용맹한 위용을 과시하게 된 것이다.

"역시 황제가 강해 보이려면 전쟁이 최고다."

아무리 미륵 부처 마음으로 백성들을 다스린다고 해도 백성들은 강력한 임금을 좋아한다며 동진이도 싱글벙글 웃었다.

"남쪽이 편안해졌으니 북쪽으로 눈을 돌려 옛 고구려 땅을 회복해야겠다."

폐하가 새로운 국책을 발표했다. 이제는 폐하도 강력한 힘으로 다스리는 황제가 되겠다고 선포했다.

박유가,

"패서 땅 북쪽에 살고 있는 종족들은 항구가 없고 미개하여서 호피와 약재를 가지고 와서는 송악으로 들어오는 물건들을 사 갑니다."

송악과 패서 호족들에게 큰 이익을 주는 사람들인데 공격을 한다면 항복하기보다는 북쪽에 있는 발해 땅으로 도망쳐 버릴 것이라고 염려했다. 패서 이북부터 발해까지 빈 땅이 되어 버린다면 힘들어서 차지한다 해도 쓸모없는 땅이 될 것이라고 반대했다.

"무엄하오!"

종간이 박유를 호통쳤다.

염주 호족 윤선도,

"그들은 지난 수백 년 동안 멸망한 고구려 땅을 다시 일구어 농사를 짓고, 고기를 잡으면서 평화롭게 살아왔습니다."

박유를 거들었다.

태봉과는 말도 다르고 풍습도 달라서, 고려 백성이 되지 않으려고 하는 사람들인데 억지로 핍박해서 기껏 일군 땅이 다시 황무지로 변하게 하는 것보다 잘 달래어 교역 상대로 삼으면 세금이 더 많이 걷힐 것이라고 했다.

"먼 훗날까지 대대로 얻을 큰 것을 보지 못하고 당장 눈앞에 보이는 작은 이익에만 한눈을 파는가?"

폐하가 몹시 화를 냈다.

"세금을 더 많이 거두는 것보다 아래와 위가 서로 통해서 모두 잘 사는 미륵 나라를 세우려고 나라 이름도 태봉으로 바꾼 것을 잊었단 말인가?"

깨우쳐서 태봉국 백성으로 삼지 못할 오랑캐라면 몰아내는 것이 당연한 일이고, 그들이 떠나서 빈 땅이 되면 우리 백성들이 옮겨가 살면 되는 일인데 당장 받을 작은 이익 때문에 나랏일을 그르치게 하느냐고 호통을 쳤다.

나라와 백성보다 자기 이익에만 관심을 두는 박유를 나무라고는 나라에 충성하지 않는 신하는 필요 없다며 관직을 빼앗아 버렸다.

또한 태봉국이 이루고자 하는 개국 정신인 '모두 잘사는 미륵 나라'에 반대하거나 막는 자는 결코 용서치 않을 것이라고 엄히 공포했다.

박유는 관직을 잃자 산골로 숨어 버렸다. 윤선도 겁을 먹고 군사와 가족들을 거느리고 달아나 버렸다. 폐하 뜻을 따르지 않으면 벌을 받게 된다는 것을 보여 주자 아무도 감히 폐하를 거역하지 못했다.

철원으로 온 지도 15년이 지났다. 폐하 뜻이 점점 더 튼튼해지는 것은 산이 더 높아지는 것과 같았다. 산이 높아질수록 깃들어 사는 백성들은 점점 더 든든해질 것이다.

그런데 요즘 들어 아주 심각한 문제가 생겨났다. 쌀값이 점점 치솟는 것이었다.

"사 먹으려는 사람은 많고 쌀은 적으니 값이 오를 수밖에 없지."

동진이 말이 얼른 이해가 가지 않았다.

"철원은 한 해 풍년이 들면 일곱 해를 먹을 수 있는 곳인데, 쌀이 왜 부족해?"

"아이코, 참 뭘 몰라도 한참을 모른다."

동진이는 답답하다며, 쌀이야 철원에서 나는 것으로 철원 백성들이 먹는다고 해도 다른 물건들은 쌀을 주고 사야 한다고 했다.

"한탄강에는 배를 띄울 수가 없고, 빙 둘러싼 산은 높고 험하니 비단 한 필 가져오려고 해도 얼마나 힘이 들겠니?"

옮겨 오는 사람은 옮겨 오느라 치른 대가를 값으로 쳐서 받으려 하고, 여기서 물건을 받아서 파는 사람은 또 이문을 남기려 하니 값이 치솟는 게 당연하다고 푸념을 늘어놓았다.

송악이나 다른 지방에서 힘들게 수레에 싣고 온 물건을 비싼 값으로 쌀이랑 바꾸니 당연히 많은 쌀을 주어야 하니까 쌀이 모자랄 수밖에 없는 것이었다.

"아무리 그래도 황도를 옮겨 오고 나서 쌀값이 열 배도 넘게 올랐다는 것은 말이 안 되는 것 아니니?"

말을 들을수록 더 답답해져서 부양이가 되물었다. 동진이는,

"앞으로도 값이 더 올랐으면 올랐지 내려가지는 않을 거야."

장사꾼은 이익을 많이 남기기 위해서 무슨 짓이든 하는 사람들이기 때문이라면서,

"나도 왕 시중 상단에 장사 줄을 이어 놓았으니 다행이지 안 그랬으면 벌써 거지가 됐을 거다."

창고에 쌓아 놓고 안 넘겨주려는 물건들을 억지로 조금씩이라도 받아다가 파니까 그나마 버틴다고 푸념을 했다.

"누군가는 돈을 벌겠지. 물건을 창고에 쌓아 둘 수 있는 큰 부자들만 벌어서 그렇지."

동진이 같은 작은 상인들은 팔고 사기를 되풀이해야만 겨우 먹고 사는데 큰 부자들이 다 움켜쥐고 풀지 않으니 장사할 물건이 아예 없다고 했다. 이런 세상에서는 부자는 점점 부자가 되고, 가난한 사람은 점점 가난해지기만 하는 게 당연하다면서 혀를 끌끌 찼다. 철원도 망해 가는 신라처럼 되어 버렸다. 부자들은 더 부자가 되고, 백성들은 점점 더 가난해지는 세상이 또 오고야 말았다. 요즈음 동진이도 얼굴에 웃음기가 싹 사라졌다. 종간처럼 늘 눈 사이를 찡그리고 살았다. 답답한 일이 많다는 뜻이었다.

황궁으로 돌아온 부양이는 사실대로 말할 수밖에 없었다. 물건에 붙는 가격이란 사는 사람이 적고 팔려는 물건이 많으면 내려가는 것이다. 사려는 사람이 많고 팔려는 물건이 적으면 올라가는 것이고. 그래서 물건값이라는 것은 억지로 올릴 수도 내릴 수도 없는 것이라고 다들 생각한다고 아뢰었다.

폐하가 종간과 은부를 불러들였다.

"짐이 태봉국 개국 정신을 막는 자는 벌을 준다고 영을 내렸는데도 자기 이익을 쫓는 일에만 골몰한단 말인가?"

화를 냈다. 종간이 부양이를 잠시 노려보고는,

"장사치들이란 이문을 얻기 위해서 나라도 백성도 생각지 않는 자들입니다."

그들이 없다면 황도 사람들이 살아가는 데 필요한 물건들이 들어오지 않을 것이니 무작정 벌을 줄 수는 없는 노릇이라고 답답해했다.

"태봉국을 신라처럼 만들 수는 없다."

쌀값을 지금보다 절반으로 내리고 그보다 비싸게 받는 자들은 벌을 줄 것이라고 엄히 명했다. 그리고 은부에게,

"은부는 이 법이 지켜지는지 잘 살펴서, 만약 지키지 않는 자가 있으면 반드시 벌을 내리도록 하라."

덧붙여 명을 내렸다.

아무리 벌을 준다고 해도 철원에서 사고파는 쌀값은 내려가지 않았다. 물건값이라는 것이 오르기는 쉬워도 내리기는 어려우니 억지로 내리려고 헤도 내려갈 쌀값이 아니었다. 쌀값이 오르니 다른 물건들도 덩달아 값이 올라갔다. 할 수 없이 은부는 지나치게 비싸게 쌀을 파는 장사치 10여 명을 잡아들였다.

"너희들은 왜 나라에서 내린 명을 어기는 것인가?"

폐하가 엄히 물었다.

장사치들도 비싸게 팔고자 하는 마음이 없지만 황도에서 쌀을 비싸게 팔 수 있다는 소문이 퍼지니, 다른 지방에서 큰 장사꾼들이 값을 올려 버려서 쌀값이 하늘 높은 줄 모르고 오르는 것이라며 자기들도 어쩔 수가 없다고 아뢰었다. 듣고 보니 달리 벌을 줄 수가 없었다.

"다른 지방에서 쌀을 비싸게 판다면 너희들도 사지 않으면 될 것

아니냐?"

종간이 나무라자,

"황도에 쌀값이 비싼 까닭은 쌀 때문이 아닙니다."

쌀로써 다른 물건을 사야 하는데 다른 물건을 황도로 가져오는 것
이 힘드니까 물건 사는 데 쌀을 많이 주어야 해서 비싸지는 것이라고
했다. 쌀값을 내리려면 다른 물건들 값을 내려야 한다고 푸념을 했
다. 물건을 많이 가지고 있는 누군가가 먼저 물건값이든 쌀값이든
앞장서서 내리지 않으면 해결 방법이 없다고 답답해했다.

"오늘부터는 무조건 쌀을 절반 값에 팔도록 하라."

안 그러는 자는 목을 벨 것이라고 은부가 호통을 쳤다.

장사치들이 돌아가고 나자 폐하가 긴 한숨을 내쉬며,

"황도에 오면 재물을 한몫 챙길 수 있다고만 생각하는구나."

백성들이 재물 욕심을 내는 것은 마음을 둘 데가 없기 때문이라면서
마음이 가난하니까 재물로 그 마음을 채우려고만 하는 것이라고 안
타까워했다.

"백성이 미륵 같은 마음을 갖도록 해야 한다."

백성들 마음이 미륵처럼 평안해지면 재물에 기대지 않게 될 것이니
까 설법 말고는 다른 방법이 없다고 했다.

법회를 여는 날이 점점 많아졌다.

"우리 태봉국은 아래와 위가 하나로 통하고 어제와 내일이 서로
이어지는 나라다. 짐은 황제로서 그리고 미륵으로서 그런 개국 정신

을 지키고 백성을 편안하게 할 것이다."

백성들 모두가 폐하를 따라 편안한 나라를 만드는 데 힘을 모으라고 설법을 했다.

"우리가 이 세상에서 덕을 쌓고 죄를 짓지 않으면 죽어서 극락정토로 다시 환생하게 되느니, 이때 가난한 자는 부자가 될 것이요, 신분이 낮은 자는 귀한 몸으로 다시 태어나게 될 것이다."

당장 눈앞에 보이는 이익에 매달리지 말고 마음을 갈고 닦아 폐하와 더불어 태봉국을 미륵정토로 만들자고 했다.

낮에는 법회를 열어 설법을 하고 밤이면 불을 밝히고 미륵 사상을 펼치는 경전을 쉬지 않고 썼다.

"경전이 있어야 백성이 미륵 사상을 더 잘 알게 될 것이야."

머지않아 모두 20여 권이나 되는 경전이 탄생되었다.

아무리 설법을 펼쳐도 황도 백성들 살림은 전혀 나아지지 않았다. 이제는 쌀이든 물건이든 비싸기만 한 것이 아니라 아예 구경하기도 힘들었다.

동진이도,

"창고에 쌓아 두고 내놓을 생각들을 안 해. 철원이고 송악이고 다 마찬가지야."

쌀이든 옷감이든 사서 쌓아 두면 값이 자꾸 오르니 돈 있는 사람들이 더 사 두려고만 하고 도통 팔려고 하지 않기 때문이라고 했다. 빨리 팔수록 손해 본다는 것을 알기 때문이다.

황도 백성들 삶이 어려워졌다는 것은 거지가 많아진 것만으로도 이미 느끼고 있는 바였다. 부양이가 전해 주는 말을 들은 폐하가 한참을 생각하더니,

"어찌 그들이 불지옥에 떨어질 짓만을 골라서 한단 말인가?"

좋은 말로 달랠 것이라며 황도에 사는 큰 장사치들을 모두 황궁으로 불러 모았다. 호족과 장사치들이라 옷차림이 화려했다. 몸에 걸친 치장들도 번쩍였다.

'백성들에게 물산을 비싸게 팔아 얻은 이문으로 기껏 비싼 옷에 번쩍이는 치장이나 한단 말인가?'

장사치들 치장이 몹시도 거슬렸다. 폐하가 단에 앉아 설법을 펼치기 시작했다.

"나라를 새로 세우고 새 황도로 옮겨 왔으나 백성들 처지는 갈수록 어려워만 간다. 황도에도 헐벗고 굶주리는 백성이 많다고 하니 이것은 다 짐에게 덕이 없는 탓이다."

폐하는 곧 미륵이니 백성들 마음을 어루만지고 백성들을 어렵게 하는 것들을 치우고 고쳐 나갈 것이라고 했다. 자기만 재물을 모을 욕심으로 다른 백성들을 살기 어렵게 하는 자들을 없애는 것이 처음이요, 자기 이익만을 위하여 나라야 어떻게 되든지 상관하지 않는 자들을 없애는 것이 둘째요, 자기만 편안하려고 아랫사람을 짓밟는 자를 없애는 것이 셋째요, 부모든 황제든 윗사람을 우러러볼 줄 모르는 자를 벌하는 것이 넷째라고 했다.

설법이 시작된 지 얼마 되지도 않았는데 단 아래에 앉은 사람들은 지루한 기색을 숨기지 않았다.

"우리가 잘사는 것은 다 우리가 그만큼 노력을 했기 때문인걸. 왜 우릴 나쁘다고 한담?"

"언제까지 이런 말 같지도 않은 소리를 들어야 하나?"

한참 설법을 하던 폐하가 말을 뚝 끊고는 한 남자를 가리켰다.

"백성아, 짐은 관심법으로 네 마음을 다 볼 수 있다. 너는 어찌하여 백성들에게 물건을 비싸게 팔아서 자기 이익만을 얻으려고 하느냐?"

폐하가 얼굴이 벌겋게 달아올라 호통을 쳤다.

그 남자가 벌떡 일어섰다. 비단옷이 눈부시고 관에 붙은 금장식들이 번쩍거렸다.

"지금 황도에 굶어 죽는 백성이 있다는 것을 아느냐?"

폐하가 묻는데도 그 남자는,

"저는 장사치에 불과한데, 다른 백성들 사정을 어떻게 알겠습니까?"

단지 시세에 맞게 장사를 한 것뿐이라고 궁색한 변명을 했다.

"자기 죄를 뉘우치지 않는 자들이 없어져야만 미륵정토가 세워질 것이다."

그때서야 눈치를 챈 그 백성은 땅에 엎드려 잘못을 빌었다. 다른 백성들도 따라 땅에 엎드려 죄를 빌었다.

"백성들아, 모두 일어나라. 이제 짐이 그대들을 부른 뜻을 알겠는가?"

백성들은 두 번 세 번 그렇다고 다짐 또 다짐을 했다. 백성들이 돌아가고 나서 홀로 대전으로 들어온 폐하는,

"마음에도 없이 억지로 참회하고 따르는 척하는 자들이 이리 많은데 미륵정토를 어떻게 세우겠는가?"

백성들이 미륵정토를 믿지 않는 것을 한탄했다.

"폐하! 어리석은 백성들이 아직 미륵 사상을 잘 알지 못하여 깨닫지 못하니, 고승들을 황궁으로 불러 한자리에서 미륵 사상을 설법하시면 백성들도 더욱 받들 것입니다."

부양이는 안타까워 몸 둘 바를 몰라 그렇게 아뢰었다.

부양이 말을 받아들여 몇 년 동안 뜸했던 팔관회를 황궁 앞마당에서 열자고 명했다. 폐하가 황금색 포를 입을 것이니 폐하를 더욱 빛내고 멀리서도 잘 보이도록 노란 천막을 치고 단을 마련했다. 나라에서 이름 높은 고승들을 불렀다. 황도 백성들도 오랜만에 벌어진 구경거리를 보려고 모여들었다. 폐하가 단 위로 올라갔다.

"짐이 태봉국을 세운 것은 신라같이 계급이 엄하여 아래위가 통하지 않는 나라가 아니라, 아래도 없고 위도 없는 세상을 열려고 하는 것이다."

그것이 바로 미륵 나라이며 그 미륵 나라를 다스리는 사람이 바로 황제라는 설법을 시작했다.

"짐이 미륵이 되어 몸을 일으키자 명주가 짐을 맞이하고, 패서 땅이

하나가 되었으며, 양길이 무너졌다."

고려를 세우고, 이어서 마진을 세우고, 다시 태봉을 세우니 백제마저도 기운을 잃었고, 신라는 가만히 두어도 자연히 태봉국 발아래에 꿇어 엎드릴 것이라고 내다보았다.

신라 사람들이 받드는 석가 부처가 이미 세상을 등졌기 때문이니, 그 자리를 이어받아 이 조선 땅을 통일하고 백성을 두루 살피라는 명을 하늘이 폐하에게 내려준 것이라는 뜻이었다. 백성들 모두가 폐하를 따라 한길로 정진하면 미륵정토가 눈앞에 펼쳐질 것이라는 말이었다.

"황제는 부처님을 모욕하는 망발을 집어치우시오!"

고승인 경미가 벌떡 일어났다.

미륵 부처는 석가 부처가 가고 나면 열 겁이 지나야만 세상에 온다고 했고, 한 겁이 인간 세상 햇수로 5억 3천2백만 년이니 열 겁이면 53억 2천만 년인데 석가 부처님이 돌아가신 지 1천5백 년밖에 되지 않은 지금 시대에는 미륵 부처가 올 수 없다고 따졌다.

폐하는 앉은 채로 빙그레 웃으며 합장을 하고는,

"옷깃만 스쳐도 전생에 일 겁이나 되는 인연이 있다고 하였습니다. 부처 세상 세월은 인간 세상 세월과는 다릅니다. 마음으로 보면 영겁도 찰나입니다."

짧은 시간도 마음으로 보면 긴 시간이니 인간들 시간으로 1천5백 년밖에 안 되었더라도 부처 세상은 몇 겁이 지났는지 알 수 없다고 뜻을 풀었다. 그 시간만으로도 미륵 부처가 이미 몇 번 다녀갔을 수도 있는 시간이라고 했다. 미륵 부처는 어린아이 몸에 깃들어 이 세상으로 올 수도 있고, 농사꾼 몸에 깃들어 세상으로 와서 백성을 어루만질 수 있다고도 했다. 지금 미륵 부처님이 폐하 몸을 빌려 백성을 어루만지려 하시는데, 폐하가 외면하고 망설이면 안 된다고도 했다.

경미는 폐하 말을 믿으려 하지 않았다. 경미와 폐하 사이에 불교에 대한 교리를 놓고 한바탕 설전이 오고 갔다. 경미도 고승답게 논리적이었다. 폐하 또한 20여 권이나 되는 미륵 경전을 썼으니, 경미가 내세우는 논리를 하나하나 반박해 나갔다. 마당을 가득 메운 백성들도 쥐 죽은 듯이 듣고 있었다.

"황제는 그 요망한 말을 멈추시오."

경미가 말문이 막히는 듯하자 이번에는 석총 대사가 일어났다.

"요사스러운 말과 괴상한 주장을 더는 듣고 있을 수가 없소이다."

누가 폐하를 보고 미륵이라 하냐면서 폐하가 썼다는 경이나 설법하는 말은 요괴와 같으니 결코 세상을 구하는 말이 될 수 없다고 비아냥거렸다.

그 말에 폐하 얼굴이 굳어졌다. 옆에 서 있던 부양이도 가슴이 철렁 내려앉았다.

"스스로 미륵이라 칭하는 것이 어찌 바른 정신이라 할 수 있겠는가?"

195

경미 대사가 석총 대사에 이어 비아냥거렸다. 폐하가 몸을 부르르 떨었다.

"짐이 미륵정토를 세우려고 몸을 일으키자 천하가 다 짐에게 무릎을 꿇었거늘, 백성들에게서 피를 빨아 끌어모은 부자들 재물을 숨겨 주고, 부자들을 위해 경이나 읽어 대며 호의호식하는 중 따위가 어찌 어지러운 사설로 백성들을 속이는가?"

폐하 목소리가 커졌다. 심하게 떨렸다.

"은부는 어디 있는가?"

뒤에 서 있던 은부가 앞으로 달려 나왔다. 폐하가 자리에서 벌떡 일어나며 은부에게 명했다.

"낭랑된 말을 더는 듣지 못하겠다. 저들을 엄히 벌할 것이다."

명을 내리고는 황궁으로 들어가 버렸다. 은부가 석총 대사와 경미 대사를 옥에 가두라 하고는,

"목숨이 아깝지 않은 자는 이리 나서고 살고 싶은 자는 돌아가라!"

호령했다. 다른 고승들은 차마 더는 덤비지 못하고 슬금슬금 흩어졌다. 백성들도 흩어졌다.

머잖아 은부가 대전으로 들어왔다. 폐하가 두 손으로 머리를 감싸 쥐고는 얼굴을 찡그렸다.

"두 스님을 하옥하였는가?"

폐하 물음에 은부가 그렇다고 하자,

"고승들과 뜻을 같이 하기가 어렵겠구나."

눈이 하나밖에 없어 한쪽밖에 못 본다고 비웃는다면서 두렵고 또 두렵다고 폐하가 몸서리를 쳤다.

종간이,

"폐하께서 세달사에서 몸을 일으키실 적에 가장 먼저 하려 했던 일이 올바른 권력자가 되어 불교를 혁파하는 것이었습니다."

이제 나라가 반석 위에 든든히 섰고, 이 조선 땅 모두가 폐하 것이 된 것이나 다를 바 없으니 그동안 미루어 왔던 불교 혁파를 힘으로라도 밀어붙이라고 아뢰었다.

"혁파라?"

폐하가 또 긴 한숨을 내쉬었다.

"그동안은 밖에 있는 적을 치고 나라를 든든히 하느라 안으로는 적을 만들지 않으려고 애썼으나 이젠 밖으로는 든든한 나라가 되었으니, 안에 있는 적을 물리쳐 이 나라를 완전한 미륵정토가 되게 하십시오."

종간 말이 끝나자 이번에는 은부가,

"폐하께서 명령하오시면 신이 받들어 시행하겠습니다."

몸을 곧게 펴고는 힘차게 아뢰었다.

폐하도 고개를 천천히 끄덕였다.

다음 날 대소 신료들을 모두 황궁으로 불러 모으고 옥에 갇힌 두

고승을 데려오라고 했다. 이윽고 폐하 앞으로 두 고승이 불려 나왔다. 나오자마자 두 고승은 폐하를 향해,

"요사스러운 괴설을 늘어놓은 미치광이 황제야!"

작정한 듯 욕설을 퍼부었다. 폐하도 더는 참지 못하고,

"내 저들이 백성에게서 빨아먹어 찌운 살을 찢어서 그 피로 미륵 나라를 해치려는 부정한 악귀를 막을 것이다."

은부를 향해,

"저들 영혼을 미륵 나라 밖으로 내쫓아 버려라."

명하였다. 은부가 옆에 선 군사에게 눈짓으로 명령했다. 그 군사가 철퇴를 한 번 휘두르자 경미 머리가 바수어졌다. 또 한 번 휘두르자 서총 머리에서 골수가 터져 나왔다.

"짐을 반대하는 자들도 모두 미륵 마음으로 자비를 베풀어 용서하고 어루만지려 했으나, 저들이 짐이 베푸는 자비를 알지 못하니 이렇게라도 깨우쳐 주려는 것이다."

이제부터는 설법으로 깨우칠 사람과 매와 칼로써 벌줄 사람을 나누어 다스릴 것이니, 은부에게 매와 칼로써 깨우쳐야 할 자들을 모두 찾아내서 고하라고 명했다.

명을 받아 은부가 절에다 재산을 숨긴 귀족들을 잡아들였다.

"백성들에게 고루 나누어져야 할 재물이 저들에게만 집중되어 있으니 저들에게 벌을 주어 일벌백계로 삼으십시오."

종간이 보고하자 그들은 그날로 목이 잘려 피가 튀기고 살이 흩어

졌다. 그 광경을 본 사람들 모두가 얼굴을 찡그렸다.

부양이가 대전으로 돌아와서,

"저들이 나라에 무거운 죄를 지었으니 죽어 마땅하나, 딸린 가족이 있으니 시신이라도 온전하게 하여 장사지내게 하시면 폐하를 원망하지 않을 것입니다."

목 잘린 시신을 만들지 말라고 아뢰었다.

폐하가 무릎을 치며,

"짐보다 부양 환관이 더 미륵이다."

폐하도 나중에 이 세상을 떠나게 되었을 때 미륵정토에서 저들을 만났는데 모두 목 없는 귀신이 되어 있다면 보기가 민망할 것이라면서,

"나라 법이 죄인을 참형으로 다스리게 하였기에 모두 목을 쳤으나, 이제는 목 치는 것을 금지하고 비록 죄를 지어 죽은 자라도 내 백성이니 온전히 시신을 보전하여 장사를 치르도록 하라."

칙령을 발표했다. 쇠몽둥이를 만들게 하고, 미륵봉이라고 불렀다. 목을 베는 참형이 아니라 쇠몽둥이로 때려죽이는 태형을 쓰기로 형벌 제도도 고쳤다.

"저들이 몸에 걸치고 있는 금은보화는 모두 백성들에게 돌려줄 것이다."

빠짐없이 거두어들이라고 명했다.

"모두 백성들 피와 살이니 내 친히 이것들을 백성들에게 다시 돌려

주겠다."

대전으로 가져오라고 했다.

폐하는 설법을 하러 나가는 길에 그 재물들을 들고 나가서 굶주리고 헐벗은 백성들에게 나누어 주었다. 백성들은 폐하가 가는 곳마다 몰려들어 엎드려 절했다.

살벌한 피바람이 황도에 몰아치자 황도에서 관직에 있던 호족들조차도 병을 핑계로 고향으로 돌아가는 사람들이 늘어 갔다.

"황도에 있어 보았자 폐하와 백성에게 도움이 될 자들이 아닙니다."

그런 호족들은 상처와 종기에 생긴 고름 같은 자들이니 이번 기회에 모두 짜내어 버리라고 종간이 고하자, 폐하 또한 사직하는 자들을 나무라지도 말리지도 않았다.

"그만두는 자가 생기면 새로운 인재로 그 자리를 채우면 될 것이다."

그동안에는 호족들과 그 가족들만이 관직을 차지했으나, 이제부터는 호족이 아니어도 재주만 뛰어나면 누구든지 관직을 주라고 명했다.

그때부터 호족 출신이 아닌 관리들이 생겨나기 시작했다. 백성들은 천지가 개벽했다면서 기뻐했다. 재주만 좋으면 신분이 높고 낮음을 따지지 않고 관리도 되고 장수도 되는 세상이 된 것이다.

마지막 기회

어느 날 저녁, 동진이가 사색이 되어 부양이 집으로 뛰어 들어왔다.

"잘못되면 도리어 내가 죽을지도 모르는 일을 너에게 알리려고 왔
다."

방으로 들어가자며 허둥댔다.

"당나라 상인한테 산 것인데……."

방문을 안에서 걸어 잠그고는 청동 거울 하나를 품에서 내놓았다.

"그 상인이 어떤 노인한테 쌀 두 말을 주고 산 것이라는데, 보통
거울이 아니다."

언뜻 보기에는 그냥 보통 청동 거울이었다. 부양이가 고개를 갸웃
거리자 동진이가 벽에다 거울을 걸더니 들창문을 열었다. 마침 서산
으로 기울어지던 햇살이 들어왔다.

"이거 보이니?"

햇살이 비친 거울에 글자가 나타났다.

"내가 한자를 잘은 모르지만 이건 보통 글이 아니다."

밖에서 아내가 누가 왔다고 전했다. 거울 속에 글자를 풀려고 부른 사람이라면서 동진이가 문을 열어 주었다. 들어온 이에게 거울을 보게 했더니,

"보통 거울이 아닙니다, 객주 어른."

그 사람이 뒤로 벌렁 주저앉았다. 동진이가 글자를 읽어 보라고 채근했다.

"'상제강자어진마 선조계 후박압 어사년중이룡견 일칙장신청목중 일칙현형흑금동(上帝降子於辰馬 先操鷄 後博鴨, 於巳年中二龍見 一則藏身靑木中 一則現形黑金東)'인데……."

읽기는 했어도 일어나지도 못하고 손을 덜덜 떨었다.

"무슨 뜻인지 풀어 봐요, 얼른."

동진이가 다그치자,

"'상제가 아들을 진한, 마한 땅에 내려보내니, 먼저 닭을 잡고 뒤에 오리를 친다. 기년 중에는 두 마리 용이 나타나는데, 하나는 몸을 청목 중에 감추고, 하나는 흑금 동쪽에 나타냈도다.'입니다."

하더니 밖으로 나가려고 했다.

부양이가 그 사람 옷자락을 붙잡고 쉽게 풀어 보라고 재촉했다.

"먼저 닭을 잡고, 후에 오리를 친다는 것은 신라를 가리키는 계림

을 얻은 다음 압록강을 차지한다는 뜻입니다."

도망치기를 포기하고 자리에 앉았다.

부양이가 그게 누구냐고 다시 묻자,

"청목은 소나무이니 송악 사람이면서 용이라고 하는 이는 작제건이고, 그 사람 손자이면 왕건을 가리키는 말입니다."

또한 흑금은 지금 도읍인 철원을 말하는 것이니까, 황제가 처음에 여기서 일어났다가 나중에 여기서 멸망한다는 뜻이라고 했다. 왕건이 나라를 차지한 다음 신라도 차지하고 압록강까지 영토를 넓힌다는 예언이라면서 온몸을 벌벌 떨었다. 동진이도 손을 덜덜 떨고 있었다.

부양이는 거울을 들고 종간을 찾아갔다. 거울을 찬찬히 살펴본 종간은 화를 내기는커녕 놀라지도 않고,

"이제야 하늘이 우리를 도우려 하는구나."

빙그레 웃었다. 하지만 곧바로 미간을 찡그리며,

"어쩌나. 가뭄에 잠깐 내리는 비로는 해갈을 할 수 없고, 장마에 잠깐 비치는 해로는 젖은 빨래를 말릴 수 없는 법이니."

혼잣말을 했다.

다음 날 부양이가 입궐을 하자 잠시 뒤에 종간이 들어와 폐하 앞에 엎드렸다.

"폐하! 신이 세달사에서 폐하를 만나, 승복을 벗어던진 것은 폐하께서 만백성을 어루만질 어버이가 될 것으로 믿었기 때문이었습니다."

종간이 예삿날과 다르게 엎드리자 폐하도 자세를 고쳐 앉았다.

"폐하께서 철원에 도읍을 정한 뒤 태봉국이라 하시고 연호를 제정하여 밖으로는 백제를 누르셨습니다."

신라를 폐하 발아래에 두었고, 중국 땅에 있는 나라들과도 어깨를 나란히 하게 되었으나 안으로 백성들 삶은 더욱 어려워져 가고만 있는데, 그것은 호족들이 백성들을 짓누르고 있어서 폐하가 어루만지는 손길이 백성에게 미치지 못하기 때문이라고 장황하게 말을 이었다.

호족들은 그것도 모자라 왕건 시중을 떠받들어 반역하는 소문까지 퍼뜨리고 있다면서 거울을 보여 주었다. 왕건을 목 베고 소문낸 자들을 벌주라고 청했다.

폐하가 그 길로 왕건을 궁으로 들라 했다. 종간은 은부를 시켜 황궁 안팎에 칼 든 군사를 배치했다. 오늘 왕건이 목숨을 잃게 될 것이라 생각하니 부양이는 온몸이 덜덜 떨렸다.

얼마 지나지 않아 왕건이 폐하가 앉은 단 아래에 허리를 굽히고 섰다.

"경이 짐에게 반역을 하려는 것이 참말인가?"

왕건이 눈살을 잔뜩 찌푸리며 대답을 못하고 머뭇거렸다. 폐하가 불호령만 내리면 왕건은 목이 날아갈 찰나였다.

그때 왕건 발 앞에 붓이 떨어졌다.

"어이쿠."

대전에서 폐하와 신하들이 주고받는 말을 기록하는 최응이 붓을 주우러 계단을 뛰어 내려왔다. 붓을 집어 들며 왕건에게,

"굽히지 않으면 위태롭습니다."

낮은 소리로 알렸다. 폐하에게는 안 들렸겠지만, 부양이는 분명히 들었다. 그 말을 들은 왕건이 바로 땅에 엎드려,

"폐하! 신을 죽여 주십시오. 여러 장수들과 호족들이 생각 없이 전해 주는 소문들을 듣고 폐하께 바로 고하지 않았으니 이 또한 반역이 아니겠습니까?"

머리를 조아렸다.

폐하가 껄껄 웃으며,

"왕 시중은 일어나라."

헛된 소문 하나에 나라가 흔들리는 것을 막으려고 왕건을 부른 것이라며 또 껄껄 웃었다.

"경은 한낱 소문 따위로 나와 왕 시중 사이를 의심하였는가?"

이번에는 종간에게 핀잔을 주었다. 폐하는 관심법으로 이미 왕 시중 마음을 다 알고 있다고 했다. 왕건이 진짜 반역을 했다면 혼자서 황궁으로 들어오지 않았을 것이라며 의심을 거두어 버렸다. 또 왕건은 폐하를 이어 태봉국을 다스릴 사람이라고도 했다.

"짐은 너무 늙어서 나라를 다스리는 일이 벅차다."

때가 되면 왕 시중에게 황제 자리를 맡겨 백성들 살림을 살피게 하고, 폐하는 미륵 사상을 설파해 백성들 마음을 살필 것이니 왕건이

황제가 되려 한다는 소문이 틀린 것도 아니라고 했다. 더 들을 것도 없다면서 종간이 참소한 것을 일축해 버렸다. 부양이가 끼어들어 폐하 마음을 돌리려 했지만, 폐하는 백성들이 따르는 사람이 곧 황제라면서 왕건에게 백성들 마음이 닿은 것은 폐하를 이어 황제가 될 것임을 미리 하늘이 정하는 것이라고 했다.

"어진 신하를 모함하는 것은 짐을 농락하는 것이다."

앞으로 누구든지 왕 시중과 짐을 갈라놓으려 하는 자는 목을 벨 것이라고 엄히 명했다. 더는 아무 말도 들으려 하지 않았다.

"하늘이 폐하를 버리는구나."

물러난 종간은 탄식을 연달아 내뱉었다.

미륵봉은 점점 할 일이 많아지기만 했다. 보다 못한 황비가,

"폐하! 짓누르기만 해서는 안 됩니다."

장사꾼은 이익을 쫓는 사람들이므로 물건값을 비싸게 받으려는 것을 무조건 막아서는 안 된다면서 폐하를 말렸다.

장사할 물건을 싣고 배를 띄워 바다로 강으로 힘들이지 않고도 장사할 수 있는 길이 많은데, 굳이 황도로 오는 것은 이익을 많이 남길 수 있기 때문이었다. 임진강으로 흘러가는 한탄강은 강이라기보다는 큰 여울이었다. 뱃길을 열 수 없으니까 황도에 필요한 물건은 길을 따라 가지고 와야 했다. 가지고 오는 데 힘이 많이 드니까 물건값이 비싸지는 것이라고 했다.

"황도가 뱃길에서 멀다고 몇 배로 이익을 남기려는 것은 장사치가 아니라 아귀나 다름없는 자들입니다."

폐하가 황비를 일깨우려 했다.

장사꾼들 탐욕이 백성들을 힘들게 한다는 것을 황비도 모를 리가 없었으나,

"교통이 불편한 곳에 도읍을 세운 것이 잘못이지 장사치들 잘못이 아닙니다."

결국 폐하가 잘못이라는 뜻으로 하는 말이었다.

"황비는 이 나라와 짐을 모욕하는구려."

황비 또한 패서 호족인 신천 강씨 딸이니까 장사치랑 다를 것이 없다면서 몹시 화를 냈다. 미륵이 다스리는 나라에 황비 자격이 없다면서 내쫓아 버렸다. 황비는 친정인 신천으로 돌아가고 말았다. 이제 폐하 편을 들어 주는 호족은 황도에 아무도 남지 않게 되어 버렸다.

"미륵 나라를 비웃고 반대하는 자들은 지위가 높고 낮음을 따지지 않고 결코 용서치 않으리라."

폐하는 점점 단호해져 갔다. 백성을 위한 정치를 펼치는 데에 방해가 되는 부패한 권력을 모두 몰아내겠다고 선포했다. 백성만을 위한 정치를 힘차게 펼쳐 나가면 자연히 백성들 삶이 나아질 것이라고 확신했다.

확신은 폐하 뜻이었지만 민심은 폐하 뜻대로 되지 않았다. 반대로만 돌아갔다. 폐하가 설법을 나가면 다가와서 땅에 엎드리는 백성

들 수도 점점 줄어들었다.

동진이도 답답한지,

"폐하 말은 다 좋지. 그렇게 되기만 한다면 얼마나 좋겠어."

폐하가 펼치는 설법을 들으면 마음도 편안해지고 살아갈 의욕도 생겼는데 요즘은 잘 안 가게 된다면서 한숨을 첩첩산중같이 쉬었다. 백성들은 부자들에게 기대서 먹고사니까 부자들이 폐하를 미워하면 미워할수록 백성들도 폐하로부터 멀어진다며,

"신분이 높든지 낮든지 재주만 있으면 누구나 관직에 앉을 수 있다는 것은 꿈같은 얘기다."

처음에는 그런 세상이 올 것이라는 말을 믿고 힘든 황도 생활을 잘 견뎠는데 이제는 황도로 온 게 후회막급이라고 했다. 입을 꾹 다물고는 쿠욱 하고 코로 한숨을 내쉬었다.

"에이 그만두자. 아무리 말해 봤자 입만 아프고 아무 소용 없는데."

동진이가 돌아앉아 버렸다. 옆에서 장사하는 사람들 몇 명이 모여들었다.

"관직이든 뭐든 나갈 재주도 없고 나이도 많으니 공평무사한 세상이라는 것도 아무 소용 없는 것이라오."

황도를 세울 때 청주에서 왔다는 백성이었다. 말해 놓고도 자기 자식이나 손자가 재주가 있어서 관직에도 오르고 장수도 된다면 나쁠 건 없겠다고 허허 웃었다.

옆에 있던 백성이,

"예끼! 이 사람아, 이랬다 저랬다 하기는. 자식이나 손자가 출세를 하거나 말거나 지금 당장 먹고살 걱정이나 없었으면 좋겠네."

미륵 나라고, 신선 나라고, 죽고 나면 무슨 소용 있냐면서 나중에 잘된다는 말을 아무리 해도 당장 목구멍에 거미줄 치지 않는 게 더 중요하다며 냉정하게 말끝을 맺었다.

또 한 백성이,

"황도에 처음 왔을 때야 희망이 한 아름이었지. 하지만 이제는 황제가 누가 되든지 관심도 없네."

호족이나 귀족이 관직을 자기들끼리 다 해 먹어도 좋고 백성들 피를 빨아먹든 코를 빨아먹든 다 좋으니까, 황도에 오기 전처럼 밥이나 안 굶었으면 좋겠다고 푸념을 늘어놓았다.

다른 백성도 한숨을 쉬고는 주위를 휘휘 둘러보더니,

"왕 시중이 머잖아 반란을 일으킬 거라는데. 왕 시중이 황제가 되면 옛날처럼 다시 호족들 세상이 되어 버리겠지?"

했다가 옆 사람이 부양이가 환관이라는 걸 상기시키며 옆구리를 찌르자, 흠칫 놀라서는 두 손으로 자기 입을 얼른 막았다.

"그래도 조금만 참아 봅시다. 곧 좋은 수가 생길 거요."

부양이가 달래긴 했지만,

"우리가 무슨 힘이 있나. 황제가 시키면 시키는 대로, 관리나 귀족들이 하라면 하라는 대로 하는 수밖에 없지."

흩어져 가 버렸다. 동진이가,

"너 그거 아니? 무지한 백성은 밥숟가락에 자기 영혼을 팔기도 한 다는 것을."

미륵이니 출세니 하는 것은 백성들과는 아무 상관도 없는 일이고, 마음 편하고 배불리 먹는 게 가장 우선이라고 했다.

"백성은 바람이다."

백성은 산에 깃들어 사는 새나 짐승이 아니라 산에서 부는 바람일 뿐이라고, 산을 감싸고 불다가도 지치면 골짜기에서 잠시 쉬었다가 다시 들판으로 강으로 불어 가는 바람일 뿐이라고 했다.

"그게 민심이라는 거야."

그렇게 말해 놓고 동진이가 쓸쓸히 웃었다.

저녁 번을 서지 않는 날이라 일찍 집으로 돌아와서 저녁을 먹는데, 대문 밖이 시끌시끌했다.

"변란이 났대."

사람들이 큰길 쪽으로 우르르 몰려갔다. 큰길로 나가 보니 횃불 을 든 군사들 수백 명이,

"왕공께서 이미 일어나셨으니 모두 따르라!"

외쳐 대고 있었다.

"소문대로 정말 반란이 일어나고 마네."

사람들이 겁먹은 얼굴로 웅성거렸다.

그동안 아슬아슬 마음을 졸였던 일이 드디어 일어났다는 생각에

부양이는 별로 놀라지도 않았다. 이미 저잣거리에 반란이 날 것이라는 소문이 퍼진 지 오래되었기 때문이었다. 얼른 집으로 뛰어 들어갔다. 아내가 아이를 안고 마당에 나와 서성거리고 있었다. 마구간에서 말을 끌어냈다.

"왕 시중이 반란을 일으켰다고 해요."

돌아오지 않거든 세달사로 가 있으라고 당부했다. 아내는 대답 대신 옆에 서 있는 작은아들놈을 앞으로 밀었다. 아들을 꼭 부둥켜안았다. 문득 할아버지가 장보고 장군을 구하지 못했다던 그날 밤이 생각났다. 불에 덴 듯이 등골이 후끈 달아올랐다. 할아버지가 했던 실수를 되풀이해서는 안 된다는 생각에 훌쩍 말에 올라탔다.

아내가 뒤따라 나오며 소리쳤다.

"죽지 않고 살아 있으면 다시 만나도록 하늘이 돕는답니다. 꼭 살아 있어야 해요."

박차를 가하려다 말고 돌아보며,

"당신도……."

더는 말을 잇지 못하고 말 엉덩이를 힘껏 때렸다.

거리는 온통 백성들로 북적거렸다. 반란을 일으킨 군사들이 백성들을 헤치며 황궁 쪽으로 가고 있었다. 어지러운 행렬을 피해 샛길로 빠져나가려 했으나 마음만 급했지 어두운 밤길이라 말은 자꾸만 머뭇거렸다. 아무리 박차를 가해도 말은 달리는 시늉만 내고 걸음은 빨라지지 않았다.

'보이지 않는 길을 달리라고 채근하는 내가 어리석구나.' 하는 생각 끝에 문득,

"폐하께서 앞 못 보는 백성들에게 이루지 못할 꿈을 심어 주려 했나 보다."

동진이 말이 생각났다. 어쩌면 백성들도 이 말처럼 달리고 싶어도 앞이 보이지 않으니까 겁을 먹고 달리지 못하는 것인지도 모른다.

밤길에 달리지 못하는 말은 사람이랑 같이 걷는 것이나 별반 다르지 않았다. 말을 두고 달려갈까도 생각했지만, 지금 황궁에는 말 한 마리가 아쉬울 것이다. 답답한 마음에 내려서 말을 끌고 걸어야겠다고 작정을 하는데 누군가가 뒤에서 달려와 말머리 굴레를 붙잡았다.

"그렇게 느려서 인제 황궁까지 가실래요?"

큰아들 온해였다.

"폐하를 구하기는커녕 폐하가 아버질 구하겠어요."

굴레 줄을 바투 쥐고는 말머리를 앞으로 잡아당겼다. 머리를 붙잡히니 말도 걸음이 조금 빨라졌다.

"앞을 못 보고 머뭇거릴 때는 억지로라도 앞에서 끌어야 한다는 것을 이 말도 아는데 백성들이 깨우치지 못했으니 반란이 일어나고 만 것이다."

긴 한숨과 함께 혼잣말이 나왔다.

황궁 앞에 이르자 부양이가 온해에게 집으로 돌아가라고 다그쳤다.

"지금은 어머니보다 아버지가 더 위태로운걸요."

온해는 고개를 가로저었다. 열여섯밖에 안 된 녀석이 뭘 아냐고 윽박질러도, 진짜 창칼이랑 나무 몽둥이랑 같으냐고 호통을 쳐도 소용이 없었다.

"나도 동네 아이들이랑 놀면서 칼 쓰는 법, 창 쓰는 법 정도는 배웠다고요."

온해가 내년이면 자기도 군대에 나갈 수 있는 나이라며 지지 않았다.

산을 깎아 백성에게

종간은 은부가 이끄는 내군에게 황궁 문을 막아시도록 해시 반란
군에 대비하는 한편으로,

"우선 피하서야 합니다."

폐하를 재촉했다.

"머잖아 짐이 양위를 할 것이라고 했는데 반란이라니?"

폐하는 믿으려 하지 않았다.

"저들은 미륵정토를 물려받으려는 것이 아니라 새 나라를 세우려
는 것입니다."

은부 말을 듣고서야 폐하도 사태를 짐작한 듯 눈을 감아 버렸다.

"마군 장군도 저편에 섰는가?"

신숭겸을 가리키는 말이었다. 종간이 그렇다고 하자, 폐하 입술이

214

파르르 떨렸다. 종간이 또,

"반란을 일으킨 무리는 패서 호족들 몇 명이 뭉친 것입니다. 아직 다른 호족들이 이끄는 군사들은 황도로 오지 않은 것 같습니다."

호족들마다 거느린 사병 몇 명과 신숭겸이 이끄는 마군이 전부일 것이니 우선 몸을 피한 다음 양평에 있는 원회와 신환을 부르라고 했다. 두 사람이 열흘 안에 당도할 것이니 그때까지만 견디면 반란군을 물리치고 황도를 되찾을 수 있을 거라고 했다. 은부도 그렇게 하자며 폐하를 채근했다.

폐하는 겨우 백여 명밖에 안 되는 내군을 이끌고 황궁 뒷문으로 빠져나갔다. 부양이도 폐하를 따라 나가다 말고 다시 환관 숙소로 뛰어 들어갔다. 온해가 따라 달려왔다.

동진이에게서 받아 벽장 깊숙이 숨겨 놓았던 폐하 칼을 꺼냈다.

"이리 주세요."

온해가 손을 내밀었지만, 외면하고 어깨와 가슴에 빗겨서 둘러멨다. 동진이에게 처음 받아 들었을 때는 기쁨과 희망에 벅차서 새털처럼 가볍던 칼이었는데, 이제는 온몸을 짓누르는 듯이 무겁게만 느껴졌다. 동진이가 칼을 둘러메고는 무겁다고 했던 까닭을 알 것 같았다.

칼을 챙겨서 나오는데 환관 몇 명이 멀뚱히 보고 서 있었다. 아무도 다급한 기색이 없었다. 따라오겠거니 하고는 얼른 폐하를 뒤따랐다. 칼을 메고 폐하 옆으로 바짝 다가가서 말을 나란히 몰자 폐하가 흘낏 보았다. 어둠 속이었지만 등에 멘 칼로 눈길이 갔다가 다시 얼굴을 보는 것도 느껴졌다.

어둠 저 멀리 황궁 쪽에 햇불이 오르고 있었다. 반란군이 황궁으로 들어온 모양이었다.

"우선 보개산성으로 갔다가 형편을 보아 군사를 움직이는 것이 좋겠습니다."

종간이 아뢰자 폐하가 군사들에게 남쪽으로 방향을 잡으라고 명했다.

보개산성은 성벽이 높고 튼튼했다. 폐하가 산성으로 들어왔다는 소문이 퍼지자 둘레 마을에서 백성들 수백 명이 모여들었다. 식량을 가지고 온 사람도 있고 괭이나 낫을 든 사람도 있었다. 폐하는 열일곱이 안 되었거나 마흔이 넘어서 군사가 될 수 없는 사람은 모두 돌아가라고 일렀다.

"우리는 농사꾼이지만, 전쟁이 나면 싸우러 나가던 백성들입니다."

나이는 많아도 활을 쏘고 돌을 던질 수 있다면서 돌아가려 하지 않았다. 온해도 팔을 걷어붙이고 물을 길어 나르고 성벽을 고쳤다.

황궁에서 멀뚱히 바라보던 눈빛이 마음에 걸린다 싶더니 환관들이 아무도 오지 않았다.

'그들이 모두 왕건 편에 선 것인가?'

혼잣말과 함께 긴 탄식이 새어 나왔다. 부양이 혼자서는 폐하를 잘 모실 수 없으니 급한 대로 군사들 가운데서 몇 명을 뽑아 환관으로 삼았다. 얼떨결에 환관 우두머리가 되어 버렸다. 처음 환관이 되었을 때 다짐했던 대로 가장 높은 환관이 되었지만 하나도 기쁘지 않았다.

날이 밝자 신숭겸이 이끄는 마군이 보개산성으로 밀려들었다. 종간이 높다란 성벽에 서서,

"너희들은 폐하를 따르고 황도를 지키던 황군들이다."

군율을 따르다 보니 어쩔 수 없이 역적 편에 서게 되었을 텐데, 폐하가 성안에 있으니 역적이 되지 말고 원래 자리로 돌아오라고 소리쳤다.

말이 떨어지자마자 반란군 대열이 술렁이며 절반쯤이나 되는 군사들이 창을 거꾸로 들고 산성으로 들어왔다. 안에 있던 백성과 군사들이 만세를 부르며 환호성을 질렀다. 전열을 갖추자 반란군보다 더 많은 군대가 되었다.

군사들 반이 보개산성으로 들어왔다는 것은 곧 반은 안 들어왔다는 뜻도 된다. 반이나 되는 군사가 반란군 편에 섰다는 생각이 들자,

'모두가 폐하 군사였는데 반이나 등을 돌린 것이다.'

혼잣말이 나왔다. 부양이는 마음이 더욱 무거웠다.

사기가 오른 황군은 성문을 열고 반란군을 향해 밀고 나갔다. 군사 반을 잃고 사기가 떨어진 반란군은 제대로 싸워 보지도 못하고 줄행랑을 쳐 버렸다. 황도로 되돌아가 황궁을 되찾자면서 사기가

하늘을 찌를 것 같았다.

종간이 군사들을 진정시키고는,

"우리 군사가 비록 사기 높으나 호족 중에는 이미 군사를 이끌고 황도에 도착한 자가 있을 것입니다."

호족들 군사가 속속 황도로 모여들 것이니 이 정도 군사로는 황도를 되찾을 수 없다며 말렸다. 군사를 다시 성안으로 돌렸다. 폐하 얼굴이 다시 굳어지며 입을 꼭 다물었다.

"보개산성은 성벽이 높아서 지키기는 좋으나, 너무 높은 곳에 자리를 잡고 있어서 원군이 와도 서로 호응하기가 어렵습니다."

종간이 반월산성으로 가자고 청했다. 반월산성은 성벽이 높아서 지키기가 쉽고, 넓어서 많은 군사가 주둔할 수도 있다고 했다. 또 보개산성보다 자리 잡은 곳이 높지 않으니 원군이 오면 호응하기도 좋고, 남쪽이니까 구원하러 오는 신훤과 원회를 더 빨리 만날 수도 있을 것이라고 폐하를 안심시켰다.

반월산성으로 간다는 명령이 떨어졌다. 보리 수확을 막 끝낸 철이라 길마다 백성들이 보릿자루를 내다 놓고 땅에 엎드렸다. 군량으로 쓰라는 것이었다. 어떤 백성은 보릿자루를 짊어지고 따라오기도 했다. 멀찍이서 멀뚱멀뚱 보고만 있고 엎드리지 않는 백성도 제법 많았다. 엎드리지 않는 것은 백성들 마음이 폐하를 떠난 것이니 무엄하다며 호통을 칠 수도 없었다.

"하루아침에 변하는 게 민심이다."

종간이 하늘을 올려다보며 한탄했다.

반월산은 들판 가운데 우뚝 솟은 산이었다. 성에서 사방이 훤히 내려다보였다. 어떤 적이 와도 물리칠 수 있을 것 같은 자신감에 군사들 사기가 다시 올랐다. 따라온 백성들은 돌아가지 않고 밥을 짓고 물을 길어 날랐다.

사흘째 되는 날, 박술희와 신숭겸 그리고 복지겸 등이 이끄는 반란군이 성을 둘러쌌다. 3천 명은 족히 넘을 것 같았다. 신숭겸과 첫 전투에서 이겨 사기가 오르는 듯했으나 세 배나 되는 반란군이 성을 에워싸자 황군은 다시 두려움에 사로잡혔다.

"두려워 마라. 성벽이 높고 튼튼하니 반란군은 우리를 함부로 하지 못할 것이다. 성문을 굳게 닫고 몸을 숙여 적이 쏘는 화살을 피해라."

은부가 군사들 사기를 돋우었다. 종간도,

"태봉국 황제께서 여기 계시고, 하늘이 우리 편이다."

두려워 말라며 군사와 백성들에게 힘을 불어넣었다.

성벽으로 다가온 반란군이 사다리를 놓아도 성벽이 워낙 높으니 넘어올 수 있는 높이에 닿지 않았다. 거기에다 반란군이 어디로 어떻게 움직여 가는지 훤히 내려다보고 성안에서도 호응할 군사를 움직이니 반란군이 벌떼처럼 몰려들어도 성을 넘어올 수는 없었다.

"성문을 굳게 닫고 지키면 원병이 올 때까지 반란군을 막아 낼 수 있을 것입니다."

종간이 밝은 표정으로 말했으나,

"외적을 막기 위해 쌓은 산성을 반란을 피하는 데에 쓰게 되다니."

폐하가 긴 한숨을 내쉬며 탄식했다.

반란군은 하루에도 몇 번씩 공격해 왔지만, 높고 튼튼한 반월성은 한 치도 반란군 발길을 허락하지 않았다. 공격으로 무너뜨릴 성이 아님을 알게 된 반란군은 성 북쪽에다 막사를 세우고 틀어박혀 움직이지 않았다.

폐하가 산 아래를 굽어보며,

"군량이 떨어지거나 성안에서 스스로 무너지기를 기다리는 것이다. 신원과 원회가 빨리 와야 할 텐데."

님폭 하늘만 바라볼 뿐이있다.

전투가 없이 며칠이 지나가자 백성들이 남쪽 들판에 모여들었다.

"저들을 어루만질 것이다."

폐하가 성을 나가 설법을 펼칠 것이라고 했다.

"성을 나가셨다가 반란군이 공격해 오면 위험해집니다."

성안에서 군사들과 백성들에게만 설법을 펼치라면서 종간이 말렸다.

"내가 내 백성들 마음을 어루만진다는데 반란군 따위가 어쩐단 말인가?"

폐하가 목소리를 높였다. 하지만 말리는 종간을 이해 못하는 것이 아니었으므로 성을 나갈 수는 없었다.

"오라고 하세요."

뒤에 서 있던 온해였다.

"안전한 곳까지 백성들을 올라오라고 하세요."

폐하 앞이지만 말투에 거침이 없었다. 종간이 눈꼬리를 치켜뜨고 온해를 노려보았다.

"어디라고 감히 나서니?"

부양이가 얼른 돌아서서 온해를 흘겨보았다.

"네 말이 옳다."

폐하가 온해 말대로 남쪽 산 중턱에 있는 평평한 곳까지만 백성들을 올라오라고 했다. 그곳 정도라면 산 위에서 보고 있다가 반란군이 움직이면 얼른 성으로 들어오면 될 것이기 때문이었다. 무슨 일이 생기면 폐하를 지켜낼 군사 수십 명을 앞세우고는 남문을 열고 나갔다. 폐하와 백성들이 산 중턱 너럭바위 앞에서 만났다. 너럭바위에 걸터앉은 폐하 앞에 모인 백성들이 모두 땅에 엎드렸다.

"짐이 덕이 없어 그대들에게 괴로움을 주었노라."

반란군은 하늘이 내리는 뜻을 거스른 자들이므로 머지않아 하늘이 내리는 벌을 받을 것이라고 백성들을 달랬다.

"백성 하나하나가 미륵처럼 곧고 굳게 일어서면 아무리 포악한 권력자도 백성을 두려워할 것이다."

아무리 세상이 어지러워도 백성이 바로 서 있으면 도적이라도 미륵 부처를 대하듯 백성을 대하게 될 테니 천 년이 흘러도 결코 백성을 저

버리는 통치를 하지 못할 것이라고 설법을 펼쳤다. 백성들이 '황제 폐하 만세!'를 외쳤다. 폐하가 백성들 손을 일일이 잡아 주었다.

반란군이 대오를 갖추어 밀어닥치는 통에 성안으로 들어와야 했지만, 백성들은 흩어져 가면서도 자꾸만 산성 쪽을 돌아보았다. 손도 흔들었다.

반란군은 동서남북으로 성을 빙 둘러 포위했다. 폐하와 백성들이 만나지 못하게 하려는 것이었다.

"앞으로는 폐하 앞에 나서지 말거라."

높은 관직에 있는 사람도 함부로 폐하에게 말을 하면 무엄한 짓이라며 부양이가 온해를 나무랐다.

"폐하께서는 백성을 자식처럼 돌보고 어루만지시는데, 백성은 뭐하고들 있는 거죠?"

백성으로서 폐하에게 자식 된 도리를 다해야 한다면서 온해가 도리어 부양이를 빤히 보았다. 나무라는 것을 이해할 수 없다면서,

"신하들이 폐하를 너무 무서워해서 폐하께 바른말을 못 하니까 나라가 이 지경이잖아요?"

그때 왕건을 죽여야 한다고 부양이라도 강력하게 밀어붙였으면 반란은 안 일어났을 거라며 대들었다.

"그래도 신하와 임금 사이에는 지켜야 할 도리가 있는 법이다."

임금과 신하 사이에는 아무 말이나 함부로 해서는 안 된다고 타일렀다.

"폐하와 나라를 위해서 목숨이라도 내놓고 바른말을 해야 하는 게 도리 아닌가요?"

올바른 일이라면 죽음을 무릅쓰고서라도 아뢰어서 나라가 바로 서도록 하는 것이 신하가 지켜야 할 도리가 아니냐고 따졌다.

온해 말에 틀린 구석이라고는 없었다. 하지만 이제 와서 후회한들 무슨 소용인가 생각하니 가슴이 터질 것 같았다. 얼른 반란군을 물리치고 황도로 돌아갈 날이 오기를 기다리는 수밖에.

반월산성으로 온 지 딱 열흘째 되는 날, 남쪽 들판으로 군사들 한 무리가 다가왔다. 남쪽을 에워싸고 있던 반란군이 크게 어지러워지며 반월산 북쪽으로 물러났다. 종간이 내다본 대로 양평에서 신훤과 원회가 군사 5천 명을 이끌고 구원하러 온 것이다.

"폐하! 신들이 불충하여 폐하께서 이렇게 어려운 지경에 빠지게 되었으니, 부디 신들을 죽여 주십시오."

성으로 들어온 신훤과 원회가 폐하 앞에 꿇어 엎드려 눈물을 흘렸다.

"장군들이 무슨 잘못인가? 모두가 짐에게 덕이 없기 때문이다."

폐하가 두 장수를 일으켜 세웠다.

"신들이 목숨을 바쳐 저 반란군을 쳐부수고 황도를 되찾겠습니다."

신훤과 원회가 다짐했다.

군사들을 하룻밤 쉬게 한 뒤에 황군은 대오를 든든히 갖추고 반란군을 밀어붙였다.

"태봉국 황제 폐하께서 여기 계신다. 누가 감히 앞을 가로막느냐?"

원회가 이끄는 부대가 왼편에 서고, 신훤이 이끄는 부대가 오른쪽에 자리 잡았다. 대오를 갖추고 척척 발맞추어 나아갔다. 그 뒤를 폐하가 받치고, 은부가 이끄는 부대가 폐하를 뒤따랐다. 네 부대가 갖춘 대오는 들판을 가득 덮을 듯이 기세가 높았다. '척척척척' 하나로 맞춘 발자국 소리와 치켜든 창들은 하늘을 찌를 듯했다.

힘찬 기세와 '태봉국 황제'라고 쓰인 높은 깃발은 반란군을 주눅 들게 하기에 충분했다. 반란군은 수가 결코 직지 않았으나 감히 맞서지 못하고 뒷걸음을 치기 시작했다. 기세를 타고 황군은 반란군을 밀어붙이며 황도를 향해 진격했다.

반란군은 제대로 된 대항 한 번 못하고 관음산 골짜기로 쫓겨 들어갔다.

"지금 적군 진영에는 반란군 수괴인 왕건이 와 있다고 합니다."

왕건은 전법에 밝고 지형을 잘 이용하는 자이므로 험한 골짜기로 군사를 들인 까닭이 있을 것이라며 종간이 걱정했다. 어떤 싸움에서도 화공과 매복을 만나면 많은 군사라고 해도 적은 군사를 당해 내지 못하는데, 이곳 지형은 골이 깊은 데다가 오른편은 산이고, 왼편은 물이어서, 우리 군사는 길게 대열을 갖출 수밖에 없다는 것을 폐하에게 일깨워 주려고 했다. 혹시 매복이 있으면 앞뒤가 서로를 지켜 주지 못하게 된다면서 공격을 멈추자고 아뢰었다.

"전쟁은 승기를 잡는 것보다 도망치는 적을 뒤쫓아 다시는 일어나지 못하도록 완전히 섬멸하는 것이 더 중요한 법이다."

폐하는 승기를 잡은 지금에 반란군들을 완전히 쳐부수지 못하면 두고두고 근심거리가 될 것이라며 끝까지 밀어붙이라고 명했다.

"차라리 저들을 두고 길을 돌아 황도로 가시옵소서."

다시 종간이 아뢰었으나 폐하는,

"우리가 저들을 등 뒤에 둔 채로 황도로 간다면 저들은 다시 전열을 정비해 등 뒤에서 짐을 노릴 것이다."

반란군이 다시 전열을 정비해 덤벼든다면 황성이 포위당해서 앞뒤로 적을 맞게 될 것이니 비록 적이 매복하고 있다 해도 쳐부수고 앞으로 나가는 수밖에는 다른 길이 없다면서 치고 나가라고 명했다.

황군이 기세를 돋우며 관음산 골짜기로 한참을 들어갔는데, 걱정했던 대로 맨 뒤에 따라오는 원회군에게서 급한 보고가 들어왔다. 아니나 다를까, 반란군이 매복해 있다가 양쪽에서 황군을 공격해 온다는 것이었다.

"어서 지원군을 보내도록 하라."

폐하가 명했으나, 대열이 너무 길게 늘어선 까닭에 지원군이 얼른 갈 수가 없었다. 걱정했던 대로 앞뒤가 서로 도울 수가 없게 되어 버렸다.

"소신이 도우러 가겠습니다."

종간이 한 무리 군사를 이끌고 오던 길을 되짚어 갔다.

그러나 앞에서도 뒤를 걱정하기가 주제 넘는 일이 벌어지고 말았다. 앞쪽도 반란군 매복이 있기는 마찬가지였다. 뒤를 도우러 가던 종간이 다시 되돌아 폐하를 구하러 왔다. 구한다기보다는 덮어놓고 맞서 싸운다는 편이 맞을 것 같은 어지러운 싸움이 벌어졌다.

들판에서는 차지한 자리가 서로에게 불리하고 유리하고가 없으니 군사들 개인이 무기를 다루는 능력이 떨어지더라도 수가 많고 기세만 높으면 이길 수 있었다. 하지만 매복에서는 유리한 자리를 차지한 쪽이 당연히 이기게 되어 있었다.

"폐하를 보위하리."

은부가 폐하를 에워싸라고 소리쳤다.

폐하도 칼을 달라고 했다. 세달사를 나서면서부터 싸움터에서는 한 번도 들지 않던 칼을 처음으로 든 것이다.

"이 계곡은 산과 산이 맞붙어 생긴 것이니 앞으로 나아가도 계곡을 벗어나게 될 것이다."

종간이 군사들을 독려했다.

"짐이 앞장서서 적을 뚫고 나갈 것이다. 모두 나를 따르라."

폐하도 호령하며 계곡 안쪽으로 말을 몰았다. 기세가 꺾였던 황군들은 폐하가 칼로 허공을 가르며 의기를 높이 세우자 다시 힘을 냈다. 함성을 지르며 앞으로 밀고 나갔다. 반란군도 황군이 거세게 저

226

항하자 쉽게 달려들지 못하고 머뭇거렸다.

종간이 자신은 뒤를 막을 테니 은부에게 앞으로 헤쳐 나가라 하고는,

"전세가 불리해지면 명성산으로 들어가 명주 군수 김순식을 부르십시오."

폐하에게 당부하고 뒤쪽으로 말을 몰아 달려갔다.

반란군이 다시 땅벌 떼처럼 달려들었다. 한 무리 반란군을 헤쳐 나갔나 싶으면 또 한 무리가 덤벼들고, 또 한 무리를 헤쳐 나가면 숲속이나 산 위에서 또 한 무리가 쏟아져 나왔다. 한 무리 한 무리 물리칠 때마다 황군 수도 점점 줄어들었다. 호위병들이 폐하를 둘러싸고 있었지만, 폐하는 물론이고 부양이도 온몸이 피범벅으로 변했다.

찰거머리처럼 끈질기게 달려드는 반란군을 따돌리고 20리는 족히 될 것 같은 관음산 계곡을 벗어난 것은 점심때가 지나서였다.

군사를 수습해 보니 천여 명도 채 남지 않았다. 절반은 다친 군사들이었다. 군사도 군사지만 종간과 원회를 어지러운 싸움에서 잃은 것이 더 큰 절망을 안겨 주었다.

"짐이 어리석어 장수와 군사를 범 아가리에 밀어 넣고 말았구나."

폐하가 탄식하자 눈물 흘리지 않는 군사가 없었다.

"어서 명주로 사람을 보내십시오. 명주 군수 김순식이 온다면 다시 한 번 하늘이 폐하를 저버리지 않을 것입니다."

은부 말에 따라 날랜 전령 둘에게 명성산으로 오라는 편지를 각각

한 통씩 들려, 명주로 보냈다. 둘 중에 한 전령이 잡히더라도 나머지 한 전령이 편지를 전하도록 하기 위함이었다.

다치고 지친 군사들은 황제 행렬이라 하기에 너무도 처절했다. 명성산을 향해 가면서 지나는 마을마다 백성들이 길가에 엎드렸다. 보릿자루도 내놓았다.

"비록 지금은 왕 시중이 기세를 떨치지만, 결코 왕 시중을 따르지 않을 것입니다."

백성들이 눈물을 흘렸다. 보릿자루를 지고 뒤따르기도 했으나, 보개산성에서 반월산성으로 갈 때와는 비교도 안 될 만큼 수가 적었다.

"짐이 비록 지금은 고난을 당하고 있지만, 하늘이 백성들을 저버리지 않을 것이니 다시 그대들을 볼 날이 있을 것이다."

폐하는 의연함을 잃지 않았다.

'백성 마음이 곧 하늘이 내리는 뜻이라 했는데, 저 백성들 마음을 다시 돌려놓을 수가 있을까?'

부양이는 자꾸만 정신이 아뜩해졌다. 지금 엎드리지 않은 백성들도 모두 폐하 앞에 엎드릴 날이 꼭 다시 오게 해 달라고 하늘에 빌고 또 빌었다. 하지만 아무리 빌어도 몸에서는 기운이 자꾸만 빠져나갔다.

명성산은 성이 없었다. 깎아지른 것 같은 절벽이 성벽처럼 사방을 막고 선 산이었다. 산 아래로 철원 평야가 훤히 내려다보였다. 서산으로 해가 기우는 시간이라 풍천원에 자리 잡은 황궁도 또렷하게 보였다. 저녁 짓는 연기가 하늘 중간에 긴 띠가 되어 걸쳐져 있었다.

'저 들판으로, 저 황궁으로 꼭 다시 돌아갈 수 있을까?'

부양이는 가슴에 돌덩이를 올려놓은 듯이 답답했다. 방정맞은 생각 말자면서 고개를 세차게 흔들었다.

군사들 한 편은 밥을 짓고 한 편은 급한 대로 길목이 될 만한 곳들에 돌을 쌓아 올려 성벽을 만들었다. 명성산 자체가 성이 되었다.

바위틈이나 절벽이 앞으로 기울어진 곳에 나무 기둥을 기대 세우고 억새를 엮어서 벽을 만들었다. 명성산에는 억새가 지천이어서 그나마 든든하게 벽을 엮어 바람을 막을 수 있었다.

"짐이 열두 살에 세달사로 갔을 때 부양 환관 할아버지에게 이끌려 세달사 뒷산에 있는 굴로 갔지."

폐하는 할아버지를 만나지 못했거나 신라 왕자라는 소문이 퍼져 나갔다면 무사하지 못했을 거라면서 하늘이 할아버지를 보내 폐하를 구한 것이라고 했다.

"그 굴에서 시간 날 때마다 경을 읽었지."

그 굴이 아니었으면 깊고 깊은 불경들을 다 읽지 못했을 거라고 했다.

"어려워 마라. 짐이 황제가 되기 전에는 언제나 군사들과 같이 먹고 같이 잤다."

황제는 위엄이 있어야 한다기에 궁궐을 높이 짓고 치장을 화려하게 했으나, 지나고 보니 모두가 부질없는 겉치레일 뿐이었다고 한탄했다.

"짐은 한 눈밖에 없어서 오직 백성만을 보았고, 오직 백성만을 위한 정치를 펼치려 한 것이다."

폐하가 권력을 쥔 사람과 돈을 쥔 사람들 편이 아니라 힘없는 백성들을 살피는 정치를 펼치니까 힘센 사람들이 반란을 일으킨 것임을 모르는 사람은 없었다. 군사들이 모두 폐하 앞에 엎드려 눈물을 흘렸다.

"신들이 무지하고 불충하여 폐하께서 어려움에 빠졌습니다. 곧 신들이 반란군을 물리치고 폐하를 청도로 모시겠습니다."

신훤과 은부가 비감에 젖어 절규하듯 아뢰었다.

다음 날, 날이 새자 명성산을 둘러싼 반란군이 보였다. 펄럭이는 깃발과 몰려든 반란군은 만 명이 족히 넘을 것 같았다. 황군들은 눈에 보이는 것만으로도 기가 질렸다.

"저들이 산 밑에서는 기세등등해도 이곳을 침범하지는 못할 것이다."

은부는 별것 아니라며 군사들을 안심시켰다.

머잖아 반란군이 개미 떼처럼 산을 기어올라 왔다. 하지만 등룡폭포로 올라오는 좁은 골짜기 말고는 변변한 길이 없었다. 그 길에는 이미 높은 돌벽이 세워져 있었다. 다른 골짜기들은 깎아지른 절벽이라 많은 군사가 한꺼번에 이동할 수 없었다. 바윗돌 몇 개만 쌓아 올리면 올라올 수가 없었다. 반란군은 산 위로 오를 엄두도 내지 못하게 되고 말았다. 명성산을 둘러싸고는 함성이나 지를 뿐이었다.

적진을 살피고 온 은부가,

"폐하! 저들이 좁은 계곡에 많은 군사를 길게 배치하였으니, 관음산에서 저들에게 당했던 것과 같은 형상이 되었습니다."

군사를 이끌고 치고 내려가면 그 기세에 눌려서 파리 떼처럼 어지러워질 것이라며 공격하게 해 달라고 청했다.

"경은 부디 신중히 적을 살펴 위태로움에 빠지지 않도록 해라."

폐하가 당부하며 허락했다.

은부는 반란군을 향하여 돌을 굴리며 적진을 휘저었다. 반란군은 수십 명이 죽거나 다치는 타격을 입고 여우고개 너머로 도망쳐 갔다. 은부는 적이 매복을 하고 있을까 봐 끝까지 뒤쫓지 못하고 버리고 간 식량과 무기들을 거두어 산으로 올라왔다.

반란군은 좁은 계곡이 방어에 불리하고, 마침 장마철이라 계곡물이 수시로 불어나는 것을 알고 다시는 군사를 산 아래 가까이로 들이지 못했다. 대신에 여우고개 너머에 본진을 두고 고개 위로 군사를 보내 명성산 쪽을 훔쳐볼 뿐이었다.

황군은 사기가 다시 올라갔다. 이대로 기다리기만 하면 김순식이 원군을 이끌고 올 것이니 다시 전세가 뒤집어지는 것은 시간문제라

고 여겼다. 막사를 더욱 튼튼하게 짓고 길목마다 돌벽을 더욱 높이
쌓았다.

밤이 되면 명성산 꼭대기에 모닥불을 크게 피웠다. 산 아래 백성
들에게 폐하가 여기 든든히 있다는 것을 알리기 위함이었다. 아무리
빈란군에게 둘러싸여 있어도 폐하가 살아 있다는 것을 백성들이 알
도록 해서 백성들도 폐하에 대한 희망을 놓지 않도록 하려는 것이었
다. 지원병이 오더라도 다시 황도를 되찾으려면 황도 안에서 백성들
이 마음으로 맞아 주어야 한다는 것을 모르는 사람이 없었다.

반란군은 험한 산과 높은 돌벽이 막아 주었으나 먹는 것이 문제였
다. 백성들이 준 보리가 있었지만 얼마 남지 않았다. 은부가 식량을
구하러 신을 내려가 보았지만 왕긴이 두른 포위망을 뚫으려다 군사
들 태반을 잃고 빈손으로 돌아왔다. 폐하도 군사들과 같은 것을 먹
었지만 그나마도 대기가 어려워졌다.

며칠 뒤에 신훤이,

"신이 에움을 뚫고 나가 군량을 구해 오겠습니다."

눈물로 아뢰었다. 돌아오지 못할 길을 간다는 것을 모르는 사람은
아무도 없었다. 폐하가 몇 번을 만류하다가 결국 허락하자, 신훤은
군사 백여 명을 이끌고 어둠을 틈타 산을 내려갔다.

역시 신훤은 돌아오지 못했다. 다음 날에야 같이 갔던 군사 하나
가 왕건이 보낸 편지를 가지고 돌아왔다. 신훤은 이미 이 세상 사람
이 아니며, 옥쇄를 자기들이 가지고 있으니 폐하는 속히 산을 내려와

편한 잠자리와 기름진 음식을 먹으라고 되어 있었다.

문장을 그대로 읽으면 정중한 듯이 보였으나 항복을 권하는 말이라는 것은 삼척동자도 알 수 있었다.

"마을까지 채 나가기도 전에 길목을 지키던 반란군을 만나서는……."

군사 보고에 폐하는 두 주먹을 움켜쥐고 부르르 떨었다.

군사들이 짐승을 잡고 풀뿌리를 닥치는 대로 캤다. 하지만 돌산이라 칡넝쿨같이 든든한 먹거리가 될 만한 것들은 거의 없었다. 군사들은 급기야 나무껍질을 벗겨 먹으며 하루하루를 버텨 냈다. 날이 갈수록 군사 수는 줄어들기만 했다. 다친 군사들은 치료를 하려고 내려가고 안 다친 군사들도 도망치는 사람이 점점 많아졌다.

"원병만 온다면 모든 것이 해결될 텐데."

희망을 놓지 않아도 절망이 더 세게 밀어닥쳤다.

그날도 여우고개에서 엿보기만 하던 반란군이 거적으로 돌돌 만 시체 둘을 산 아래에 버리고 갔다. 명주로 원병을 청하러 보낸 전령들이었다. 군사들은 마지막 희망이 없어졌음을 알고 모두들 탄식했다.

"폐하! 신이 몸소 명주로 가서 원병을 이끌고 오겠습니다."

은부가 울먹이며 폐하에게 청했다. 폐하는 고개를 가로저었다.

"소용없는 일이다."

폐하가 높다란 너럭바위에 자리를 잡고 앉아 종이를 펼쳤다. 항복
문을 쓴다는 걸 알게 된 군사들이 바위 아래에 엎드려,

"안 됩니다 폐하!"

외치며 통곡했다. 수백 명 군사가 통곡하는 소리가 온 산을 울렸
다. 다른 산에 부딪혀 산울림으로 되돌아왔다.

짐은 하늘이 내린 뜻을 받들어 안으로는 오로지 백성이 편안하고
밖으로는 고구려를 이어 천하를 호령하는 나라를 세우고자 하였다.
그러나 이제 몸은 늙었고 마음은 총명함을 잃었노라. 하늘이 그 사명
을 그대에게 넘겨주라 명하니 기꺼이 뜻을 받들고자 하노라. 그대는
술 한 병과 잔 두 개를 가지고 와서 하늘이 내리는 큰 뜻을 받들라.

폐하가 전령을 시켜 왕건에게 항복문을 전하라고 일렀다.

"이왕 항복할 거면 마지막으로 발악이라도 해 보지."

또 온해가 끼어들었다. 투덜거리는 듯하는 말투에 은부가 눈을
부라리며 무엄하다 소리쳤다.

부양이가 얼른 온해 무릎을 꿇려 폐하 앞에 앉혔다. 온해도 자세
를 가다듬었다.

"어릴 때 동무들이랑 군대놀이를 할 때 썼던 방법인데요."

은부가,

"지금 어린아이 장난이나 들을 만큼 우리가 한가해 보이느냐?"

허튼소리 했다가는 무례한 죄를 물어 목을 칠 것이라고 겁을 주었다.

온해는 놀라지도 않고,

"편을 짜서 놀이를 하다 보면 상대편이 우리보다 더 강할 때도 있거든요. 그럴 때 힘으로는 도저히 안 돼요. 하지만 머리를 쓰면 이길 수도 있어요."

전혀 겁먹지 않았다.

"전쟁에서 병법을 잘 쓰면 적은 군사로 많은 적을 물리칠 수 있다는 것을 모르는 사람이 누가 있다더냐?"

은부가 또 호통을 쳤다. 온해는 이번에도 주눅들지 않고,

"어릴 때 깃발 뽑기 놀이를 했는데요. '에이, 우리 편은 덩치 작은 애들뿐이고, 힘도 약하고 졌다, 졌어.' 하면서 항복하는 척했더니 상대편이 '그럼 그렇지.' 하고는 이겼다면서 우리가 가까이 가도 방심하는 거예요. 그때 한 아이가 후다닥 달려가서 깃발을 뽑아 들어 버렸어요."

상대편 아이들이 항복하기로 해 놓고 그러는 게 어디 있냐고 무효라고 했지만, 전략이라고 우겨서 결국 이겼다고 했다.

온해 말을 듣자 부양이 머리에 번개같이 떠오르는 것이 있었다. 산을 내려가려던 전령을 멈추라 하고 둘레에 있는 군사들을 멀찍이 물렀다. 군사들 가운데 왕건이 심어 놓은 첩자가 있을지도 모르기 때문이었다.

"폐하께서 군사를 모두 이끌고 나아가 왕건에게 황위를 물려주실

테니, 모든 군사들을 벌여 서게 한 뒤에 황위를 받으라 하십시오."

왕건은 반란으로 황위를 빼앗는 것이 아니라 평화적으로 양위를 받는 것이라는 명분을 얻기 위해 명을 그대로 따를 것이다. 폐하가 대낮에 양위를 하기가 민망하니 해가 지고 어두워지면 내려간다 하면 왕건은 그 말을 믿을 것이다. 은부 장군이 군사들을 이끌고 먼저 산을 내려가 폐하 맞을 준비를 제대로 했는지 살핀다고 하면, 왕건은 모든 의심을 풀 것이다. 산을 에워싼 군사를 여우고개 아래로 부를 것이다.

"그 틈을 타 폐하께서는 날쌘 군사 몇십 명만을 거느리고 명주로 가시옵소서."

명주로 가다가 형편이 더 어려워진다고 해도, 평강까지만 가면 금강산으로 들어갈 수 있게 된다. 금강산은 산세가 험하니 적이 뒤쫓을 수 없을 것이다. 금강산으로만 들어가면 무사히 명주로 갈 수 있을 것이고, 명주로만 간다면 훗날을 얼마든지 기약할 수 있을 것이다.

"만약 성공하지 못한다면 백성들에게 웃음거리가 되고 말 것입니다."

은부가 부양이 말에 명분을 내세우며 반대했다. 은부 말을 들은 척도 하지 않고, 부양이가 폐하에게 다시 한 번 청했다.

"그렇게 하십시오. 신이 모시겠습니다."

당장은 부끄러운 일이지만, 이 어려움만 벗어나면 김순식 군대를 이끌고 돌아와서 단번에 다시 위엄을 되찾을 수 있을 것이다. 폐하는 눈을 꼭 감고 아무 말도 하지 않았다. 승낙임을 알아차리고는 부양이가 전령을 불러,

"해 지기를 기다려 폐하께서 군사를 모두 이끌고 나아가 왕건에게 양위하시고 상황제가 되실 것이니, 군사들을 배불리 먹일 밥과 고기와 술을 마련하라고 해라."

산 밑에 폐하가 타고 갈 말도 대령하라 이르고는 내려보냈다.

은부가 군사들을 불러 모았다.

"이제 폐하께서 왕건에게 황위를 물려줄 것이다. 내군은 산에 남아 해가 완전히 지기를 기다려 폐하를 보위하여 내려오도록 해라."

외군은 은부를 따라 먼저 산을 내려갈 것이니 해 질 무렵에 출발할 수 있도록 채비를 갖추라고 명했다. 그렇게 외군과 내군으로 남은 군사 백여 명을 나누었다. 은부를 따라갈 외군은 늙거나 다친 군사들로 하고 폐하를 따라갈 내군은 젊고 날랜 군사들로 배치했다.

이윽고 은부가 산을 내려갈 시간이 되었다.

"폐하! 부디 옥체를 보존하십시오."

은부는 짧지만 마음 깊은 인사로 폐하와 헤어졌다. 부양이 손을 꼭 부여잡고,

"모든 것이 부양 환관 손에 달렸습니다."

눈물지었다. '훗날 다시 뵙기를 바랍니다.'라는 말은 목으로 넘어오지 않았다. 가슴만 타들어 가는 것 같았다. 이제 부양이가 폐하를

모시는 가장 높은 관리가 되었다. 시중이고, 송악 성주였던 왕건처럼. 모든 군사들이 부양이만 바라보는 것 같았다. 이제 부양이가 어떻게 하느냐에 따라서 폐하 운명이나 군사들 목숨이 왔다 갔다 할 수도 있다고 생각하니 무거운 책임감이 어깨를 짓눌렀다.

"할아버지, 너무 무서워요."

부양이가 하늘을 보며 아무도 못 듣는 소리로 외쳤다.

어둡기를 기다려 폐하를 모시고 출발했다. 열여드레 날이라 채 기울지 않은 달이 온 산을 비추었다.

"폐하께선 금강산으로 갈 것이오."

은부가 내려간 남쪽 길이 아니고 갈말로 향하는 북쪽으로 방향을 잡았다. 명성산 북쪽은 깎아지른 절벽이 이어져 있어서 변변한 길이 없다.

폐하 칼을 챙겨 들자 온해가 낚아채듯 빼앗았다. 폐하 칼을 들면 폐하 옆에 있어야 하니 그만큼 위험해진다. 안 된다고 말리려 했지만, 온해는 눈길도 주지 않고 앞장서서 뚜벅뚜벅 걸어갈 뿐이었다.

길이 없는 산등성이를 달빛에 의지하여 나무를 붙잡고 한 발 한 발 내디뎠다. 먼저 내려간 군사들이 매어 놓은 줄을 잡고 한 발 한 발 바위 절벽을 내려갔다. 채 50여 명밖에 안 되는데도 걸음이 무척 느렸다. 산 아래로 내려왔을 때는 달이 이미 하늘 가운데를 넘어가고 있었다.

왼쪽으로 가면 왕건이 있는 여우고개 너머 계곡이지만 오른쪽으로 길을 잡았다. 허를 찔린 왕건이 지을 표정을 떠올리니 부양이는 실실 웃음이 나왔다.

머잖아 추격해 오더라도 산으로만 들어가면 추격도 소용없을 것이라 여기며 갈말로 넘어가는 고갯길에 이르렀는데, 산속에서 군사들이 몰려 내려와 앞을 가로막았다.

"이 환선길이 오래전부터 기다리고 있었소."

높다랗게 말을 탄 사람이 외쳤다.

"패주는 스스로 몸을 묶어 왕 시중께 항복하시오."

군사들이 겁에 질려 꼼짝도 못했다. 부양이가 앞으로 썩 나섰다.

"폐하께서 장군을 핍박한 적이 없는데, 장군같이 이름 높으신 분이 반역자가 되다니, 장군은 부끄럽지도 않습니까?"

호통을 쳤다. 양심에 가책을 느꼈는지 환선길이 아무 말도 못했다. 그때를 놓치지 않고,

"폐하를 보위하여 헤치고 나가라."

부양이가 외치자 군사들이 함성을 지르며 반란군을 옆으로 밀쳐 내고 길을 열었다. 온해도 폐하 칼을 뽑아 들고 군사들과 함께 환선길 군사들을 밀어붙였다. 동네 아이들과 장난으로 해 본 게 전부인 온해가 제대로 싸울 리가 없을 것이다. 그러나 그걸 챙길 여유가 없었다. 얼른 폐하를 모시고 빠져나갔다.

환선길은 끝내 나머지 군사들에게 막으라는 명을 내리지 않았다. 길을 막았던 군사들만 황군과 대적하다가 슬금슬금 길가로 물러설

뿐이었다. 폐하보다 왕건 쪽이 더 강하다고 여겨서 반란군 편에 서기는 했으나, 혹시라도 왕건이 반란에 실패하면 자기가 살아날 길을 만들어 놓으려는 속셈일 것이다. 왕건이 조금만 기세가 꺾이면 환선길처럼 왕건을 둥질 호족들이 많을 것 같아서 부양이는 희망이 솟았다.

김순식 군대를 이끌고 다시 돌아오기만 한다면 왕건 편에 섰던 호족들이 다시 폐하 편으로 돌아서게 될 것이다. 이제는 어떤 반란군이 앞을 가로막는다고 해도 환선길 군사들에게 했던 것처럼 무사히 헤쳐 나갈 자신이 생겼다. 군사들을 독려하며 폐하를 감싸 안듯이 보호하며 앞으로 나갔다. 반란군을 물리치고 나라를 다시 세우게 되면 시중이라도 능히 해낼 수 있을 것 같았다.

환선길 군사들을 헤치고 나온 다음, 아무리 둘러보아도 온해가 보이지 않았다.

'이 전쟁에서 아들 잃은 사람이 나뿐이겠는가?'

드러내 놓고 내색을 할 수도 없었다. 부양이는 이를 악물었다. 혹시 다치기라도 해서 죽음 문턱을 넘나들고 있을지도 모른다. 누군가가 구해 준다면 살아나겠지만 아니라면 죽고 말 텐데. 거기까지 생각이 미치자 아무리 이를 악물어도 눈에서 흐르는 눈물은 막을 수가 없었다. 뒤따라올지도 모른다는 기대 때문에 자꾸만 뒤를 돌아보았다. 피를 흘리면서라도 '아버지' 하며 달려와 주기만 한다면 얼마나 좋을까. 걸음이 자꾸만 느려졌다.

"살아만 있어라. 살아만 있으면 언젠간 만나게 될 것이다."

빌고 또 빌었다.

드디어 명성산 골짜기를 빠져나와 갈말로 들어섰다.

"이제 저 들판만 가로지르면 평강에 닿을 것이니, 적이 추격하지 못할 것입니다."

폐하에게 하는 말이었지만, 군사들에게 힘을 북돋우기 위한 말이기도 했다. 군사들이 다시 힘을 내고 의지를 다지며 마을을 다 지나기도 전에 한 무리 횃불 든 군사들이 앞을 가로막았다.

"황제는 길을 멈추시오."

신숭겸이었다. 신숭겸이 이끄는 반란군은 천 명도 넘을 것 같았다. 황군을 앞뒤에서 빙 둘러싸 버렸다. 군사들이 길바닥에 털썩 주저앉아 버렸다. 환선길은 쫓겨 가는 주인이라는 뜻으로 패주라고 낮춰 불렀지만, 신숭겸은 감히 그러지 못하고 황제라고 불렀다.

이번에도 부양이가 앞으로 썩 나섰다.

"폐하께서 장군을 특별히 아끼셔서 마군 장군에 봉하셨습니다. 장군은 폐하 덕분에 부귀와 영화를 다 누렸는데 반역을 하다니, 부끄럽지도 않으십니까?"

꾸짖었다. 신숭겸은 감히 폐하를 정면으로 바라보지 못했다. 이때다 싶어 부양이가 군사들에게 반란군을 헤치고 나가자고 명했다.

"이미 하늘이 뜻을 정한 것이니 너무 꾸짖지 마라."

폐하가 가로막았다.

신숭겸을 향해서,

"따르는 군졸들은 짐을 호위하였을 뿐 다른 뜻은 없으니 모두 고향으로 돌아갈 수 있게 하라."

모든 것을 포기한 듯이 폐하가 눈을 감아 버렸다.

"소신이 할아비를 이어 폐하를 어려움에서 구해 드리겠습니다. 폐하께서는 부디 뜻을 굳게 가지십시오."

부양이가 엎드려 아뢰었다.

"부양이는 세달사에서부터 짐과 열 걸음도 떨어지지 않은 곳을 늘 지켰지."

폐하는 부양이기 옆에 있지 않았다면 명성산에서 그토록 오래 버틸 수 없었을 것이라며 변치 않은 충성을 영원히 잊지 않겠다고 칭찬했다.

아직은 끝이 아니라고 다시 한 번 청하였으나, 폐하는 고개를 가로저었다. 부양이도 말문이 막히고 말았다.

신숭겸은 아무 말도 하지 못하고 군사들 뒤로 말을 몰아 들어가 버렸다. 폐하가 내린 명을 받든다는 뜻이었다. 말에서 내린 폐하가 뒤따르던 군사들을 돌아보며,

"이제 더는 하늘이 정한 뜻을 돌이킬 수 없게 되었다. 짐이 부질없는 욕심을 부려서 너희들을 힘들게 했구나."

폐하를 위해 피 흘리지 말고 고향으로 돌아가 땅을 일구어 부모를

모시고 처자식을 돌보라고 일렀다.

"폐하께서 어버이시고 고향이신데 우리에게 어디로 가라고 하십니까?"

군사들이 땅에 엎드려 울었다.

"신장군은 나를 묶어 왕 시중에게 비치도록 하라."

폐하는 군사들 울음을 뒤로하고 성큼성큼 적군을 향해 걸어갔다. 부양이도 얼른 폐하 옆에 바짝 붙었다. 폐하가 또 힐끗 보았다. 황궁에서 나오던 그날 밤처럼.

군사들이 폐하를 밧줄로 묶으려 하자 신숭겸이,

"편히 모셔라."

앞으로 나서지 못하고 군사들 뒤에 숨어서 명령했다. 폐하를 묶지 않으니 부양이도 묶지 않았다. 군사들에게 둘러싸여 신숭겸 군영으로 갔다. 군막 하나에 폐하와 부양이를 가두고 밖에 파수를 둘러 세웠다. 폐하는 눈을 감고 참선만 하고 있었다.

두 식경쯤이 지나자 왕건이 복지겸과 박술희를 앞세우고 군막으로 들어왔다.

"폐하! 신을 죽여 주십시오."

왕건이 폐하 앞에 엎드렸다. 거짓으로 하는 말과 행동이라는 것을 모르는 사람은 아무도 없을 것이다. 복지겸과 박술희는 아예 엎드리지도 않았다.

"무엄하오."

부양이가 복지겸과 박술희를 노려보며 왜 폐하 앞에 엎드리지 않느냐고 호통을 쳤다. 두 사람이 쭈뼛거리며 꿇어앉았다. 왕건을 향해서도,

"폐하께서는 왕 장군에게 태봉국에서 가장 높은 벼슬을 내리시고 부귀와 영화를 다 주셨거늘 어찌 무엄하게도 반란을 일으킨단 말이오?"

지금이라도 군사를 물리고 폐하를 황궁으로 모신 다음, 스스로 죄를 청한다면 목숨만은 부지할 수 있을 것이라고 더 큰 소리로 호통을 쳤다.

왕건이 뱀 같은 눈으로 노려보았다. 금방이라도 달려들어 목을 베어 버릴 것 같은 눈이었다. 그래도 부양이는 왕건과 마주친 눈길을 거두어들이지 않았다.

"왕 장군은 하늘이 부끄럽지 않으시오?"

부양이가 발악하듯 더 크게 호통을 쳤다. 왕건이 얼굴을 찡그리더니 슬며시 눈길을 거두어 버렸다. 폐하는 정면만 바라볼 뿐이었다.

이윽고 자리를 털고 일어난 왕건이 술과 안주를 가져오라고 명했다. 시중을 드는 이가 잔에 가득 술을 따라 폐하에게 올렸다. 폐하는 두 잔을 거푸 비우고는,

"그러고 보니 그대와 짐이 술잔을 나눈 것도 참으로 오랜만이다. 짐은 미륵 세상을 여느라 바빴고, 경은 미륵 나라를 넓히느라 바빠서 너무 여유 없이 지냈나 보구나."

폐하는 왕건이 따라 올리는 술 한 잔을 또 마셨다.

"나는 이미 늙어서 총명함을 잃었다. 이제 왕 시중에게 하늘이 뜻하는 것이 닿았으니 주저하지 마라."

폐하가 옥쇄가 든 함을 가져오라고 하여 직접 왕건에게 내어 주었다. 왕건은 두 번 사양했으나,

"가증스러운 짓거리를 그만두시오."

이미 뜻을 정한 폐하를 욕보이지 말라는 부양이 호통에 마지못하는 듯 옥쇄를 받았다.

"폐하! 신과 함께 황도로 돌아가십시오."

큰 절을 지어 폐하가 여생을 편히 보내도록 받들겠다며 왕건이 청했다.

"아니 될 말이다. 짐이 살아 있다면 호족들은 반란을 일으킬 빌미를 자꾸자꾸 찾게 될 것이다."

폐하는 고개를 가로저었다. 한 번 반역을 해 본 사람은 반역을 어렵게 여기지 않으니 빌미만 찾는다면 또다시 반란을 일으키게 될 것이라고 했다. 폐하 또한 언젠가는 그 와중에 뜻하지 않게 부끄러운 죽음을 당하게 될 것이라고도 했다. 그것은 폐하가 바라는 것도 아니고, 하늘이 뜻하는 것도 아니며, 또 백성이 바라는 것도 아니라면서 허락하지 않았다.

"내 무덤을 만들지 말고 비문도 세우지 마라."

폐하 무덤에 절하며 새 황제를 따르지 않는 일이 일어나지 않도록

하라는 당부였다.

"아닙니다. 폐하! 이 태봉국은 폐하께서 세우신 나라이니 신은 폐하께 크고 작은 나랏일을 여쭈어, 안으로 백성을 편안케 하고 밖으로 천하를 호령하는 나라로 만들겠습니다."

왕건도 물러서지 않는 척했다.

"내 뜻은 이미 정해졌다."

폐하가 일축해 버렸다.

"폐하! 신을 따르는 자들에게도 폐하께서 만수무강하시도록 모시겠다는 맹세를 받았습니다. 염려 마시고 신이 올리는 청을 받아 주십시오."

왕건이 엎드리자 빅술희를 비롯한 반란군 장수들도 폐하 앞에 꿇어 엎드렸다.

"경들은 더는 짐을 욕보이지 마라."

왕건도 더는 아무 말 하지 못했다.

폐하는 종이와 붓을 달라고 했다. 편지 한 통을 써서 왕건에게 주며,

"이 편지를 명주 군수 김순식에게 보내 가벼이 움직이지 말라고 해라."

또 한 통을 써서 주며,

"이 편지는 조정 대신들에게 짐이 하는 말을 적은 것이다."

조정 대신들에게 그 편지를 보여서 하늘이 정한 뜻을 거스르지 않도

록 하고 그동안 폐하를 따르던 사람들은 모두 죄를 묻지 말라고 일
렀다. 왕건이 모두 그리하겠노라고 대답했다.

박술희와 신숭겸을 돌아보며,

"그대들은 새 황제를 성심으로 받들어 조선 땅을 통일하여 백성을
편안케 하라."

한 다음, 횃불을 밝힌 마당으로 나가 가부좌를 틀고 앉았다. 합장
하고 눈을 감은 채 호령했다.

"박술희는 무엇하는가? 어서 시행하라."

박술희가 왕건 눈치를 보았다. 왕건이 마주친 눈길을 돌려 버리자
박술희가 군사에게 눈짓으로 명령을 내렸다. 눈짓을 받은 군사가 폐
하 뒤로 다가갔다. 한줄기 싸늘한 칼바람이 일어났다.

이때가 폐하 나이 일흔일곱 살이었다.

다시, 천 년 뒤에

"이미 돌아가신 분이니 더 무슨 미련이 있겠습니까?"

폐하 시신을 거두게 해 달라고 부양이가 아무리 사정해도 왕건은 허락하지 않았다. 폐하 시신을 메고 가는 군사들을 따라가서 묻는 곳이라도 알아야겠다고 작정을 했다. 왕건은 부양이가 따라오면 죽이라고 명령했지만, 아랑곳 않고 따라나섰다. 군사들이 창을 겨누었다. 한 걸음이라도 따라가다가 죽기로 결심했다. 겨눈 창끝을 향해 걸음을 떼어 놓으려는 순간,

"시중 어른!"

어둠 속에서 왕건을 부르는 소리가 들렸다. 왕건이 박술희와 복지겸을 차례로 보았다. 누구냐고 묻는 눈빛이었다.

"군사들에게 필요한 물건들 대려고 따라온 동진이라는 장사꾼입

니다."

신숭겸이 대신 대답을 해 주었다. 왕건이 무슨 일이냐고 물었다.

"노비로 쓸모가 많을 것 같사오니 소인께 저자를 파십시오. 말 다섯 필을 드리겠습니다."

동진이가 처분만 바란다며 허리를 숙였다.

"너는 새 나라를 열 마음 하나로 이익도 없이 장사꾼으로 따라나섰다고 들었다."

왕건이 이미 들어서 알고 있다는 듯 선선히 허락했다.

자기 군막으로 부양이를 데리고 간 동진이가,

"이 못난 인생아, 너야 황제에 대한 충성심 하나로 기꺼이 죽어도 좋다지만, 아이들이랑 가은이는 어쩌라고?"

자기가 맺어 준 부부 인연인데 이렇게 깨지도록 그냥 둘 수 없다면서 혀를 끌끌 찼다.

"이익도 없이 나선 것인데 너 하나를 구했으니 이익이 결코 적지 않구나. 말이야 새 나라 세우는 데에 보탬이 되려고 나섰다고는 했지만, 새 나라는 무슨 개 코딱지 같은 새 나라니?"

말을 다섯 필이나 주고 부양이를 샀으니 말 안 들으면 다시 왕건한테 물려 달라고 할 거라면서 으름장을 놓았다. 환관 옷을 벗어 버리고 일꾼 옷으로 갈아입으라고 했다.

"황제든 미륵이든 난 이제 그런 것 모른다."

죽은 사람은 죽은 사람이지만, 살아남은 사람은 어떻게든 살아야 할 것 아니냐고 핀잔을 주었다. 집에 사람을 보내서 식구들 데려오라고 했으니까 나주로든 충주로든 얼굴 알아보는 사람 없는 곳으로 멀리 가서 살라고 했다.

동진이가 준 일꾼 옷으로 갈아입고 부양이는 바로 군막을 나왔다. 한시라도 빨리 온해를 찾아야 한다는 생각뿐이었다. 만약에 많이 다쳐서 죽어 가고 있다면 조금이라도 빨리 찾아야 목숨을 구할 수 있기 때문이었다. 동진이가 무사 다섯 사람을 딸려 보내 주었다.

환선길이 가로막았던 명성산 골짜기에 도착하자 날이 뿌옇게 밝아 왔다. 숲이랑 풀숲을 샅샅이 뒤졌다. 환선길 군사 세 명과 황군 네 명이 죽었고, 다친 사람은 없었다. 갈말을 향해 가면서 길가 풀숲을 살폈다. 지나는 동네 사람들에게도 일일이 물어보았다. 모두 고개를 저었다. 그렇다면 어디엔가 살아 있을 것이라는 희망이 솟아올랐다. 아내와 아이들이 간 세달사로 갔을지도 모른다는 생각이 들자 희망도 더 커졌다.

"그래 살아만 있어라. 살아만 있으면 언젠가는 만날 날이 있을 것이다. 살아만 있으면 내가 너를 기어이 찾고 말 것이다."

해 질 녘에 다시 동진이 군막으로 돌아오니 철원으로 돌아간다면서 짐을 꾸리고 있었다.

"철원에 가 봤자 내가 할 일도 없을 거야."

동진이에게 세달사로 간다고 알리고선 길을 나섰다. 가는 길에 보개산성이나 반월산성 쪽 동네도 둘러볼 생각이었다. 혹시라도 온해가 같이 싸웠던 군사들을 따라 그리로 갔을지도 모른다는 생각 때문이었다.

부양이가 포천 땅으로 들어서서 반월산성 아래를 지나가는데 산자락에 사람들이 수십 명 모여 있었다. 폐하가 백성들에게 설법을 펼치던 너럭바위 자리였다. 다가가 보니 제사를 지내고 있었다.

"폐하가 돌아가셨다는 소문을 듣고 제사를 지내고 있다오."

부양이 얼굴을 알아본 백성 하나가 대답해 주었다. 왈칵 눈물이 솟구치려는데 입술을 질끈 깨물고 참아 냈다.

"폐하께서 반월산성에 오셨을 때 백성들이 하나도 빠지지 않고 폐하 편에 섰다면 왕건이 반란에 성공하지 못했을 것이오."

폐하는 백성 편에서 정치를 펼쳤는데도 자신들이 폐하를 저버려서 왕건 세상이 되어 버린 것이라며 울었다. 이제 와서 후회한들 무슨 소용이냐고 옆이 있는 백성들이 그 백성을 타박하면서도 같이 울었다.

"미륵 부처님이 언젠가는 다시 이 세상으로 오실 테니 그때까지 우리는 폐하께서 저 바위에 앉아 있다고 여기고 저 바위를 섬길 것이라오."

나라에서 알면 경을 칠 것이라고 부양이가 걱정했지만,

"죽은 사람한테 제사 지내는 것을 못하게 하지는 않을 것입니다."

사람들 결심이 아주 굳어서 아무도 막을 수 없을 것 같았다.

술을 가득 따라 바위 앞에 놓고 그 옛날 할아버지 앞에서 선종 스님에게 충성 맹세를 할 때처럼 세 번 절했다. 폐하는 돌아가신 것이

아니라 마음속에 영원히 살아 있다고 믿고 싶었다. 또 폐하에 대한
충성이 변하지 않을 것임을 스스로 맹세하는 것이었다.

절을 마치고 폐하가 앉았던 너럭바위를 쓰다듬었다. 햇살에 따뜻
하게 달아오른 온기가 마치 폐하 체온인 것만 같았다. 바위를 일으
켜 세워 미륵 부처로 새기겠다고 하니 그 자리에서 일을 돕겠다며 백
성 서너 명이 나섰다.

미륵 부처를 새기려면 망치와 정도 있어야 할뿐더러 돈 없이는 할
수 있는 일이 아니었다. 동진이에게 도움을 청하면 되겠다 싶어서 사
람을 보냈다. 직접 가고 싶었지만, 부양이를 돕는다는 소문이 나면
동진이에게 좋을 것 같지 않았기 때문이었다.

막상 불상을 새기려고 바위 둘레 흙을 지우고 보니 바위 가운데로
큰 결이 있어서 반으로 쪼개야 할 것 같았다. 반으로 줄어드니 새길
수 있는 불상 크기도 사람 키보다 겨우 몇 뼘이나 더 클 뿐일 것 같
았다. 돌이 물러서 머잖아 바스러져 버릴 것 같았다. 천 년을 가야
하는 불상 새길 돌이 될 수 없을 것 같았다.

"돌이 단단하지 못해도 폐하를 기리는 데에는 부족하지 않을 것입
니다."

아랑곳 않는다는 동네 사람들 말을 따르기로 했다. 결을 따라 반
으로 잘라서 한쪽은 불상을 세우는 바닥으로 쓰고 반은 불상을 새
기는 데 쓰기로 했다.

동진이에게 보낸 사람이 돌아올 날만 기다리고 있는데 철원에서

반란이 일어났다는 소문이 들렸다. 환선길이 일으킨 반란이었다. 왕건이 반란에 성공했으나 철원 백성들은 대문을 닫아걸고 바깥출입을 하지 않았다. 황제를 내쫓은 왕건에 대한 반발이었다. 환선길은 그런 백성들이 두려웠다. 백성이 저마다 곧고 굳게 서면 권력자도 백성을 두려워할 것이라던 폐하 말대로였다.

왕건이 반란에 성공한 지 사흘째 되던 날. 드디어 마음을 굳힌 환선길은 군사 수백 명을 이끌고 황궁으로 쳐들어갔다. 역시 외성을 지키는 군사는 수십 명에 불과했다. 가볍게 제압하고는 내성으로 달려들어갔다. 마침 왕건은 황궁 뜰을 거닐고 있었는데 환선길이 달려와서는 혹시나 다른 대비가 있나 하고 얼른 가까이 다가가지 못했다. 멀찍이 군사를 벌여 세웠다. 왕건을 향해서 치고 들어가려는데,

"환선길 네 이놈! 감히 나를 반역하다니. 어서 와서 나를 베고 황제가 되어 보아라."

왕건이 호통을 쳤다. 너무나도 당당한 기세에 환선길은 더럭 겁이 났다. 왕건이 아무 대비를 하지 않았을 리가 없다 여기고는 황궁에서 물러나고 말았다. 황궁을 벗어나자마자 왕건을 구하러 달려온 군사들에게 겹겹이 둘러싸이고 말았다. 꽁꽁 묶인 채 왕건 앞으로 다시 끌려간 환선길은 기어이 목 없는 시신이 되고 말았다. 왕건을 죽이지 못한 환선길이 안타깝기도 했지만 어차피 폐하가 죽고 없는데 누가 새 황제가 되든지 알 바도 아니었다.

왕건은 폐하가 굶주림을 못 이겨 보리밭에서 이삭을 훔쳐 먹다가

백성들에게 맞아 죽었다고 소문을 냈다.

"폐하 옆에 군졸 하나 없었을라고?"

백성들은 의아해했다.

"아무리 그래도 백성들이 폐하를 몰라볼 리가 없어."

소문을 믿으려 하지 않았다.

"폐하 옆에는 칼을 찬 부양 환관이 그림자처럼 따라다녔을 텐데 그냥 맞아 죽었을 리가 없어. 그렇죠?"

묻는 백성들에게 부양이는 아무 말도 하지 않았다. 아무리 물어도 대답하지 않았다. 사실대로 말하면 민심만 더 흉흉해질 것이기 때문이었다. 폐하가 바란 뜻도 아닐 것이기 때문이었다.

동진이에게 심부름 보낸 사람이 돌아왔다. 해죽해죽 웃으며 온해가 뒤따라왔다.

"동진이 아저씨 집에 갔더니……."

온해는 왼팔에 붕대를 친친 감고 있었다.

"어쩌다가?"

부양이가 안타까워서 말을 잇지 못하는데,

"세달사로 바로 가려다가 팔에 바를 약 좀 구하려고 철원에 갔는데 아버지가 여기 있다는 소식을 듣고……."

온해가 어색하게 웃었다. 팔에 두른 붕대로 보아 보통 많이 다친 게 아닌 것 같은데도,

"떨어져 나간 것도 아니고 뭐, 몇 달만 고생하면 대충 움직일 수도 있을 거예요."

다친 팔을 내려다보며 온해가 대수롭지 않은 척했다. 부양이가 진저리를 치며 뼈는 안 다쳤냐니깐,

"뭐 바본가요? 뼈까지 다치게."

다른 사람 일 말하듯 건성으로 대답했다. 아무리 상처를 보여 달라고 해도,

"붕대 풀면 아파요."

온해가 일부러 안 보여 주려고 그런다는 것을 알았지만, 부양이는 그냥 참아야 했다.

며칠이라도 같이 있고 싶었지만,

"내가 뭐 아버지처럼 무심한 줄 아세요?"

온해는 다음 날 해 뜨기가 무섭게 세달사로 가 버렸다. 나랏일 보느라 가족을 돌보지 않은 아버지에 대한 원망이라 생각하니 마음이 무거웠다. 하긴 아내와 아이들이 있는 세달사로 가던 발걸음을 미륵불상 새긴다며 멈추어 버린 것도 무심한 사람 소리 듣기 딱 알맞은 일이었다. 그래도 온해가 세달사로 가서 소식을 전할 테니 조금은 안심이 되었다.

돌을 반으로 쪼개는 일도 보름이 넘게 걸렸다. 결을 따라 한 뼘 간격으로 정을 박아 넣고 돌아가면서 때렸다. 무른 돌이라 결 따라 한 번에 쪼개지지 않고 한쪽이 바스러져 나가 버렸다. 그러면 또 바스

러진 자리부터 결을 찾아서 정을 박고 때렸다.

미륵 불상 새기는 일을 맡을 사람 다섯 명을 뽑아서 망치질하는 법을 가르치고 있는데 동진이가 찾아왔다. 반란 소식 하나를 더 가지고 왔다.

이흔암이 반란을 일으키려 했는데, 이미 왕건이 의심되는 집마다 염탐하는 사람을 심어 두었기 때문에 반란 모의를 하고 채 날이 새기도 전에 이흔암은 왕건 앞에 끌려왔다. 해도 뜨기 전에 목 없는 귀신이 되고 말았다. 겨우 도망쳐서 목숨을 건진 공직과 긍주는 자기 땅으로 돌아가서 견훤에게 항복해 버렸다. 폐하에게 항복했던 옛 백제 땅은 왕건이 반란을 일으킨 보름 만에 다시 후백제 땅이 되어 버렸다.

왕건은 미륵 사상이 허무맹랑한 것이며 나라를 뒤엎으려는 반역자들이 품은 생각이니까 믿어서는 안 된다고 했다. 미륵 사상이 백성들을 속여서 나라를 망치게 한다는 것이었다. 자꾸 반란이 일어나는 것은 미륵 사상 때문이고, 돌아가신 폐하 탓이라고 소문을 냈다.

"죽은 사람이 살아와서 반란을 일으킨다는 거야?"

소문을 들은 사람들이 코웃음을 쳤다.

왕건은 나라 이름을 다시 고려로 바꾸었다. 미륵 사상을 밀어내고 백성들 민심을 얻어 보려고 누구나 절을 세울 수 있도록 법을 바꾸었다. 귀족이 아니어도 승려가 될 수 있도록 허용했다. 폐하가 백성 누구나 미륵이 될 수 있다는 미륵 사상을 펼쳤으니 폐하가 오기 전처럼 귀족만 승려가 될 수 있는 세상으로 되돌릴 수가 없다는 것을 왕건도 깨달은 것이다. 그래서 미륵 부처 대신 석가모니 부처를 섬기라고 하는 것이었다.

비가 아무리 많이 와도 곧바로 땅으로 스며드니까 홍수가 나지도 않고 외적을 막기도 쉬운 곳에 자리 잡은 철원을 버리고, 15년 동안이나 변방으로 버려 두었던 송악으로 다시 천도한다는 소문이 들려왔다. 반란으로 황위에 오른 왕건을 철원 백성들이 황제로 인정해 주지 않으니까 겁을 먹고 송악으로 도망치는 것이라며 사람들이 비웃었다.

비가 와도 불상 새기는 일을 쉬지 않으려고 바위 위에 지붕을 쳤다. 불상을 새길 때는 얼굴, 몸, 다리로 나누어서 한 사람이 한 곳씩 맡아서 하는 것이 보통인데 부양이는 그렇게 하지 않았다. 힘세고 거친 사람은 크게 쳐 내야 하는 일을 맡기고, 힘이 약한 사람은 가늘고 세밀한 부분을 맡게 했다. 모두가 같은 솜씨가 아닌데 다 같은 솜씨로 맞추라고 할 수는 없었다. 힘센 사람은 힘으로 척척 해내는 장점이 있고, 힘 약한 사람은 꼼꼼하게 해내는 장점이 있으니 모두가 자기 실력을 최대한 발휘하게 하는 것이었다.

하나로 다 같아지는 것이 평등이 아니라 백성은 백성대로 임금은 임금대로 그 자리에서 미륵이 되어야 한다는 폐하 말도 이런 뜻이라고 같이 일하는 석공들에게 깨우쳐 주었다.

날이 새면 나와서 어두워질 때까지 하루도 거르지 않았는데도 석

달이 걸려서야 미륵상이 완성되었다. 그 석 달 동안 동네 사람들과
도 막역한 사이가 되었다. 석 달에 걸쳐서 바위를 미륵으로 깎고, 백
성들은 부양이를 환관에서 자기들이랑 같은 백성으로 다시 깎아 준
셈이었다.

조성식 하기 전날에 온해가 다시 찾아왔다. 아내는 세달사 공양
주가 되었다고 했다. 팔에 감긴 붕대도 세 겹으로 얇아졌다. 상처가
손가락 두 마디가 채 안 되게 줄어들었다면서 다 나은 거나 마찬가
지라고 싱글거렸다.

"어머니가 머리라도 깎아 버리면 어쩔 셈이었어요? 그러니까 어머
니한테 잘하세요."

온해는 전쟁을 겪으면서 마음보가 훌쩍 커졌다. 아버지 말에 그저
'예예' 하던 아이가 아니었다.

동진이가 조성식에 치라며 천막을 가지고 왔다. 폐하가 설법을 펼
칠 때 쳤던 그 노란 천막이었다.

"자기들이 몰아낸 임금이 쓰던 물건이라고 헌신짝 벗어던지듯이
버리더라."

천막을 보니 폐하를 다시 보는 것 같아 왈칵 눈물이 쏟아졌다.

"자기들이 좋아하지 않았던 임금이라고 제도도 버리고 쓰던 물건
마저 함부로 다루는 사람들이다."

인간에 대한 가장 기본적인 예의마저도 없는 사람들이라고 왕건과

부하들을 비웃으며 동진이가 혀를 끌끌 찼다. 동진이가 불상을 찬찬히 살펴보고는,

"두 눈 다 뜬 폐하구나."

손으로 불상을 쓰다듬었다.

"한 눈만으로도 세상 모든 것을 눈에 담은 분이셨지."

부양이 말에,

"권력자와 귀족들만 보는 왕건이 도리어 외눈박이다."

동진이가 덧붙이고는 부양이 어깨를 감싸 안았다. 그렇게도 소원이던 불상 새기는 석공이 되었다면서 등을 토닥여 주었다.

불상 새기는 일 못 맡았다고 서라벌에서 도망쳤던 때가 떠올랐다.

"그때 네가 불상 새기는 일을 맡았더라면 철원에서 일어났던 이 격변을 먼 나라 풍문으로 들으며 돈이나 좀 잘 버는 평범한 석공으로 살았겠지?"

동진이 말을 들으니 눈앞에 지난 세월이 그림처럼 스쳐 갔다. 폐하를 따라 새 세상을 열었던 세월들이 꼭 바람 같고 구름 같기만 했다. 분명히 있었던 일인데도 지나고 보니 아무 일도 일어나지 않은 것 같다.

어떤 백성이 다가와서는 자기 마을 앞 들판에 있는 바위에 폐하를 새겨 달라고 부탁했다.

"이 불상 새기면서 기술 가르친 사람들이랑 부처님 새기는 석공으로 살면 되겠구나."

솜씨를 칭찬하는 사람이 많다면서 동진이가 껄껄 웃었다. 기술 있
는 사람은 굶어 죽진 않는다는 말을 하고는 더 껄껄 웃었다. 핀잔인
지 칭찬인지 부양이가 얼른 알아차리지 못하자,

"미륵 부처 많이 새겨서 폐하를 그리워하는 백성들 마음 달래 주면
얼마나 좋은 일이겠니."

동진이가 어깨를 두드려 주었다. 전국 방방곡곡에 폐하 닮은 미륵
부처를 새기면 백성들이 마음을 기대고 깃들어 살 수 있는 산이 그만
큼 많이 생기는 것이니까 폐하가 펼치려고 했던 미륵 세상이 더 깊고
넓어질 것이다.

조성식을 보려고 모여든 사람들이 추수가 끝난 들판을 발 디딜 틈
도 없이 가득 메웠다. 폐하가 철원에 처음 와서 도피안사 비로자나
불상을 조성하던 날에 모인 백성들보다 열 배는 더 많을 것 같았다.
모인 백성들이 또 청주에서 반란이 일어났다는 소문을 들려주었다.
황도 사람들이 자기들 고향인 청주 사람들과 힘을 합쳐서 왕건에게
반기를 든 것이었다.

"폐하께서 철원에 오시고 한 번도 안 일어났던 반란이 요즘은 끊이
질 않으니 원."

사람들은 폐하가 왕건을 벌하기 위해서 다른 미륵들을 자꾸 이 세
상으로 보내는 것이라며 수군거렸다.

느티나무집 할아버지가 미륵 불상 목에 노란 천을 걸치고 술을 가
득 따라 제단에 올렸다. 모여든 사람들이 폐하가 설법을 하던 모습

그대로 새겨졌다며 눈물짓기도 하고 자꾸자꾸 절도 했다.

"폐하께서 반월산성에 오셨을 때 내 손을 잡아 주셨는데."

어떤 사람이 천막 묶은 줄을 매만지며 중얼거렸다.

"우리 같은 백성들 손을 직접 잡아 주고 위로해 주는 임금이 다시는 오지 않을 거야."

또 어떤 사람이 한숨을 길게 쉬었다. 힘 있고 돈 있는 사람들에게 쫓겨날 테니 아무도 이제는 백성 편에 서는 임금이 되려 하지 않을 거라고 탄식했다. 그런 임금이 다스리는 나라에서 잠시라도 살아 본 것이 얼마나 행복한 일인지 모르겠다고 빙그레 웃었다.

사람들이 노란 천을 댕기처럼 잘라서 천막 묶은 줄에 매달았다. 미륵 부처님이 다시 돌아오게 해 달라고, 어린아이가 되어서 오든 어른 몸에 깃들어서 오든, 백성을 구하러 다시 오라고 빌기도 했다.

폐하 말대로 백성 하나하나가 곧고 굳게 서서 도적도 포악한 권력자도 모두 두려움에 떨게 할 것이라면서 그런 세상을 미륵 부처가 지켜 달라고 빌기도 했다.

사람들이 미륵상을 향해 자꾸자꾸 절을 했다. 부양이도 사람들 틈에서 절을 했다.

"폐하, 이젠 직접 오지 마시고 굽어살피기만 하소서."

인간 세상 일은 사람들에게 맡기고 부질없는 반란이 일어나 백성들이 죽고 다치지 않도록 해 달라고 빌었다.

미륵 불상을 깎으면서 왕건에 대한 미움으로, 호족들에 대한 분노로 날카로웠던 부양이 마음도 미륵 불상처럼 부드럽고 둥글게 깎여 나간 것이다.

헤어지면서 동진이가 부양이 손을 꼭 잡았다.

"폐하께서 만들려고 했던 세상이 완전하게 이루어지지는 않았지만, 우리들 마음속에 자리 잡은 세상은 이미 많이 변했다."

아무리 왕건 세상이 되었다고 해도 폐하가 오기 전으로 완전히 돌아 갈 수는 없을 것이며, 귀족과 힘센 자만을 위한 세상으로 돌이킬 수는 없을 것이라며 기운을 북돋아 주었다.

"셈이 참 빠른 아이다. 세달사 일꾼으로만 살게 할 수는 없잖니?"

동진이가 장사 집을 송악으로 옮겨 간다면서 온해를 데려가겠다고 했다.

"아버지도 절간 생활 답답하면 송악으로 오세요."

집도 마련하고 먹고살 길도 열어 놓겠다고 큰소리를 쳤다. 온해 말에 동진이가,

"전쟁이 저 애를 벌써 어른으로 만들었나 보다. 이제 우리 세상 아니고 저 애가 살아갈 세상이다."

대견하다며 추켜세웠다.

"언제까지 살아만 있어라. 살아만 있으면 언젠가는 만날 수 있을 테니."

부양이가 온해를 꼭 끌어안아 주었다.

"아버지 냄새 참 좋다."

온해가 부양이 품에서 떨어지며 씨익 웃는데 눈가가 젖었다.

세달사를 향해 길을 나서려다가 마지막으로 미륵 부처를 향해 합장하고 허리를 깊이 숙였다. 또 숙였다. 석양빛을 받아 더욱 노랗게 빛나는 노란 천과 노란 천막과 천막 줄에 줄줄이 매달려 펄럭이는 노란 띠들을 향해서 한 번 더 숙였다.

"임금은 죽어도, 곧고 굳게 선 백성은 언제까지나 죽지 않는답니다."

폐하도 세상 모든 이를 구해야 하는 미륵이라는 고통을 벗고 훨훨 날아가는 산이 되라고 빌었다. 천 년이 지나도 폭군이 나와서 백성을 핍박하고 세상이 어지러워지면 그때는 다시 오라고 빌고 또 빌었다.